OS RADLEY

OBRAS DO AUTOR PUBLICADAS PELO GRUPO EDITORIAL RECORD:

Floresta sombria
A possessão do Sr. Cave
Os Radley
Sociedade dos pais mortos
A biblioteca da meia-noite
A vida impossível

MATT HAIG

AUTOR DE *A BIBLIOTECA DA MEIA-NOITE*

OS RADLEY

TRADUÇÃO DE
DOMINGOS DEMASI

1ª edição

BERTRAND BRASIL
Rio de Janeiro | 2025

CIP-BRASIL. CATALOGAÇÃO NA PUBLICAÇÃO
SINDICATO NACIONAL DOS EDITORES DE LIVROS, RJ

H174r Haig, Matt, 1975-
Os Radley / Matt Haig ; tradução Domingos Demasi. - 1. ed. - Rio de Janeiro: Bertrand Brasil, 2025.

Tradução de: The Radleys
ISBN 978-65-5838-296-6

1. Ficção inglesa. I. Demasi, Domingos. II. Título.

24-95319 CDD: 823
CDU: 82-3(410.1)

Meri Gleice Rodrigues de Souza - Bibliotecária - CRB-7/6439

Publicado mediante acordo com a Canongate Books Ltd., 14 High Street, Edimburgo EH1 1TE.

Texto revisado segundo o Acordo Ortográfico da Língua Portuguesa de 1990.

Sumário

Para Andrea, como sempre.
E para Lucas e Pearl. Não derramem uma gota.

SEXTA-FEIRA

Seus instintos estão enganados. Animais confiam em instintos para sua sobrevivência diária, mas não somos bichos. Não somos leões, tubarões ou abutres. Somos civilizados e a civilização só funciona se os instintos forem reprimidos. Portanto, faça sua parte pela sociedade e ignore esses desejos sombrios dentro de você.

Manual do abstêmio (segunda edição), p. 54

Orchard Lane, 17

É UM LUGAR TRANQUILO, principalmente à noite.

Tranquilo demais, você poderia pensar, para que qualquer tipo de monstro vivesse em suas lindas alamedas sombreadas pelas árvores.

De fato, às 3 horas, no vilarejo de Bishopthorpe, é fácil acreditar na mentira que satisfaz seus residentes — a de que é um lugar para pessoas boas e tranquilas viverem vidas boas e tranquilas.

A essa hora, ouvem-se apenas os sons da própria natureza. O pio de uma coruja, o latido distante de um cachorro ou, numa noite fria como essa, o sussurrar obscuro do vento perpassando as árvores. Mesmo se você ficar parado na rua principal, em frente à loja de fantasias, ao pub ou à delicatéssen Hungry Gannet, você não ouvirá qualquer ruído de trânsito nem será capaz de ver a pichação vergonhosa que decora a antiga agência dos correios (embora a palavra "freak" se torne legível se você forçar a vista).

Se você fizer uma caminhada noturna longe da rua principal, em algum lugar como a Orchard Lane, verá as casas de época afastadas, habitadas por advogados, médicos e administradores, com suas luzes apagadas e as cortinas fechadas segregando-os da noite. Pelo menos até a casa número 17, onde você notaria, no andar superior, o brilho de uma luz através da cortina.

E se você parasse ali, tragado pelo ar fresco noturno, calmo e consolador, notaria que o número 17 é uma casa de certa forma parecida com aquelas à sua volta. Talvez não tão grande quanto a mais próxima, a de número 19, com sua enorme entrada de garagem e sua arquitetura elegante, mas ainda assim uma ótima casa.

É um lugar que parece e dá a sensação de ser como devem ser as residências familiares em um vilarejo — não muito grande, mas ampla o suficiente, com nada fora do lugar ou que chame a atenção. Uma casa dos sonhos em muitos sentidos, como lhe diriam os corretores imobiliários — certamente perfeita para criar uma família.

Após um momento, porém, você perceberia que há algo estranho nela. Não, talvez "perceber" seja forte demais. Talvez você não se desse conta rapidamente de que até mesmo a natureza parece ser mais silenciosa ao redor dessa casa e que não é possível ouvir pássaros ou qualquer outra coisa. Ainda assim, talvez um instinto deixasse você intrigado sobre aquela luz brilhante e o fizesse sentir um arrepio diferente do causado pelo fresco ar noturno.

Se essa sensação aumentasse, ela poderia se tornar um medo que o faria querer correr dali, mas talvez você não fizesse isso. Você observaria a bela casa e o carro estacionado do lado de fora e pensaria que aquela é a residência de seres humanos perfeitamente normais, que não representam qualquer ameaça ao mundo exterior.

Caso se convencesse disso, você estaria cometendo um erro, pois Orchard Lane nº 17 é o lar dos Radley, uma família que, apesar de seus melhores esforços, é tudo, menos normal.

O quarto vazio

"Você precisa dormir", ele diz a si mesmo, mas não adianta.

A luz acesa, às 3 horas daquela sexta-feira, vem do quarto dele, Rowan, o mais velho dos dois filhos do casal Radley. Ele está completamente desperto apesar de ter tomado seis doses do seu remédio para dormir.

Ele sempre está acordado a essa hora. Com sorte, numa noite boa, adormecerá por volta das 4 horas e acordará novamente às 6 horas ou pouco depois. Duas horas de sono tormentoso e agitado, tendo pesadelos violentos que não consegue entender. Mas aquela não é uma noite boa, com sua alergia na pele coçando, a brisa soprando contra a janela e ele sabendo que provavelmente irá à escola sem ter descansado nada.

Ele põe o livro de lado: uma *Seleção de poemas,* de Byron. Ouve alguém caminhando pelo corredor; não em direção ao banheiro, mas para o quarto vazio.

A porta do armário de calefação se abre. Há alguns barulhos e depois momentos de silêncio antes que ela possa ser ouvida deixando o aposento. Aquilo também não é inteiramente raro. Frequentemente ele ouve sua mãe se levantar no meio da noite e ir até esse quarto por algum motivo secreto sobre o qual ele nunca a questionou.

Então ele ouve a mãe voltar para a cama e os murmúrios indistintos dos seus pais através da parede.

Sonhando

HELEN VOLTA PARA A CAMA; seu corpo está tenso por causa de tantos segredos. O marido solta um suspiro estranho e voluptuoso e se aproxima dela.

— O que diabos está fazendo?

— Tentando te beijar — diz ele.

— Por favor, Peter — diz ela com uma dor de cabeça latejando atrás dos olhos. — Estamos no meio da noite.

— Ao contrário das outras horas, quando você desejaria ser beijada pelo seu marido.

— Pensei que você estivesse dormindo.

— Estava. E sonhando. Um sonho bem emocionante. Na verdade, nostálgico.

— Peter, vamos acordar as crianças — diz ela embora saiba que a luz do quarto de Rowan ainda está acesa.

— Só quero beijar você... Era um sonho tão bom.

— Não, você quer mais. Você quer...

— E daí, com o que está preocupada? Com os lençóis?

— Só quero dormir.

— O que você estava fazendo?

— Precisei ir ao banheiro. — Helen está tão acostumada com a mentira que ela sai naturalmente.

— Essa bexiga... Está ficando mais fraca.

— Boa-noite.

— Você se lembra daquela bibliotecária que levamos para casa?

Ela consegue perceber o sorriso no tom de voz dele.

— Meu Deus, Peter, isso foi em Londres. Nós não falamos sobre Londres.

— Mas quando você pensa em noites como aquela, não faz você...

— Não, isso foi há muito tempo. Eu nunca penso nisso.

Um súbito beliscão

PELA MANHÃ, LOGO APÓS ACORDAR, Helen senta-se e bebe a água. Abre o vidro de comprimidos de ibuprofeno e coloca um na língua, tão delicadamente como uma hóstia.

Ela engole e, no momento em que a pílula desce por sua garganta, seu marido — a apenas alguns passos dali, no banheiro — sente um súbito beliscão.

Ele se cortou ao fazer a barba.

Observa o sangue brilhando na sua pele molhada e oleosa.

Lindo. Vermelho-escuro. Ele toca-o e examina a mancha em seu dedo. O coração bate mais rápido. O dedo se aproxima mais e mais de sua boca, porém, antes de chegar lá, ele ouve algo. Passos rápidos em direção ao banheiro e uma tentativa de abrir a porta.

— Pai, por favor, me deixe entrar... por favor — diz sua filha, Clara, enquanto bate com força na porta de madeira grossa.

Ele faz o que ela pede e Clara entra correndo, se abaixando na direção do vaso sanitário.

— Clara — diz ele enquanto a menina vomita. — Clara, o que aconteceu?

Ela se levanta. Seu rosto pálido se ergue para ele, acima de seu uniforme escolar, e um olhar desesperado surge através dos óculos.

— Ah, meu Deus — diz ela e se volta para o vaso. Ela está enjoada novamente. Peter se retrai, não por causa do vômito mas porque sabe o que aquilo significa.

Em questão de segundos, todos estão ali. Helen está abaixada ao lado da filha, alisando suas costas e dizendo-lhe que está tudo bem. E Rowan está na porta, com seu filtro solar fator 60 que ainda precisa ser aplicado.

— O que está acontecendo com ela? — pergunta ele.

— Está tudo bem — diz Clara sem querer uma plateia. — Sério, agora estou melhor. Me sinto bem.

E aquela palavra permanece no cômodo, pairando e alterando o ar com sua falsidade cheirando a vômito.

A encenação

Clara faz o possível para manter sua encenação a manhã toda, preparando-se normalmente para a escola apesar da sensação desagradável no estômago.

No último sábado, Clara passou de vegetariana para 100% vegana, numa tentativa de fazer com que os animais gostassem mais dela.

Como os patos que não aceitam suas migalhas de pão, os gatos que não querem ser acariciados por ela, os cavalos nos campos perto de Thirsk Road que ficam agitados sempre que ela passa por perto. Clara não conseguia esquecer aquela visita escolar à Terra dos Flamingos, onde cada um deles entrou em pânico e fugiu antes que ela chegasse ao lago. Ou de seus peixinhos de aquário, que pouco viveram, Rhett e Scarlett — os únicos animais de estimação que seus pais lhe permitiram ter — e o completo horror daquela manhã em que os encontrou flutuando de barriga para cima na superfície da água, com as escamas pálidas.

Nesse momento, Clara sente o olhar de sua mãe sobre ela, ao retirar o leite de soja da geladeira.

— Sabe, se você tomar leite de verdade se sentirá muito melhor. Mesmo se for o desnatado.

Clara se pergunta como o processo de desnatar o leite o deixaria mais vegetariano, mas faz o possível para sorrir.

— Estou bem. Por favor, não se preocupe.

Agora estão todos na cozinha — o pai tomando seu café fresco, o irmão devorando seu bufê de frios matinal.

— Peter, fale com ela. Por isso está ficando doente.

Peter se dá um tempo. As palavras de sua mulher têm de nadar através do rio largo e vermelho de seus pensamentos e se erguer sozinhas, pingando e exaustas, na margem estreita do dever paternal.

— Sua mãe tem razão — diz ele. — Você está provocando uma doença em si mesma.

Clara despeja o ofensivo leite em sua granola, sentindo-se mais enjoada a cada segundo. Ela quer pedir para baixarem o volume do rádio, mas sabe que isso somente fará com que pareça mais doente.

Pelo menos Rowan está ao seu lado, de seu modo peculiar.

— É soja, mãe — diz com a boca cheia —, não é heroína.

— Mas ela precisa comer carne.

— Eu estou *bem*.

— Olhe — diz Helen —, acho que você deveria faltar à escola. Eu telefono avisando se você quiser.

Clara balança a cabeça com veemência. Ela prometeu a Eve que iria à festa de Jamie Southern naquela noite e, portanto, teria de ir à escola para ter uma chance de sair à noite. Além disso, um dia inteiro de propaganda a favor dos carnívoros não a ajudaria em nada.

— Sério, estou me sentindo muito melhor. Não vou vomitar de novo.

Seus pais fazem aquela coisa habitual deles, de trocar mensagens codificadas com o olhar, mensagens que Clara não consegue traduzir.

Peter dá de ombros.

("O negócio do papai", disse Rowan certa vez, "é que ele está cagando e andando para quase tudo.")

Helen sente-se tão derrotada quanto algumas noites atrás, quando colocou o leite de soja no carrinho do supermercado, diante da ameaça de Clara de tornar-se anoréxica.

— Está bem, pode ir à escola — diz sua mãe finalmente. — Apenas, por favor, *tome cuidado*.

Quarenta e seis

VOCÊ CHEGA A UMA CERTA IDADE — às vezes 15 anos, às vezes 46 — em que se dá conta de que o clichê que adotou para si mesmo não está funcionando. É isso o que está acontecendo com Peter Radley ao mastigar uma fatia torrada e amanteigada de pão integral e olhar para o plástico amassado que contém o resto do pão.

O adulto racional, que obedece à lei, com sua esposa, seu carro, e seus filhos e suas doações para projetos sociais.

Ele quisera apenas sexo na noite passada. Apenas o inofensivo sexo humano. E o que era o sexo? Nada demais. Era apenas um abraço em movimento. Um pouco de fricção corporal sem nenhum derramamento de sangue. Tudo bem, talvez ele quisesse que isso levasse a algo mais, mas seria capaz de se conter. Ele *tem* se contido há 17 anos.

Bem, foda-se, pensou.

É uma boa sensação, xingar, mesmo em pensamento. Ele leu no *British Medical Journal* que havia novas evidências de que o ato de xingar alivia a dor.

— Foda-se — murmura baixo demais para Helen ouvir.
— Foda-se.

Realismo

— ESTOU PREOCUPADA COM CLARA — diz Helen entregando o almoço de Peter. — Ela tornou-se vegana há uma semana e já está ficando doente. E se isso desencadear alguma coisa? — Ele mal a ouviu. Estava olhando para baixo, contemplando o caos escuro dentro de sua pasta.

— Há muita porcaria aqui.

— Peter, estou preocupada com Clara.

Peter joga duas canetas na lixeira.

— Eu *estou* preocupado com ela. Estou muito preocupado com ela. Mas não é como se eu pudesse oferecer uma solução, é?

Helen balança a cabeça.

— Isso não, Peter. Agora não. Isso é sério. Só quero que possamos agir como adultos em relação a isso. Quero saber o que você acha que devemos fazer.

Ele suspira.

— Acho que devemos contar a verdade a ela.

— O quê?

Ele inspira longamente o ar sufocante da cozinha.

— Acho que é a hora certa de contar para as crianças.

— Peter, precisamos mantê-las em segurança. Temos de manter tudo em segurança. Quero que você seja realista.

Ele fecha a pasta.

— Ah, realismo. Não é bem a nossa vida, é?

O calendário atrai seu olhar. A bailarina de Degas e as datas abarrotadas com a caligrafia de Helen. Lembretes de reuniões do clube do livro, idas ao teatro, partidas de tênis, aulas de arte. O infindável suprimento de "coisas a fazer". Incluindo o dia de hoje: *Felt — Jantar aqui — 19h30 — Lorna vai fazer a salada.*

Peter imagina a linda vizinha sentada à sua frente.

— Olhe, sinto muito — diz ele. — Só estou irritado. Baixo teor de ferro. Às vezes fico de saco cheio de todas essas mentiras, sabe?

Helen assente. Ela sabe.

Notando a hora, Peter segue pelo corredor.

— É dia do lixo — diz ela. — O lixo reciclável precisa ser levado para fora.

Reciclagem. Peter suspira e apanha a caixa cheia de potes e garrafas. *Receptáculos vazios esperando para nascer novamente.*

— Estou preocupada porque, quanto mais tempo ela ficar sem comer as coisas que deveria comer, mais provável será que ela deseje...

— Eu sei, eu sei. Nós vamos dar um jeito. Mas tenho mesmo de ir... Já estou atrasado.

Ele abre a porta e ambos veem o funesto céu azul cintilando seu alerta brilhante.

— Estamos com pouco ibuprofeno?

— Sim, acho que sim.

— Vou passar na farmácia na volta. Minha dor de cabeça está terrível.

— É, a minha também.

Ele beija o rosto dela e alisa seu braço com ternura, uma lembrança microscópica de como eles costumavam ser, e então some.

Orgulhe-se de agir como um ser humano normal. Viva durante o dia, consiga um emprego normal e mantenha-se na companhia de pessoas com um bom-senso do que é certo e errado.

Manual do abstêmio (segunda edição), p. 89

Mundo da fantasia

No mapa, Bishopthorpe parece o esqueleto de um peixe. Uma rua principal com becos e vielas sem saída finos e pequenos. Um lugar morto, deixando sua jovem população faminta por mais.

É bem grande para um vilarejo, com várias lojas na sua rua principal. Mas, à luz do dia, elas mostram o que realmente são — uma mistura eclética de empreendimentos que não têm nada a ver um com o outro. A refinadíssima delicatéssen, por exemplo, fica ao lado da Mundo da Fantasia, a loja de fantasias que, se não fossem as peças na vitrine, poderia facilmente ser confundida com uma sex shop (o que realmente é, pois tem uma sala nos fundos que vende "brinquedos para adultos").

O vilarejo não é exatamente autossuficiente. Não tem mais agência postal alguma e o pub e a lanchonete não têm o movimento de antigamente. Há uma farmácia, ao lado da clínica médica, e uma loja de sapatos infantis que, assim como a Mundo da Fantasia, dedica-se principalmente a clientes de York ou Thirsk. Mas é só isso.

Para Rowan e Clara, parece um "meio lugar", dependente de ônibus, conexões de internet e outras rotas de fuga. Um lugar que se engana acreditando ser o epítome de um vilarejo inglês esquisito, mas que, como a maioria dos lugares, é apenas uma enorme loja de fantasias, com trajes menos chamativos.

E se você morar ali tempo o bastante, finalmente terá de tomar uma decisão. Ou compra uma fantasia e finge gostar dela ou enfrenta a verdade de ser quem você realmente é.

Fator 60

SOB A LUZ SOLAR, Rowan não consegue evitar de ficar chocado com a palidez de sua irmã.

— O que você acha que é? — pergunta Rowan a ela ao passarem por caixas de lixo reciclável cobertas por moscas. — Quero dizer, o enjoo.

— Não sei... — Sua voz esmorece assim como o canto dos passarinhos temerosos pela presença dos dois.

— Talvez mamãe tenha razão — diz ele.

Ela para, buscando forças.

— Vindo do sujeito que come carne vermelha em todas as refeições.

— Bem, antes de você bancar o Gandhi comigo, devo dizer que não existe esse negócio de vegano, na verdade. Por exemplo, você sabe quantas criaturas existem numa cenoura? *Milhões*. Um vegetal é como uma metrópole de micróbios, portanto você destrói uma cidade inteira toda vez que cozinha uma cenoura. Pense nisso. Cada tigela de sopa é um apocalipse.

— Isso é uma... — Ela teve de parar de falar novamente.

Rowan sente-se culpado por assustar a irmã. Ela é a única amiga que ele tem e certamente a única com quem podia ser ele mesmo.

— Clara, você está muito, muito branca — diz ele suavemente. — Mesmo para os nossos padrões.

— Só gostaria que todo mundo parasse de falar sobre isso — diz ela e lembra das coisas que descobriu em fóruns veganos na internet. Por exemplo, que veganos têm expectativa de vida de 89 anos, têm menos incidência de câncer e que algumas mulheres muito saudáveis de Hollywood, como Alicia Silverstone, Liv Tyler e a ligeiramente sonolenta mas brilhante Zooey Deschanel, não deixam qualquer produto animal tocar seus lábios. Mas seria necessário muito esforço para explicar isso tudo, portanto ela não se dá ao trabalho. — É só o clima que está me deixando enjoada — diz ela quando a última onda de náusea diminui levemente.

É maio e o verão está chegando mais cedo, então talvez ela tenha razão. O próprio Rowan está sofrendo. A luz faz com que ele se sinta frágil, como se sua pele fosse feita de gaze, mesmo debaixo de roupas e do protetor solar fator 60.

Rowan nota uma lágrima se formando no olho da sua irmã, o que poderia ser resultado da exposição à luz do dia ou desespero, portanto decide dar um tempo no papo antivegano.

— Talvez seja — diz ele. — Mas vai ficar tudo bem, juro. E acho que você vai ficar bem em verde.

— Muito engraçado — consegue responder.

Eles passam pela agência postal fechada e Rowan fica triste ao ver que a pichação continua lá. ROWAN RADLEY É UM FREAK. Em seguida, a Mundo da Fantasia, cujos piratas foram substituídos por manequins vestidos com roupas no estilo disco, em cores fluorescentes, debaixo de um cartaz dizendo "Here Comes the Sun".

Surge o consolo quando passam pela delicatéssen, onde Rowan olha em direção ao balcão refrigerado que brilha no aposento às escuras. Ele sabe que os presuntos Serrano e de Parma estão ali, à espera de serem consumidos. Mas um leve cheiro de alho o força a se afastar.

— Você vai mesmo à festa hoje à noite? — pergunta Rowan à sua irmã, esfregando os olhos cansados.

Clara dá de ombros.

— Não sei. Acho que Eve quer que eu vá. Vamos ver como estarei me sentindo.

— Certo, bem, você só deve ir se...

Rowan avista um garoto adiante. É o vizinho, Toby Felt, indo para o mesmo ponto de ônibus. Uma raquete de tênis emerge da sua mochila como a flecha que simboliza o sexo masculino.

É um garoto magrelo, que certa vez — apenas um ano atrás — urinou na perna de Rowan depois de ele ter ficado tempo demais no mictório ao lado.

"Eu sou o cachorro", dissera ele, com um olhar frio e sorridente, ao guiar o jato dourado na direção dele. "Você é o poste."

— *Você* está bem? — pergunta Clara.

— Sim, não é nada.

Eles agora podem ver a lanchonete Miller, com sua placa imunda (um peixe comendo uma batata frita e sorrindo pela ironia). O ponto de ônibus fica do lado oposto da rua. Toby já está lá, conversando com Eve. Ela sorri do que Toby diz e, antes que perceba o que está fazendo, Rowan coça o braço, fazendo a pele ficar dez vezes mais irritada. Ele ouve a risada de Eve enquanto o sol amarelo irrompe por cima dos telhados, e o som fere-o tanto quanto a luz.

A cadela vermelha

PETER ESTÁ CARREGANDO OS POTES e as garrafas vazias para a calçada quando avista Lorna Felt caminhando de volta para o número 19.

— Oi, Lorna — diz ele. — Tudo certo para essa noite?

— Ah, *sim* — diz Lorna, como se tivesse acabado de se lembrar. — O jantar. Não, nós não esquecemos. Vou fazer uma salada tailandesa.

Para Peter, Lorna não é uma pessoa de verdade, mas um conjunto de conceitos. Sempre que observa seus maravilhosos cabelos ruivos, pele bem cuidada e roupas pseudo-hippies caras ele tem a sensação de vida. O sinônimo de excitação. De tentação.

E também de culpa. De horror.

Ela sorri provocativamente. Uma alusão ao prazer.

— Ah, Nutmeg, *pare com isso*. O que deu em você.

Somente então Peter nota que ela está com sua cadela vermelha, uma setter, embora o animal provavelmente estivesse rosnando para ele há bastante tempo. Ele observa a cadela recuar, tentando inutilmente livrar-se da coleira.

— Já lhe disse antes, Peter é um homem perfeitamente gentil.

Um homem perfeitamente gentil.

Enquanto observa os dentes afiados da cadela, pré-históricos e selvagens em seus contornos, Peter sente uma leve tontura. Uma espécie de vertigem que pode ter a ver com o sol, erguendo-se no céu, ou talvez com o cheiro que a brisa traz em sua direção.

Algo mais doce e sutil do que a essência de flores do perfume dela. Algo que seus sentidos embotados já não conseguem detectar com frequência.

Mas está ali, tão real quanto qualquer outra coisa.

O inebriante cheiro do sangue dela.

Peter mantém-se o mais próximo possível da cerca viva para aproveitar ao máximo a limitada sombra que ela proporciona. Tenta não pensar muito no dia que tem pela frente, ou no esforço silencioso que terá de fazer para aguentar essa sexta-feira, praticamente indistinguível das últimas mil sextas-feiras. Dias sem qualquer emoção desde que se mudaram de Londres para cá a fim de desistir dos antigos hábitos e dos fins de semana de louco e sangrento abandono.

Ele está preso em um clichê que não é seu. Um homem de classe média, de meia-idade, pasta na mão, sentindo todo o peso da gravidade, da moralidade e de todas essas forças humanas opressivas. Perto da rua principal, um de seus pacientes mais idosos passa por ele numa pequena moto. Um velho cujo nome ele deveria saber.

— Olá, doutor Radley — diz o velho com uma tentativa de sorriso. — Irei vê-lo mais tarde.

Peter age como se reconhecesse essa informação enquanto sai do caminho da moto.

— Ah, sim. Vou te esperar.

Mentiras. Sempre as malditas mentiras. Aquela mesma dança velha e tímida da existência humana.

— Nos vemos mais tarde!

— Sim, até mais.

Quando está quase chegando na clínica, caminhando junto à cerca viva, um caminhão de lixo caindo aos pedaços segue pela rua em sua direção. Sua seta pisca, preparando-se para virar à esquerda na Orchard Lane.

Peter olha casualmente para os três homens sentados no banco da frente. Percebendo que um deles, o mais próximo de Peter, olha fixamente em sua direção, Peter lhe oferece um sorriso à moda Bishopthorpe. Mas o homem, que Peter pensa não reconhecer, apenas fita-o com ódio.

Mais alguns passos e Peter para. O caminhão está entrando na Orchard Lane e ele percebe que o homem continua olhando-o com aquela expressão que parece saber quem ele realmente é. Peter balança ligeiramente a cabeça, como um gato sacudindo a água, e segue pelo caminho estreito em direção à clínica.

Elaine está lá, atrás da porta de vidro, arrumando as fichas de alguns pacientes. Ele empurra a porta em direção a mais uma sexta-feira sem sentido.

Vislumbres diurnos dos moribundos e dos mortos

O CANSAÇO ATINGE ROWAN em ondas hipnóticas e, nesse momento, uma delas está desabando sobre ele. Na noite passada, ele dormiu cerca de duas horas. Acima da média. Se ao menos conseguisse ficar tão desperto quanto esteve às 3h. Suas pálpebras estão cada vez mais e mais pesadas, e ele imagina que está no lugar da sua irmã, conversando com Eve tão tranquilamente quanto qualquer pessoa normal.

Mas há um sussurro vindo do banco traseiro.

— Bom-dia, câmera lenta.

Rowan não diz nada. Ele não conseguirá dormir agora. E, de qualquer modo, dormir é muito perigoso. Esfrega os olhos, pega seu livro do Byron e tenta se concentrar numa linha. Qualquer linha. Algo bem no meio de "Lara".

"Vislumbres diurnos dos moribundos e dos mortos."

Ele lê a linha várias vezes, tentando cancelar todo o resto. O ônibus, porém, para e Harper — a segunda pessoa mais temida por Rowan — entra. Harper é, na verdade, *Stuart* Harper, mas seu primeiro nome ficou para trás no décimo ano, em algum lugar do campo de rúgbi.

"Vislumbres diurnos dos moribundos e dos mortos."

Harper lança seu corpo gigantesco pelo corredor e Rowan ouve-o sentar-se ao lado de Toby. Em determinado ponto da viagem, Rowan sente algo bater repetidamente contra sua cabeça. Após alguns momentos, ele se dá conta de que é a raquete de tênis de Toby.

— Ei, câmera lenta. Como vai a coceira?

— Câmera lenta. — Harper ri.

Para alívio de Rowan, Clara e Eve ainda não olharam para trás.

O bafo da respiração de Toby está em sua nuca.

— Ei, esquisito, tá lendo o quê? Ei, Robin-rude... *tá lendo o quê?*

Rowan vira-se um pouco.

— É Rowan — diz ele. Ou tenta dizer. O "R" sai como um sussurro áspero, a garganta incapaz de encontrar sua voz a tempo.

— Praga — diz Harper.

Rowan tenta se concentrar na mesma linha:

"Vislumbres diurnos dos moribundos e dos mortos."

Mas Toby insiste.

— O que você está lendo? Robin, eu te fiz uma pergunta. O que você tá lendo?

Com relutância Rowan ergue o livro, para Toby arrancá-lo de sua mão.

— Gay.

Rowan vira-se em seu assento.

— Me devolve. Por favor, pode... apenas me devolver o livro?

Toby cutuca Harper.

— A janela.

Harper parece confuso ou relutante, mas se levanta e, com uma deslizada, abre a pequena parte superior da janela.

— Vamos lá, Harper. Manda ver.

Rowan não vê o livro mudar de mãos mas, de algum modo, muda, e ele o vê voar para trás e cair na estrada como um pássaro baleado. Childe Harold, Manfred e Don Juan, todos perdidos em um momento.

Ele quer enfrentá-los, mas é fraco e está cansado. E, também, Eve não notou a humilhação, ainda, e ele não quer fazer nada que possa provocar isso.

— Oh, meu caro Robin, eu sinto muito, mas parece que alguém se livrou do seu livro de poesia gay — diz Toby numa voz arremedada.

Outras pessoas, nos assentos em volta, riem de medo. Clara se vira, curiosa. Eve faz o mesmo. Elas percebem as pessoas rindo, mas não a causa.

Rowan fecha os olhos. Deseja estar em 1812, numa carruagem escura e solitária puxada por cavalos, com Eve a seu lado.

Não olhe para mim. Por favor, Eve, não olhe para mim.

Quando ele abre os olhos, seu desejo foi atendido. Bem, metade dele. Ele continua no século XXI, mas sua irmã e Eve estão conversando, alheias ao que aconteceu. Clara agarra o apoio do assento à sua frente. Ela se sente mal, obviamente, e Rowan torce para que ela não vomite no ônibus; por mais que odeie ser o objeto das atenções de Toby e Harper, ele não gostaria que os dois começassem a se concentrar em Clara. Mas, através de algum sinal invisível, eles captam seu temor e começam a falar sobre as duas garotas.

— Eve é minha essa noite, Harps. Vou molhar aquela boca, cara, sério.

— É?

— Não esquenta. Você vai ter a sua. A mana do maluco está a fim. Isto é, está *doida* por você.

— O quê?

— É óbvio.

— Clara?

— Dê um bronzeado nela e arranque aquelas sardas, e ela vai servir para alguma coisa.

Rowan sente Toby se inclinar para cochichar.

— Temos uma pergunta. Harper está a fim da sua irmã. Quanto ela cobra mesmo? Dez? Menos?

A raiva de Rowan cresce dentro dele.

Ele quer dizer algo, mas não consegue. Fecha os olhos e se choca com o que vê. Toby e Harper, sentados onde estão, mas vermelhos e esfolados como os desenhos dos livros de anatomia que exibem sua estrutura muscular, só os tufos de cabelos ainda no lugar. A imagem se dissolve. E Rowan nada faz para defender sua irmã. Só fica sentado ali e engole sua autorrepugnância imaginando o que lorde Byron teria feito.

Fotografia

É APENAS UMA FOTOGRAFIA.

Um instante congelado no tempo.

Algo que ela pode segurar, algo anterior às câmeras digitais, e que nunca ousou escanear para seu iMac. "Paris 1992" está escrito a caneta atrás. Como se aquela informação precisasse estar ali. Ela deseja que a foto jamais tivesse existido e que eles nunca tivessem pedido àquele pobre desconhecido que a tirasse. Mas ela existe, e, sabendo que está ali, ela não pode rasgá-la, queimá-la ou mesmo abster-se de vê-la, não importa o quanto tente.

Porque é ele.

Aquele que a converteu.

Um sorriso irresistível brilhando numa noite jamais esquecida. E ela mesma, quase rindo, tão irreconhecivelmente feliz e despreocupada, parada ali em Montmartre com uma minissaia, lábios vermelhos como sangue e o perigo resplandecendo em seus olhos jovens.

— Sua louca idiota — diz para o seu eu de outrora e pensa: *Eu ainda poderia ter essa aparência se quisesse, ou quase. E ainda poderia ser feliz.*

Embora a fotografia tenha esmaecido com o tempo e com o calor de seu esconderijo, ainda possui o mesmo efeito impressionante e maravilhoso.

— Recomponha-se.

Ela coloca a foto de volta no armário de calefação. Seu braço toca o aquecedor de água e ela o deixa ali. Está quente, mas ela deseja que estivesse ainda mais. Deseja que estivesse quente o bastante para queimar-lhe e causar toda a dor necessária para esquecer o belo, e há tanto tempo perdido, sabor.

Ela se recompõe e vai para o andar de baixo.

Observa, pelas ripas de madeira da janela da frente, um lixeiro subir em sua calçada e recolher o lixo. Só que ele não faz isso. Pelo menos não imediatamente. Ele abre a tampa da lata de lixo, rasga um dos sacos pretos e revista seu conteúdo.

Ela vê um colega de trabalho dizer algo para o homem, que tampa a lata e rola-a em direção ao caminhão.

Ele a ergue, vira para baixo e esvazia seu conteúdo.

O lixeiro está olhando para a casa. Ele a vê e seus olhos nem mesmo piscam. Simplesmente a encara.

Helen recua, afastando-se da janela, e fica aliviada, um minuto depois, quando o caminhão segue, barulhento, pela rua.

Fausto

Eles estudam alemão numa sala antiga enorme com o teto alto, do qual pendem oito lâmpadas. Duas dessas estão num tremeluzente estado de limbo entre funcionar e não funcionar, o que em nada ajuda a dor de cabeça de Rowan.

Ele está sentado, afundado em sua cadeira no fundo da sala, ouvindo a Sra. Sieben ler *Fausto*, de Goethe, com seu habitual estilo dramático.

— *Welch Schauspiel!* — diz ela com os dedos juntos, como se saboreasse uma refeição que fizera. — *Aber ach! Ein Schauspiel nur!*

Ela levanta os olhos do livro para os rostos dispersos e inexpressivos de 17 anos.

— *Schauspiel?* Alguém?

Uma *peça*. Rowan conhece a palavra, mas não levanta a mão pois nunca teve coragem de falar diante de nenhuma turma, principalmente uma com Eve Copeland.

— Alguém? Alguém?

Quando faz uma pergunta, a Sra. Sieben levanta o nariz, como um rato farejando queijo. Hoje, porém, ela está ficando com fome.

— Fragmentem o substantivo. *Schau spiel.* "Show", "jogo". Um espetáculo. Uma peça. Algo que é apresentado no teatro. Goethe estava atacando a falsidade do mundo. "Que espetáculo! Mas *ach*... ai de mim... é apenas um espetáculo!" Goethe gostava muito de dizer "ai de mim" — diz ela sorrindo. — Ele era o senhor "Ai de Mim". — Ela vasculha a sala, ameaçadoramente, e seus olhos encontram os de Rowan justamente no momento errado. — Bem, agora vamos ter a ajuda de nosso próprio senhor "Ai de Mim". Rowan, poderia ler a passagem da página seguinte, a 26, a que começa com... vejamos... — Sorri, localizando algo. — "*Zwei Seelen wohnen, ach! In meiner Brust.*" Duas almas vivem... ou habitam, ou moram... ai de mim, dentro do meu peito, ou do meu coração... Prossiga, Herr Ach! O que está esperando?

Rowan nota os rostos olhando para ele. A classe inteira girando o pescoço para presenciar a imagem ridícula de um jovem adulto petrificado pela ideia de falar em público. Somente Eve permanece com a cabeça baixa, olhando para seu livro, possivelmente numa tentativa de diminuir o constrangimento dele. Um constrangimento que ela já presenciou antes, semana passada, na aula de inglês, quando ele teve de ler as falas de Otelo para Desdêmona ("D-D-Deixe-me ver seus olhos", murmurou para seu livro escolar. "O-O-Olhe-me no rosto".)

— *Zwei Seelen* — diz ele e ouve alguém conter uma risada. Então sua voz sai por conta própria e, pela primeira vez naquele dia, ele se sente realmente desperto, mas não é uma sensação boa. É a vigilância dos domadores de leão e dos alpinistas relutantes, e ele sabe que está diante de uma catástrofe.

Caminha entre palavras em pânico, ciente de que sua língua pode pronunciar errado qualquer coisa a qualquer momento. A pausa entre "*meiner*" e "*Brust*" dura cinco segundos, que parecem uma vida inteira, e sua voz fica mais fraca a cada palavra, tremendo.

— *Ich bin der Geist der st-stets verneint* — lê ele. — *Eu sou o espírito que sempre nega.*

Mesmo em seu nervosismo, ele sente uma estranha ligação com as palavras, como se elas não pertencessem a Johann Wolfgang von Goethe, mas a Rowan Radley.

Eu sou a coceira que nunca é coçada.

Eu sou a sede que nunca é saciada.

Eu sou o garoto que nunca consegue.

Por que ele é assim? O que *ele* está negando? O que o tornaria forte o bastante para ter confiança na própria voz?

Eve segura uma caneta, rola-a entre os dedos, olha-a com concentração, como se fosse uma vidente e a caneta pudesse lhe revelar o futuro. Está constrangida por sua causa, ele sente, e esse pensamento o crucifica. Rowan olha para a Sra. Sieben, mas suas sobrancelhas erguidas lhe dizem que deve continuar, que sua tortura ainda não terminou.

— *Entbehren solls du!* — diz ele numa voz sem nenhum sinal de animação. — *Sollst entbehren!*

A Sra. Sieben o detém.

— Vamos, diga com paixão. Essas são palavras apaixonadas. Você as entende, não é, Rowan? Bem, vamos lá. Diga-as mais alto.

Todos os rostos estão novamente virados para ele. Até mesmo o de Eve, por um ou dois segundos. Eles estão adorando isso do jeito como as pessoas adoram touradas ou competições cruéis. Ele é o touro sangrento e espetado cuja agonia eles querem prolongar.

— *Entbehren solls du!* — repete mais alto, porém não o bastante.

— *Entbehren solls du!* — implora a Sra. Sieben. — *Negar a si mesmo!* São palavras fortes, Rowan. Precisam de uma voz forte. — Ela sorri cordialmente.

O que ela pensa que está fazendo?, pensa ele. *Moldando caráter?*

— *Entbehren solls du!*

— Mais. *Mit gusto*, vamos.

— *Entbehren solls du!*

— Mais alto!

Seu coração retumba. Ele lê as palavras que terá de gritar para se livrar da Sra. Sieben.

Entbehren solls du! Sollst entbehren!

Das ist der ewig Gesang.

Ele inspira fundo, fecha os olhos quase lacrimejantes e ouve sua voz mais alta do que qualquer coisa.

— Negar a si mesmo! Você precisa negar a si mesmo! Essa é a canção que nunca termina!

Somente quando acaba ele se dá conta de que não gritou aquilo em alemão. A risada contida tornou-se completamente livre e os alunos desabam histéricos sobre suas mesas.

— Qual é a graça? — pergunta Eve a Lorelei Andrews, irritada.

— Por que os Radley são tão *esquisitos*?

— Ele não é esquisito.

— Não, isso é verdade. No Planeta Freak ele se enturma maravilhosamente bem. Mas eu estava falando daqui da Terra.

A vergonha de Rowan só aumenta. Ele olha para o bronzeado caramelo de Lorelei e seus olhos de Bambi malvado e a imagina em combustão espontânea.

— Bem traduzido, Rowan — diz a Sra. Sieben pondo um fim nas risadas. Seu sorriso agora é bondoso. — Estou impressionada. Não sabia que você era capaz de traduzir tão corretamente.

Nem eu sabia, pensa Rowan. Mas então ele vê alguém do outro lado do vidro da porta, correndo pelo corredor. Era Clara indo depressa em direção ao banheiro, com a mão sobre a boca.

Atrás da cortina

O 14º PACIENTE DE PETER está atrás da cortina, tirando as calças e a cueca. Peter tenta não pensar no que terá de fazer no próximo minuto enquanto coloca as luvas de borracha. Ele simplesmente fica sentado, tentando pensar em algo que talvez amedronte Clara e a faça voltar a comer carne.

Danos no sistema nervoso?

Anemia?

Há realmente certos problemas de saúde causados por falta de vitaminas do Complexo B e de ferro. Mas existe um risco que eles nunca tiveram de enfrentar quando os filhos eram mais novos — o da opinião de pessoas como a enfermeira da escola, que Rowan decidiu consultar por causa de seu problema na pele, o qual duvidava que fosse fotodermatose. *Ainda vale a pena? Vale a pena todas essas mentiras? Valem a pena deixar seus filhos adoecerem? A merda disso tudo é que seus filhos acham que ele não se importa, mas a verdade é que não lhe é permitido se importar — não da maneira que ele gostaria.*

— Merda — diz, apenas movimentando os lábios. — Puta. Merda.

É claro que Peter era médico há tempo suficiente para perceber que incutir confiança é por si só uma espécie de remédio. Já lera muitas vezes sobre a realidade do efeito placebo e dos truques de confiança. Conhecia os estudos que mostravam que Oxazepam funciona melhor no tratamento da ansiedade se o comprimido for verde, e é melhor para a depressão se a pílula for amarela.

Portanto, é assim que ele justifica suas mentiras. Está apenas colorindo a verdade, como em uma pílula.

Mas, com o tempo, isso fica cada vez mais difícil.

Enquanto está sentado à espera do velho, um pôster em seu quadro de avisos o encara, como sempre.

Uma enorme gota vermelha em forma de lágrima.

E numa fonte em negrito, as palavras do Ministério da Saúde: SEJA UM HERÓI HOJE, DOE SANGUE.

O relógio tiquetaqueia.

Há um arrastar de roupas e o velho pigarreia.

— Ok, isso... Eu... você pode...

Peter vai para trás da cortina e faz o que seu trabalho exige.

— Nada de errado aí, Sr. Bamber. Precisa apenas de um pouco de pomada.

O velho ergue a cueca e as calças e parece estar prestes a chorar. Peter tira as luvas e coloca-as cuidadosamente no pequeno cesto projetado para isso. A tampa clica ao se fechar.

— Ah, que bom — diz o Sr. Bamber. — Isso é ótimo.

Peter olha para o rosto do velho. As manchas hepáticas, as rugas, os fios de cabelos desregrados, os olhos levemente leitosos. Por um momento, sente tanta repulsa do seu autoencurtado futuro que mal consegue falar.

Vira-se e vê outro pôster em sua parede, que Elaine devia ter acabado de colocar ali. A imagem de um mosquito e um alerta aos turistas contra a malária.

BASTA UMA PICADA.

Ele quase chora.

Algo ruim

As palmas de Clara estão suando.

Ela sente que há algo horrível dentro dela. Algum veneno que precisa ser expelido. Algo vivendo ali. Algo ruim tentando controlá-la.

Algumas garotas entram no banheiro e tentam abrir a porta de seu cubículo. Clara fica quieta e tenta respirar apesar da náusea, mas não consegue impedir o enjoo de crescer rapidamente dentro dela.

O que está acontecendo comigo?

Ela vomita novamente e ouve vozes do lado de fora.

— Muito bem, dona Bulimia, seu almoço já deve ter acabado. — E um momento depois: — Nossa, ele é péssimo.

Clara reconhece a voz de Lorelei Andrews.

Há uma leve batida na porta do cubículo. Depois a voz de Lorelei novamente, porém mais suave.

— Você está bem aí dentro?

Clara faz uma pausa.

— Estou — responde.

— *Clara?* É *você*?

Clara não diz nada. Lorelei e mais alguém dão uma risadinha.

A menina espera que elas saiam e dá a descarga para se livrar do vômito. Lá fora, no corredor, Rowan está encostado na parede. Ela fica feliz ao ver seu rosto, o único que realmente aguentaria ver naquele momento.

— Vi você correndo pelo corredor. Você está bem?

Toby Felt passa por eles, cutucando Rowan com a raquete de tênis.

— Sei que está atrás de uma garota, câmera lenta, mas ela é sua *irmã*. Isso é *errado*.

Rowan nada tem a dizer, ou nada que tenha coragem de dizer em voz alta.

— Ele é tão idiota — diz Clara com a voz fraca. — Não sei o que Eve vê nele.

Clara percebe que isso chateia seu irmão e deseja que não tivesse dito nada.

— Pensei que ela não gostasse dele — diz Rowan.

— Bem, achei que ela não gostava. Achei que uma pessoa com um cérebro em perfeito estado não gostaria dele, mas, bem, acho que ela deve gostar.

Rowan se esforça para fingir indiferença.

— Bem, não estou chateado. Ela pode gostar de quem quiser. É isso o que significa a democracia.

O sinal bate.

— Tente esquecê-la — aconselha Clara enquanto caminham em direção à próxima aula. — Se você quiser que eu deixe de ser amiga dela, eu deixo.

Rowan suspira.

— Não seja boba, não tenho 7 anos. Olhe, eu só gostava um pouquinho dela, só isso. Não é nada.

Então Eve surge atrás deles.

— O que não é nada?

— Nada — diz Clara sabendo que seu irmão estaria nervoso demais para responder.

— Nada é nada. Uma ideia muito niilista.

— Somos de uma família de niilistas — diz Clara.

Inevitavelmente, se você se absteve durante toda a sua vida, não sabe realmente o que está perdendo. Mas a sede continua presente, bem fundo, subjacente a tudo.

Manual do abstêmio (segunda edição), p. 120

Uma salada tailandesa de folhas verdes com frango marinado e molho de chili e limão

— Uma bela joia. — Peter se percebe obrigado a dizer para Lorna depois de encarar o pescoço dela por tempo demais.

Felizmente Lorna sorri agradecida e toca o simples cordão de pérolas.

— Ah, Mark comprou para mim há anos. Numa feira em St. Lucia. Na nossa lua de mel.

Isso parece novidade para Mark, que somente agora parece notar que ela está usando um colar.

— Comprei? Não me lembro disso.

Lorna parece magoada.

— Sim — diz pesarosa. — Você comprou.

Peter tenta desviar sua atenção. Observa sua mulher retirar o filme plástico que protege a salada feita por Lorna e então vê Mark bebericar seu Sauvignon Blanc com tanta desconfiança que ninguém suspeitaria que ele não cresceu num vinhedo do Vale do Loire.

— Quer dizer então que Toby foi a tal festa? — pergunta Helen. — Clara também foi, embora estivesse se sentindo um pouco mal.

Peter lembra-se de Clara ir procurá-lo uma hora atrás, enquanto estava checando seus e-mails. Ela lhe perguntara se poderia sair e ele respondeu que sim, distraidamente, sem prestar atenção no que ela dizia; então, quando ele foi para o andar de baixo, Helen o olhara com desprezo, enquanto preparava o ensopado de carne de porco, mas não dissera nada. Talvez agora ela estivesse aproveitando para fazer sua observação mordaz. E podia ser que tivesse razão. Talvez ele não devesse ter dito sim, mas ele não é Helen. Não conseguia acertar sempre.

— Não faço ideia — diz Mark. E então se dirige a Lorna: — Ele foi?

Lorna assente, parecendo sem jeito ao falar do enteado.

— Sim, acho que sim, não que ele sempre nos diga aonde vai. — Lorna volta a atenção para sua salada, que Helen acabou de servir. — Aqui está, uma salada tailandesa de folhas verdes com frango marinado e molho de chili e limão.

Peter ouve a descrição, mas ela não faz soar nenhum alarme nele. E Helen já deu uma garfada, portanto deve estar tudo bem.

Ele coloca um pouco de frango e agrião com molho na boca. Em menos de um segundo está sufocando.

— Meu Deus! — exclama.

Helen percebeu o perigo, mas não teve tempo de alertá-lo. De algum modo, ela conseguira engolir aquilo e agora enxaguava a boca com o vinho branco para se livrar do sabor.

Lorna está muito preocupada.

— Há algo errado? Muita pimenta?

Ele não sentira o cheiro, que deve ter se perdido em meio ao chili e tudo o mais, mas o gosto pungente, impuro, era tão forte em sua língua que ele sufocou antes mesmo daquilo chegar à sua garganta. Ele se levanta com a mão sobre a boca e afasta-se deles.

— Nossa, Lorna — diz Mark em um tom de voz agressivo. — O que você fez com o homem?

— Alho! — Peter não consegue evitar de gritar, entre engasgos, como se xingasse um inimigo invencível. — Alho! Quanto alho há nisso?! — Ele esfrega o dedo na língua, tentando expulsar o gosto. Então se lembra do vinho. Apanha sua taça. Derrama a bebida goela abaixo e, através do borrão de seus olhos aquosos, vê Lorna desconsolada ao fitar o resto da ofensiva salada na tigela.

— Tem um pouco no molho e no frango. Sinto muito, não sabia que você...

Como sempre, Helen é rápida.

— Peter é um pouco alérgico a alho. Vai sobreviver, tenho certeza. Ele também é assim com chalotas.

— Ah — reage Lorna, perplexa. — Que estranho, é um antioxidante tão eficaz.

Peter apanha seu guardanapo e tosse no tecido branco. Mantém o resto do vinho na boca, limpando-a. Finalmente engole isso também.

— Sinto muito — diz ele pondo a taça vazia sobre a mesa. — Realmente sinto muito. — Sua mulher olha para ele com um misto de compaixão e censura e coloca na boca uma folha verde sem molho.

Copeland

— Vocês vão viajar esse ano? — pergunta Helen a seus convidados.

Mark assente.

— Provavelmente, talvez Sardenha.

— Costa Esmeralda — acrescenta Lorna olhando de relance para Peter e contornando com o dedo a borda de sua taça.

— Ah, *Sardenha!* — diz Helen com uma rara felicidade percorrendo seu corpo. — A Sardenha é linda. Certa vez voamos até lá uma noite, não foi, Peter?

Os convidados pareceram confusos.

— Uma *noite*? — pergunta Mark quase desconfiado. — Vocês foram lá para passar uma noite?

Helen se dá conta da mancada.

— Quis dizer que voamos para lá *durante* uma noite — diz ela enquanto seu marido ergue as sobrancelhas sugerindo "vamos ver como você sai dessa". — Foi lindo, voar para Cagliari... com todas aquelas luzes. Claro que passamos uma semana. Gostamos de estadias curtas, mas uma noite já é exagero.

Ela ri ligeiramente alto e levanta-se para trazer o próximo prato. Um ensopado de carne de porco sem alho, que ela jura que comerá sem cometer qualquer gafe.

Eu devia falar sobre o livro que estou lendo, pensa Helen. Isso seria seguro, *afinal nós nunca tivemos uma noite de loucura viajando para a China de Mao.*

Mas ela não precisa se preocupar com o que dizer, pois Mark passa o tempo todo entediando a todos falando sobre suas propriedades.

— Comprei quando o mercado estava em baixa, portanto o lucro foi todo meu — diz ele sobre uma casa que comprou numa rua próxima. Então inclina-se sobre a mesa como se fosse revelar os segredos do Santo Graal. — O problema em comprar para alugar é que você pode escolher a propriedade, mas nem sempre pode escolher os inquilinos.

— É verdade — diz Helen sabendo que Mark esperava algum tipo de confirmação.

— E o primeiro e único sujeito que quis alugá-la foi um desastre total. Um desastre *total.*

Peter quase não está ouvindo. Ele está ocupado demais lutando contra seus pensamentos sobre Lorna enquanto mastiga a carne de porco. Tenta não fazer contato visual com ela e permanecer concentrado no seu prato, nos seus legumes e na sua bebida.

— Um desastre? — pergunta Helen fazendo o máximo que pode para parecer interessada no que Mark diz.

Mark concorda solenemente com a cabeça.

— Jared Copeland. Você o conhece?

Copeland. Helen pensa. O nome lhe parece familiar.

— Tem uma filha — acrescenta Mark. — Loura. Eve, eu acho.

— Ah, sim. Clara é amiga dela. Só estive com ela uma vez, mas me pareceu adorável. Uma menina ótima.

— Bem, de qualquer modo, o pai dela é estranho. Alcoólatra, acredito. Fazia parte da polícia, do Departamento de Investigação Criminal ou sei lá o quê. Mas você não acreditaria, olhando para ele. Estava desempregado e resolveu se mudar de Manchester para York. Não faz absolutamente nenhum sentido, mas, se ele quer alugar um apartamento, não vou impedi-lo. O problema é que ele não tem dinheiro. Pagou apenas o depósito, e mais nada. Já está lá há dois meses e não vi um só centavo dele.

— Meu Deus, coitado — diz Helen com genuína compaixão. — Obviamente algo aconteceu.

— Foi o que eu disse — diz Lorna.

Mark revira os olhos.

— Não dirijo uma instituição de caridade. Falei para ele que se não tiver o dinheiro em uma semana terá de sair de lá. Não se pode ser sentimental em relação a essas coisas, Helen. Sou um homem de negócios. Mas ele me disse para não me preocupar. Conseguiu um novo emprego. — Mark sorri tão sarcasticamente que Helen começa a se perguntar por que convidou os Felt. — Um *lixeiro*. De investigador a lixeiro. Não acho uma boa recorrer a ele para orientação profissional.

Helen lembra-se do lixeiro remexendo o entulho naquela manhã.

O marido de Helen, porém, não fez qualquer associação. Ele não ouviu a referência ao lixeiro porque isso coincidiu com algo que pressionava seu pé. E agora seu coração disparou ao perceber que é Lorna. O pé *dela*. Um acidente, deduz. Mas, então, ela permanece ali, o dela contra o pé dele, e até mesmo o esfrega no seu, pressionando delicadamente o couro.

Peter olha para ela.

Lorna sorri timidamente. O pé dele continua ali enquanto Peter pensa nas barreiras entre os dois.

Sapato, meia, pele.

Deveres, casamento, sanidade.

Ele fecha os olhos e tenta manter a fantasia sexual. Normal. Humana. Mas isso requer muito esforço.

Ele recua, deslizando lentamente o pé para debaixo de sua cadeira, e ela olha para o prato vazio. O sorriso permanece em seu rosto.

— São negócios — afirma Mark, apaixonado pela palavra. — E teremos um ano dispendioso. Algumas obras importantes na nossa casa.

— Ah, e o que está pensando em fazer? — pergunta Helen.

Mark pigarreia, como se estivesse para fazer um comunicado em rede nacional.

— Estamos pensando em ampliar. Um segundo andar. Fazer um quinto quarto. Peter, eu lhe mostrarei a planta antes de solicitarmos a permissão à prefeitura. Há um risco de sombrear parte do seu jardim.

— Tenho certeza de que não teremos problemas — diz Peter sentindo-se vivo e perigoso de repente. — Para nós, sombra é quase um ponto positivo.

Helen belisca a perna do marido com o máximo de força.

— Certo — diz ela começando a tirar os pratos. — Quem quer sobremesa?

Tarântula

Está frio no campo, mesmo com a fogueira, mas ninguém parece ligar.

As pessoas estão dançando, bebendo, fumando.

Clara está sentada no chão, encarando a fogueira improvisada a poucos metros, retraindo-se diante do seu calor e da luminosidade à medida que as chamas sobem na noite. Mesmo se não estivesse doente, ela teria se sentido mal durante a última hora ou seja lá quanto tempo levou para Toby Felt ter aparecido e começado a assediar Eve com vodca barata e cantadas piores ainda. Mas funcionou. Eles estão se beijando e a mão de Toby está na nuca da amiga, se movendo como uma tarântula de cinco pernas.

E Harper tornava a noite de Clara ainda pior. Nos últimos dez minutos, ele ficou se inclinando para trás, encarando Clara com um olhar bêbado e faminto, fazendo-a se sentir pior.

Seu estômago dá voltas novamente, como se o chão cedesse alguns centímetros.

Ela precisa ir embora.

Quando tenta reunir energia suficiente para se levantar, Eve se descola da boca de Toby para falar com a amiga.

— Meu Deus, Clara, você está muito pálida — diz Eve, bêbada mas preocupada. — Vamos embora? Podemos rachar um táxi. Vou chamar um.

Atrás dela, Clara vê Toby incentivando Harper e imagina vagamente o que ele está dizendo.

— Não, tudo bem — consegue dizer Clara apesar da música bate-estaca. — Vou ligar para minha mãe. Ela vem me buscar.

— Posso telefonar para ela, se você quiser.

Toby está puxando Eve pela blusa.

— Não, não precisa — diz Clara.

— Tem certeza? — pergunta Eve com os olhos embriagados.

Clara faz que sim. Ela não pode mais falar. Se falar, sabe que vai vomitar. Em vez disso, inspira um pouco do ar fresco noturno, mas isso não ajuda em nada.

Então, enquanto Eve e Toby começam a se beijar novamente, a agitação em seu estômago aumenta e começa a se misturar com dores agudas, violentas.

Isso não é normal.

Clara fecha os olhos e, bem fundo, no seu âmago, reúne a força necessária para se levantar e se afastar dos casais felizes que dançam e se beijam.

Sinal

ALGUNS MINUTOS DEPOIS, Clara está cruzando uma escada e seguindo para um campo aberto ao lado da festa. Ela quer telefonar para sua mãe, mas o celular não encontra sinal, então ela continua andando. Não pela estrada — ela não quer ficar à vista do pessoal da festa — mas pelo campo, que lhe oferece a chance de desaparecer.

Ela pega novamente o telefone, mas continua sem sinal.

Há vacas adormecidas no chão. Formas sem cabeça na escuridão como costas de baleias acima do oceano. Elas só se tornam propriamente vacas quando Clara chega perto e elas acordam, assustadas, e fogem aos tropeções, desesperadas, para longe. Clara continua avançando em um caminho diagonal em direção à estrada distante; os barulhos da festa se tornam indistintos e somem atrás dela, perdendo-se no ar noturno.

Clara nunca se sentiu tão mal em toda a sua vida. E, em uma vida de infecções nos olhos, crises de enxaqueca de três dias e dores recorrentes, isso é uma conquista e tanto. Ela deveria estar na cama, em posição fetal debaixo do edredom, choramingando consigo mesma.

Então ela surge novamente, aquela náusea torturante que a faz querer fugir do próprio corpo.

Ela precisa parar.

Ela precisa parar e vomitar.

Mas então ouve algo. Uma respiração ofegante.

A fogueira parece estar a quilômetros, um brilho distante atrás de uma pesada cerca viva separando os campos.

Ela avista uma enorme silhueta andando.

— Ei — ofega a coisa. *Ele* ofega. — Clara.

É Harper. Ela se sente tão enjoada que não se preocupa muito em saber por que ele a seguiu. Clara está suficientemente fora de si para ter esquecido seus olhares devassos e para achar que ele talvez nem a estivesse seguindo. Ou talvez ela tivesse esquecido algo e ele veio lhe entregar.

— O quê? — diz ela, se ajeitando.

Ele se aproxima. Abre um largo sorriso mas não fala. Está incrivelmente bêbado, pensa Clara. Mas ela não está. Harper é um imbecil enorme e violento, mas ela sempre o viu como uma criatura sem cérebro. E já que Toby não estava por perto para ajudá-lo, ela não teria muitos problemas.

— Você está bonita — diz ele, cambaleando como uma enorme árvore cortada na base de seu tronco.

A voz dele, grave e sinuosa, a oprime, aumentando o enjoo.

— Não, eu não. Eu...

— Quero saber se você quer dar uma volta.

— O quê?

— Só, tipo, andar.

Ela está confusa. Imagina novamente o que Toby teria dito a ele.

— Eu estou andando.

Ele sorri.

— Tudo bem, eu sei que você gosta de mim.

Ela não pode lidar com isso agora. Não parece ter à mão seu habitual suprimento de desculpas úteis e educadas para ajudá-la a lidar com ele. Ela não pode fazer nada exceto caminhar.

Mas Harper, de algum modo, surge na frente dela, fica em seu caminho e sorri como se eles estivessem rindo de uma piada. Uma piada que poderia se tornar grosseira ou repulsiva. Ele caminha de costas, enquanto ela caminha de frente, ficando diante de Clara quando o que ela mais precisa é que ninguém esteja ali. Ninguém exceto sua mãe e seu pai.

E, de repente, ele parece perigoso; o rosto embriagado revelando seu potencial humano de maldade. Ela imagina se é assim que cachorros e macacos se sentem no laboratório quando subitamente percebem que os cientistas não estão ali para brincar com eles.

— Por favor — consegue dizer —, me deixe em paz.

Ele se irrita com isso, como se ela estivesse tentando machucá-lo.

— Sei que você gosta de mim. Pare de fingir.

Fingir.

A palavra gira em sua cabeça, torna-se um som sem sentido. Ela tem certeza de que consegue sentir a Terra girando em volta de seu eixo.

Ela tenta se concentrar.

Há uma estrada vazia ao final do campo. Uma estrada que leva para Bishopthorpe.

Para seus pais.

Para casa.

E para longe dele.

Ela precisa telefonar para eles. Precisa, precisa, precisa...

— Merda!

Ela vomitou no tênis dele.

— Eram novos! — diz ele.

Ela limpa a boca sentindo-se um pouco melhor.

— Desculpa — diz. Agora consegue se dar conta do quanto está vulnerável, longe da festa e ainda distante da estrada.

Ela caminha, passa por ele com uma nova urgência e continua descendo o terreno inclinado em direção à estrada. Mas ele a segue.

— Tudo bem, eu desculpo você.

Ela o ignora e começa a teclar o número dos pais, mas, nervosa, erra e vai para a lista de configurações em vez dos contatos.

Ele a alcança.

— Eu disse que está tudo bem! — A voz mudou. Parece zangado, mesmo disfarçando as palavras com uma risada.

— Estou doente, me deixe em paz.

Ela clica em "endereços". Ali está o número, brilhando para ela no visor, com uma precisão reconfortante. Ela pressiona a tecla.

— Vou fazer você melhorar. Sério, eu sei que você gosta de mim.

Ela está com o telefone no ouvido. Ele começa a chamar. Clara reza para que seus pais atendam. Mas, após três ou quatro toques, o telefone está fora de suas mãos. Ele o arrancou dela. E o está desligando.

Isso agora é sério. Ela pode sentir, embora esteja muito mal, que a brincadeira está ficando perigosa. Ela é uma garota e ele é duas vezes maior do que ela, capaz de fazer qualquer coisa. A 5 quilômetros dali, pensa ela, sua mãe e seu pai estão jantado e batendo um papo amigável com os Felt. Cinco quilômetros nunca pareceram tão longe.

— O que você está fazendo?

Ela vê seu celular escorregar para o bolso do jeans dele.

— Vou ficar com o seu telefone. Esse Samsung de merda.

— Ele é uma criança. É um menino de 3 anos com proporções monstruosas.

— Por favor, me devolva. Preciso ligar para a minha mãe.

— Vem pegar.

— Por favor, devolva.

Ele se aproxima e põe o braço em volta dela. Ela tenta resistir, mas ele usa mais força, aumentando a pressão. Ela sente o álcool no seu bafo.

— Sei que você gosta de mim — diz ele. — Eve disse para Toby que você gosta de mim.

O coração de Clara dispara em direção ao pânico.

— Por favor — pede ela uma última vez.

— Merda, qual é? Foi você quem vomitou em mim. Você é tão esquisita quanto seu irmão.

Ele tenta beijá-la. Ela vira a cabeça.

A voz dele chega até ela dura como uma pedra.

— Qual é? Você não é boa o suficiente para mim.

Ela grita por socorro; os braços dele em volta dela e a mão pressionando o corpo que ele deseja.

— Socorro! — grita Clara novamente e em direção à festa. Os gritos só alcançam as vacas, que a observam com um medo semelhante ao dela. Harper também está em pânico. Ela pode ver em seu rosto, no sorriso desesperado e nos olhos amedrontados. Incapaz de achar uma solução melhor, ele coloca a mão sobre a boca de Clara. Os olhos dela vasculham a estrada. Nenhum carro. Nenhum sinal de pessoas. Ela grita através da mão dele, mas sai apenas um desesperado som abafado. Ele aperta-a com mais força, machucando seu queixo.

Ele empurra a parte de trás das pernas dela, na altura dos joelhos, deitando-a no chão.

— Você não é melhor do que eu — diz ele; a mão ainda abafando seus gritos. — Vou lhe mostrar. — Todo o seu peso está sobre Clara e ele busca o botão do jeans dela.

É aí que o medo de Clara começa a se transformar em raiva. Ela soca suas costas, puxa seus cabelos, morde sua mão.

Sai sangue e ela morde com mais força.

— Aaai! Sua vaca!

Algo muda.

O cérebro dela é estimulado.

De repente, não há mais medo.

Nenhum enjoo.

Nenhuma fraqueza.

Apenas o sangue, o maravilhoso sabor de sangue humano.

Uma sede que ela nunca soube que tinha, mas que estava sendo saciada, e Clara vivencia o alívio de um deserto absorvendo as primeiras gotas de chuva. Ela se perde no prazer, e está alheia ao grito de Harper quando ele solta a mão com um puxão. Há algo escuro e brilhante na mão dele. Uma enorme ferida aberta onde deveria estar sua palma, deixando à mostra pequenos pedaços de ossos intactos. Ele olha para Clara completamente horrorizado e ela nem se questiona sobre o motivo. Não há nela qualquer questionamento.

Ela se move repentinamente de forma violenta, com uma raiva incontrolável, e, com uma força súbita, empurra-o e joga-o no chão para manter vivo aquele sabor.

O grito sufocado de Harper finalmente esmorece, junto com a dor absurda que ela lhe infligiu, e Clara sente somente o prazer singular e intenso do sangue de Harper. Ele flui para ela, inundando a garota fraca que ela pensava ser e trazendo algo novo — seu forte e verdadeiro eu — para a superfície.

Ela é, naquele momento, mais poderosa do que mil guerreiros. O mundo, de repente, não oferece mais perigo, pois seu corpo já não sente dor nem náusea.

Ela permanece entregue àquele momento. Sente a intensidade do presente, livre do passado e do futuro, e continua se alimentando sob a proteção de um céu escuro e sem estrelas.

O sangue, o sangue

HELEN LEVANTA-SE PARA ATENDER o telefone, mas ele para de tocar antes mesmo de ela deixar a sala de jantar. Estranho, pensa, e tem uma vaga sensação de que há algo errado. Helen volta para seus convidados e vê Mark Felt levar à boca uma colher cheia do pudim de frutas vermelhas.

— Delicioso, Helen. Você devia dar a receita para Lorna.

Lorna olha para o marido, ciente da indireta. Sua boca se abre e se fecha, então se abre novamente, mas ela não diz nada.

— Bem — diz Helen diplomaticamente —, acho que exagerei nas groselhas. Eu deveria ter comprado algo pronto.

Eles ouvem uma música insinuando-se do andar de cima, vinda do quarto de Rowan, um melancólico bilhete suicida acompanhado por violões; uma música que Peter e Helen ouviram pela última vez anos atrás, em Londres, em seu primeiro encontro. Helen ainda se lembra da letra — "Quero me afogar na corrente de seu sangue doce e rubro" — e sorri sem querer, lembrando-se do quanto se divertiu naquela noite.

— Eu estava mesmo querendo te ver — diz Lorna para Peter em uma voz sussurrante.

— Oi? — pergunta Peter.

Os olhos de Lorna permanecem sobre ele.

— Quero dizer profissionalmente. Sabe, marcar uma consulta para tratar de uma coisa.

— Uma consulta com um clínico geral careta? — diz Peter. — Pouco convencional para uma reflexologista, não é?

Lorna sorri.

— Bem, temos de nos prevenir de todas as formas, não?

— Sim, suponho que você...

Antes que Peter terminasse, o telefone tocou uma segunda vez.

— *De novo?* — diz Helen. Ela afasta sua cadeira e deixa o aposento.

No corredor, ela consulta a hora no pequeno relógio próximo ao telefone. São 22h55.

Helen pega o telefone e ouve a respiração da filha no outro lado da linha. Parece que ela esteve correndo.

— Clara?

A voz de Clara demora para responder. A princípio ela não parece capaz de formar palavras coerentes, como se estivesse reaprendendo a falar.

— Clara? O que foi?

Então, finalmente, vêm as palavras e Helen percebe que um mundo está acabando.

— Foi só o sangue. Eu não consegui parar. Foi o sangue, o sangue...

Silêncio

ROWAN PASSOU A NOITE TODA em seu quarto trabalhando num poema sobre Eve, mas não chegou a lugar algum.

Ele se dá conta de que a casa está silenciosa. Não consegue ouvir as vozes educadas e tensas de seus pais e dos convidados. Em vez disso, ouve outra coisa.

Um motor, lá fora. Rowan espia através da cortina a tempo de ver o carro deixar rapidamente a garagem e seguir pela Orchard Lane.

Estranho.

Seus pais nunca dirigem tão depressa e, imaginando se o carro não teria sido roubado, Rowan veste a camisa — ele a tinha tirado para fazer três agonizantes flexões — e desce as escadas.

Béla Lugosi

As árvores sacodem-se na escuridão enquanto Helen dirige para fora do vilarejo. Ela quis dirigir porque sabia que Peter surtaria assim que ela lhe contasse o que aconteceu. Mesmo com ele no banco do passageiro, Helen decidiu esperar até estarem fora do vilarejo. De alguma forma, parecia mais fácil longe das casas e das vielas de suas novas vidas. Ela contou-lhe que o inevitável aconteceu e Peter está gritando com Helen enquanto ela tenta se concentrar em dirigir, fixando os olhos na estrada vazia à sua frente.

— Puta merda, Helen! — diz ele. — Ela sabe?

— Não.

— Então o que ela acha que aconteceu?

Helen respira fundo e tenta detalhar aquilo do modo mais cuidadoso possível.

— O garoto estava forçando algo com ela e ela o mordeu. Saiu sangue e ela provou... Ela não estava falando coisa com coisa.

— Mas ela não disse...

— Não.

Peter disse o que Helen sabia que ele diria; algo com o que ela sabe que terá de concordar.

— Temos de contar para ela. Para os dois. Eles precisam saber.

— Eu sei.

Peter balança a cabeça para Helen e lhe dá um olhar furioso, o qual ela tenta ignorar. Helen concentra-se na estrada, atenta, para não errar o desvio. Ainda assim não consegue calar a voz dele gritando em seu ouvido.

— Dezessete anos! E agora você sabe que temos de contar para eles. Ótimo. *Ótimo.* — Peter tira do bolso o celular e começa a teclar. Inspira fundo, vai falar, mas hesita por um segundo. *Uma secretária eletrônica.*

— Sou eu — diz finalmente deixando um recado. — Sei que já faz muito tempo. — *Ele não está fazendo isso. Não pode ser.* — Mas acho que precisamos de você. Clara está em perigo e não vamos conseguir lidar com isso sozinhos. — *Está. Ele está telefonando para o irmão.* — Por favor, ligue para nós assim que...

Helen tira os olhos da estrada e uma das mãos do volante e agarra o telefone. Eles quase vão parar no meio das árvores.

— O que você está fazendo?! — Helen desliga o telefone. — Você prometeu nunca mais ligar para ele.

— Quem?

— Você estava telefonando para Will.

— Helen, há um cadáver. Nós não conseguiremos lidar com esse tipo de confusão.

— Eu trouxe a pá — argumenta ela, alheia ao quanto isso soa ridículo. — Não precisamos do seu irmão.

Eles não dizem nada durante alguns segundos até chegarem ao desvio e prosseguirem.

Will! Ele telefonou para Will!

E o mais difícil, o mais importante, é que ela sabe que na cabeça de Peter isso faz total sentido. A estrada torna-se estreita e as árvores parecem mais próximas, inclinando-se para a estrada como convidados com chapéus estranhos num casamento à meia-noite.

Ou num funeral.

— Ele pode voar o cadáver daqui — diz Peter após algum tempo. — Ele pode estar aqui em dez minutos. E resolveria isso.

As mãos de Helen apertam o volante com um novo desespero.

— Você prometeu — lembra-lhe.

— Eu sei que prometi — diz Peter assentindo. — Nós prometemos várias coisas. Mas isso foi antes de nossa filha bancar o Béla Lugosi em um garoto numa festa no meio do nada. Nem sei por que você a deixou ir.

— Ela pediu a você, mas você não estava prestando atenção.

Peter volta ao assunto.

— Ele continua trabalhando. Em Manchester. Me mandou um e-mail no último Natal.

Um choque percorre o corpo de Helen.

— Um e-mail? Você não falou nada.

— Por que será? — pergunta Peter conforme ela diminuía a velocidade. As instruções de Clara foram vagas para dizer o mínimo.

— Ela pode estar em qualquer lugar dessa estrada — diz Helen.

Peter aponta para fora da janela.

— Olhe.

Helen avista uma fogueira e figuras distantes em um dos campos. Ela não deve estar tão longe assim. Helen reza em silêncio para que ninguém mais tenha ido à procura de Clara ou do garoto.

— Se você não vai permitir que eu o envolva, farei isso sozinho — diz Peter. — Voarei o corpo para longe daqui.

Ela descarta a ideia.

— Não seja ridículo. E, de qualquer modo, você não conseguiria. Não mais. Já se passaram 17 anos.

— Eu conseguiria se provasse o sangue. Não precisaria de muito.

Helen olha para o marido incrédula.

— Estou apenas pensando em Clara — diz ele mantendo os olhos na margem da estrada. — Você se lembra como é. O que acontece... Ela não seria presa, eles iriam...

— Não — diz Helen com firmeza. — *Não*. Vamos levar o corpo. Enterrá-lo. Vamos ao pântano e o enterramos lá. Do jeito humano.

— Do jeito humano! — Ele está quase rindo dela. — Nossa!

— Peter, temos de permanecer fortes. Se você provar o sangue, as coisas poderão sair de controle.

Ele pensa.

— Está bem, está bem. Você tem razão. Mas, antes de fazermos isso, quero saber uma coisa.

— O quê? — pergunta ela. Mesmo numa noite como aquela, *especialmente* numa noite como aquela, Helen não pode evitar ter medo de tal declaração.

— Quero saber se você... me ama.

Helen não acredita na irrelevância daquela pergunta no momento.

— Peter, por favor, esse não é o...

— Helen, eu preciso saber.

Ela não consegue responder. Estranho. Há coisas sobre as quais é fácil mentir e outras que não.

— Peter, não vou participar de suas brincadeiras egoístas essa noite.

Seu marido concorda com a cabeça e suspira, encontrando sua resposta. Então surge algo, alguém, adiante. Alguém abaixado perto dos arbustos.

— É ela.

Quando Clara sai dos arbustos para ser vista, tudo se torna real. As roupas limpas com as quais ela saíra de casa estão cobertas de sangue. Seu suéter e seu casaco de veludo brilham por causa daquilo, que está em todo o seu rosto e nos óculos. Ela protege os olhos da luz dos faróis.

— Ah, meu Deus, Clara — diz Helen.

— Helen, a luz. Você vai cegá-la.

Ela desliga os faróis e encosta o carro enquanto a filha permanece no mesmo lugar, abaixando o braço lentamente. Um momento depois, Helen sai do carro e olha para o campo às escuras e para o corpo que ela não consegue enxergar com clareza. Está frio. O vento é úmido, soprando ininterruptamente através do mar e do pântano até alcançá-los. Os cabelos de Clara voam furiosamente, revelando completamente o seu rosto infantil.

Eu a matei, pensa Helen ao notar a expressão entorpecida que, mais do que o sangue, torna terrível o rosto de sua filha. *Eu matei toda a nossa família.*

Os campos escuros

O GAROTO ESTÁ NO CHÃO, diante de Peter. Encontra-se num tal estado que só pode estar morto. Os braços estão erguidos acima da cabeça, como numa rendição. Ela devorou sua garganta, seu peito e até mesmo parte da barriga. A carne aberta tem um brilho quase negro embora haja vários graus de escuridão indicando os diferentes órgãos. Seu intestino transbordou para fora, como enguias.

Mesmo nos velhos tempos, após os ataques mais selvagens, era raro deixar um corpo naquele estado. Ele, porém, não podia negar: não estava tão assustado quanto deveria. Sabia que, assim que começasse, Clara não conseguiria parar, e que, ao distorcer sua natureza, foi culpa deles algo assim ter acontecido. Mas a visão do sangue também o fascinava, trazendo com ele seus antigos efeitos hipnóticos.

Sangue, doce sangue...

Peter recompõe-se e tenta lembrar o que está fazendo. Precisa levar o corpo para o carro, como Helen o instruiu. Sim, é isso o que ele deve fazer. Agachando-se, coloca os braços debaixo do tronco e das pernas do rapaz e tenta levantá-lo. É impossível. Ele anda fraco demais ultimamente.

O rapaz tem o corpo de um homem. E de um homem enorme, como o de um forte jogador de rúgbi.

É um serviço para pelo menos duas pessoas. Ele olha de relance para Helen. Ela está envolvendo Clara numa manta, abraçando-a fortemente. Os braços de Clara pendem ao lado do seu corpo, fracos.

Não, ele precisa conseguir fazer aquilo sozinho. Terá de arrastar o corpo e ocultar o rastro. A previsão é de chuva. Se chover forte o bastante, o rastro sumirá. Mas e o DNA? Na década de 1980 eles não tinham de se preocupar com isso. Will saberia como resolver isso. Por que Helen é tão estranha em relação a ele? Qual é o problema dela?

Peter agarra os tornozelos e começa a arrastar o corpo pelo chão. É difícil demais, lento demais.

Parando para tomar fôlego, ele olha o sangue em suas mãos. Ele havia jurado a Helen nunca considerar o que agora estava considerando. O sangue brilha, transformando-se de preto em roxo. Faróis tremulam na cerca viva à distância. O carro move-se lentamente, como se o motorista procurasse algo.

— Peter! — grita Helen. — Vem vindo alguém!

Ele a ouve conduzir Clara para dentro do carro e depois o chamar novamente.

— Peter! Deixe o corpo!

O corpo do rapaz está mais perto da estrada e, quando um carro passar, poderá facilmente ser visto sob a luz forte dos faróis na neblina. Ele puxa desesperadamente o corpo, usando toda a sua força e ignorando as dores profundas em suas costas. Não tem jeito. Eles têm segundos e não minutos.

— Não — diz ele.

Peter olha novamente o sangue em suas mãos antes que Helen o alcance.

— Leve Clara para casa, eu cuidarei disso. Eu posso cuidar disso.

— Não, Peter...

— Vá para casa. Vá. Pelo amor de Deus, Helen, apenas vá!

Ela nem mesmo chega a assentir. Entra no carro e segue dirigindo.

Peter observa os faróis que se aproximam enquanto lambe as mãos e prova aquilo que não experimentava há 17 anos. E acontece. A força ressurge em seu corpo, acabando com cada dorzinha aguda e cada tormento. Ele consegue sentir o efeito rapidamente, o suave realinhamento dos dentes e dos ossos, enquanto se transforma no seu eu mais puro. É uma incrível libertação, como se despir após anos preso na mesma roupa desconfortável.

O carro continua se aproximando.

Ele põe a mão sob a garganta aberta do rapaz e lambe o sangue, encorpado e delicioso. Então levanta-o, sem notar o peso, e eleva-se sobre os campos escuros, guiando-se cada vez mais rápido, apenas com o pensamento.

Ele tenta não desfrutar aquilo e permanecer concentrado no que precisa fazer. É isso o que o gosto do sangue faz. Elimina a lacuna entre pensamento e ação. Pensar é fazer. Não há vida não vivida dentro de você quando o ar passa veloz pelo seu corpo, quando abaixo estão os vilarejos lúgubres e as cidades comerciais — agora transformados em belos enxames de luzes —, quando você voa acima da terra e sobre o mar do Norte.

E é ali, agora, que Peter pode deixar essa sensação tomar conta dele.

A inebriante agitação de estar realmente vivo e no presente, sem temer as consequências do passado ou do futuro, ciente de nada além da velocidade do ar e do sangue em sua boca.

A milhares de quilômetros mar adentro, onde não há sombras negras de navios lá embaixo, Peter solta o corpo e gira no ar enquanto o observa cair em direção à água. Então lambe as mãos novamente. Na verdade, ele chupa os dedos e saboreia o gosto do sangue.

Isso é alegria!

Isso é vida!

Por um momento, no ar, ele quase pensa em continuar. Poderia ir à Noruega. Bergen costumava ser um reduto de vampiros, e talvez ainda seja. Ou poderia ir a algum lugar onde o policiamento é menor, Holanda talvez. Algum lugar sem perseguidores ou assassinos secretos. Poderia fugir, viver sozinho e satisfazer todos os desejos que surgissem. Ser livre e independente. Não seria essa a única forma verdadeira de se viver?

Peter fechou os olhos e viu o rosto de Clara, seu aspecto parada na estrada. Parecia completamente perturbada e desamparada, faminta da verdade que eles nunca lhe deram. Ou ao menos foi isso o que ele preferiu ver.

Não.

Mesmo tendo sangue dentro de si, ele era um homem diferente daquele deixado para trás nos seus 20 anos. Ele não era seu irmão. Duvidava de que algum dia pudesse ser.

Agora não.

Enquanto descrevia um arco no ar frio, ele admirava o oceano, um vasto lençol de aço refletindo uma lua fraturada.

Não, eu sou um homem bom, diz a si mesmo ao arrastar o corpo e a consciência pesada de volta para casa.

Enquanto dirige, Helen confere a filha, que está meio adormecida no banco ao seu lado.

Ela temera que algo como aquilo acontecesse. Atormentou-se muitas vezes imaginando cenas semelhantes. Mas agora que aconteceu não lhe parecia real.

— Quero que você saiba que a culpa não é sua — diz ela. O carro atrás do seu continua lá, seus faróis brilhando sob a neblina. — Sabe, Clara, é uma coisa. Uma *condição*. Todos nós a temos, mas está... *dormente*... há anos. Toda a sua vida. Toda a vida de Rowan. Seu pai e eu, papai e eu, não queríamos que você soubesse. Pensávamos que se você não soubesse... Criação superando a natureza, foi o que pensamos...

Passam pelo campo onde as pessoas ainda dançam em volta da fogueira desvanecente. Helen sabe que seu dever é continuar falando, explicando, oferecendo à filha palavras e mais palavras. Pontes sobre o silêncio. Véus sobre a verdade. Mas ela está desmoronando por dentro.

— ... Mas essa coisa... é forte... tão forte quanto um tubarão. E está sempre ali, não importa o quanto a água pareça tranquila. Está ali, logo abaixo da superfície, pronta para...

No retrovisor, os faróis param de avançar e são desligados. Helen sente um ligeiro alívio ao saber que não está mais sendo seguida.

— Mas é o seguinte — diz ela recuperando o controle da voz —, está tudo bem, porque também somos fortes, querida, e vamos superar isso e voltar ao normal, eu lhe prometo. É...

Helen vê o sangue secando no rosto de Clara, riscado em volta da boca, do nariz e do queixo.

Como camuflagem.

Quanto sangue ela deve ter ingerido?

Helen sente uma enorme dor ao pensar nisso. A dor de ter construído algo, tão cuidadosamente como se constrói uma catedral, somente para saber que isso desabará, esmagando todos e tudo com o que ela se importa.

— O que eu sou? — pergunta Clara.

É demais. Helen não faz ideia de como respondê-la e enxuga as lágrimas dos olhos.

Finalmente encontra as palavras.

— Você é quem sempre foi. Você é você. *Clara*. E...

Uma lembrança aleatória se introduz em sua mente. Lembra de acariciar sua filha quando ela tinha um ano para fazê-la dormir depois de outro sonho assustador. Cantando "Rema, rema, remador" umas cem vezes para acalmá-la.

Ela anseia por aquele momento, e por haver uma canção de ninar certa para cantar agora.

— Sinto muito, querida — diz enquanto as árvores escuras passam pela janela —, mas tudo vai ficar bem. Vai, vai sim. Eu prometo. Tudo vai ficar bem.

Meu nome é Will Radley

No estacionamento de um supermercado em Manchester, uma mulher encara com desejo inenarrável os olhos do irmão de Peter. Ela não tem ideia do que está fazendo. São sabe Deus que horas e ela está no estacionamento com ele, aquele homem incrível e hipnoticamente fascinante. O último cliente dela do dia, ele tinha ido até lá com nada além de fio dental e lenços umedecidos no cesto de compras.

— Oi, Julie — dissera ele lendo o nome da mulher no crachá.

Pensando bem, a aparência dele era terrível, como o roqueiro sujo de uma banda ultrapassada que ainda achava que capas de chuva surradas eram o máximo do estilo descolado. E era obviamente mais velho do que ela, mas também parecia impossível adivinhar sua idade.

Entretanto, assim que o viu ela sentira algo despertar dentro de si. O estado de semicoma autoinduzido no qual ela entrava no início de cada expediente — e que se prolongava por cada item de compra que passava no leitor óptico e por cada cupom fiscal que arrancava da registradora — de repente a abandonou e ela sentiu-se estranhamente viva.

Todos aqueles clichês nos quais uma pessoa romântica acredita: o coração disparado, o vertiginoso correr do sangue para a cabeça, o súbito nó no estômago.

Eles flertaram durante uma conversa sobre qualquer coisa, mas agora que ela estava ali fora, no estacionamento, não conseguia se lembrar de muito. Seu piercing no lábio? Sim, ele gostara daquilo, mas achara que as mechas roxas no cabelo pintado de preto eram uma má ideia junto com o piercing e a maquiagem pálida.

— Esse lance de gótico cairia bem se você maneirasse um pouco.

Ela nunca engolira um comentário assim de Trevor, seu namorado, e, no entanto, aceitara isso daquele completo estranho. Até mesmo concordara em se encontrar com ele dez minutos depois, lá fora, no banco, arriscando ser vista por todos os fofoqueiros com quem ela trabalhava quando encerrasse seu expediente.

Eles conversaram. Permaneceram sentados enquanto os carros partiam, um por um. Pareceram poucos minutos, mas deve ter se passado mais de uma hora. E de repente, sem qualquer aviso, ele se levanta, gesticula para que ela faça o mesmo e caminham sem rumo pelo asfalto. E agora ela se vê parando e encostando numa velha kombi, praticamente o único veículo que restou em todo o estacionamento.

Ela deveria estar com Trevor, que deve estar se perguntando onde ela está. Ou talvez não. Talvez esteja apenas jogando World of Warcraft e nem mesmo pensando nela. Mas não importa. Ela precisa continuar ouvindo aquela voz. A voz melodiosa, ousada, diabólica.

— E aí, você gosta de mim? — pergunta-lhe ela.

— Você me dá fome, se é isso o que quer saber.

— Você deveria me levar para jantar. Quero dizer, se estiver com fome.

Ele sorri sem timidez.

— Eu estava pensando que você podia passar na minha casa.

Enquanto seus olhos negros a examinam, ela esquece o frio, esquece Trevor, esquece tudo do que se deve lembrar quando se está falando com estranhos em um estacionamento.

— Tudo bem. Onde fica a sua casa?

— Você está encostada nela — responde ele.

Ela dá uma risada e continua rindo.

— Tudo bem — diz dando um tapinha na lateral da kombi, mesmo não estando acostumada a aventuras depois do trabalho.

— *Tudo bem...* — ecoa ele.

Ela quer beijá-lo, mas tenta resistir. Tenta fechar os olhos e ver o rosto de Trevor, mas ele não está ali.

— Acho que devo lhe dizer que tenho um namorado.

O homem parece apenas feliz com a notícia.

— É melhor eu convidá-lo para jantar também. — Ele larga a mão dela e ela segura a dele novamente.

O celular dele toca. Ela reconhece o toque: "Sympathy for the Devil."

O homem não atende. Em vez disso, leva-a para o outro lado da kombi e abre a porta deslizante. Dentro, há um caos de roupas, livros gastos e fitas cassete velhas. Ela vê garrafas cheias e vazias de vinho tinto jogadas sobre um colchão sem lençol.

Então olha para ele e se dá conta de que nunca conheceu alguém mais atraente em toda a sua vida.

Ele gesticula para ela entrar.

— Bem-vinda ao castelo.

— Quem é você? — pergunta ela.

— Meu nome é Will Radley, se é isso o que quer saber.

Ela não tem certeza se é, mas confirma com a cabeça e se ajoelha para entrar na kombi.

Will está pensando se a garota realmente vale o esforço. O problema, ele se dá conta, é que você chega a um ponto em que até mesmo o prazer, a busca e a obtenção fácil do que deseja, acaba caindo na própria rotina. E o problema com a rotina, como sempre, é que ela produz o mesmo tédio em todo mundo — igual ao dos humanos e dos abstêmios.

Ela está olhando para a garrafa. É improvável que essa garota, essa *Julie*, tão facilmente atraída para aquele lugar, tenha um sabor que chegue à metade do sabor daquele sangue que ele bebe tão avidamente — o de Isobel Child, o segundo melhor sangue de vampiro que ele já provou. Mas ele não pode estar com Isobel essa noite, nem com nenhum daqueles sanguessugas que têm medo da polícia e gostam de lhe dizer como viver.

— E então, o que você faz?

— Sou professor — responde. — Bem, fui. Ninguém quer mais que eu *professe*.

Ela acende um cigarro e suga o filtro com força, ainda intrigada com a garrafa.

— O que é isso que você está bebendo?

— Sangue de vampiro.

Julie acha aquilo muito divertido. Sua cabeça cai para trás quando ela solta uma gargalhada e Will tem uma visão ampla de seu pescoço. Pele pálida com uma maquiagem ainda mais pálida. Sua preferência habitual. Há um pequeno sinal perto da garganta e o vestígio turquesa de uma veia debaixo do queixo. Ele inspira o ar e logo capta o cheiro dela, os rios de sangue carregados de nicotina, o fator RH negativo subnutrido correndo pelo seu corpo.

— Sangue de vampiro! — A cabeça dela cai novamente, dessa vez para a frente. — Essa é boa!

— Posso chamar de calda, néctar ou suco da vida, se preferir. Mas sabe de uma coisa? Não gosto muito de eufemismos.

— Então — pergunta ela ainda rindo — por que está bebendo sangue de vampiro?

— Ele fortalece meus poderes.

Julie gosta daquilo. Encenação.

— Então vamos lá. Use seus poderes em mim, Sr. Drácula.

Ele para de beber, recoloca a rolha e pousa a garrafa.

— Prefiro conde Orlok, mas Drácula serve.

A garota se faz de tímida.

— E então, vai me morder?

Will hesita.

— Cuidado com o que deseja, Julie.

Ela chega mais perto, ajoelha-se sobre ele, seus lábios traçando um caminho de beijos desde a testa até os lábios.

Ele se vira, aninha a cabeça no pescoço dela e inala novamente o que está para saborear, tentando ignorar o perfume barato.

— Vai — diz Julie totalmente inconsciente de que esse é seu último pedido. — *Me morde.*

Quando termina com Julie, Will observa a garota deitada com seu uniforme encharcado de sangue e sente-se vazio. Um artista olhando para uma de suas obras menores.

Ele checa o celular e ouve a primeira e única mensagem em sua caixa postal.

É a voz de seu irmão.

É Peter, pedindo ajuda.

Peter!

O pequeno Petey!

Eles precisam de sua ajuda porque, pelo jeito, Clara não se comportou direito.

Clara é a filha, lembra a si mesmo. *Irmã de Rowan.*

Mas então a mensagem é cortada. Na linha, um zumbido. E tudo se torna o que sempre foi, apenas ele sentado na kombi, com uma garota morta, garrafas de sangue e uma pequena caixa de sapatos cheia de lembranças.

Ele disca o número de Peter, mas não consegue falar. O telefone está desligado.

Cada vez mais curioso.

Rasteja por cima de Julie e nem mesmo pensa em molhar o dedo em seu pescoço para mais uma prova. A caixa de sapatos está entre o assento do motorista e sua mais preciosa garrafa de sangue, que ele mantém enrolada em um velho saco de dormir.

— Petey, Petey, Petey — diz ele tirando o elástico que envolvia a caixa, não para pegar as cartas e as fotos familiares mas o número escrito na tampa — o número que ele originalmente escrevera em um recibo e que fora copiado de um e-mail que Peter havia lhe mandado no último Natal, quando Will estivera em Lviv com alguns integrantes do ramo ucraniano da Sociedade Sheridan a caminho de casa depois de se divertirem na Sibéria.

É o único número de telefone fixo que ele já anotara.

Ele disca. E espera.

A infinita solidão das árvores

Rowan vai até o andar de baixo e descobre que não apenas todos haviam deixado a sala como seus pais não guardaram nenhuma das comidas. Até o pudim de frutas vermelhas estava lá.

Olhando o abundante suco escuro que descia do pudim, Rowan decide que está com fome e se serve de uma tigela do doce. Então vai para a sala de estar e come o pudim diante da TV. Assiste ao programa de debates, o seu favorito. Há algo naqueles intelectuais sentados em poltronas, discutindo sobre peças, livros e exposições de arte, que o conforta. Enquanto eles debatem a nova versão de *A megera domada*, Rowan come o seu pudim. Ao terminar, percebe que, como sempre, ainda está com fome. Mas continua ali, vagamente preocupado com seus pais. *Clara deve ter telefonado para eles lhe darem uma carona. Mas por que não avisaram que iam sair?*

As celebridades intelectuais passam a falar de um livro chamado *A infinita solidão das árvores*, de Alistair Hobart, o premiado autor de *Quando canta o último pardal.*

Rowan tem um objetivo secreto na vida: quer escrever um romance. Ele tem ideias, mas nada parece se transformar em textos.

O problema é que todas as suas ideias são meio mórbidas. Sempre parecem envolver suicídios, apocalipses ou — mais frequentemente — alguma espécie de canibalismo. Em geral elas se passam duzentos anos atrás, mas há uma ideia que se passa no futuro. É a mais alegre: sobre um iminente fim do mundo. Um cometa vem em direção à Terra e, após várias tentativas globais para detê-lo fracassarem, as pessoas se resignam a morrer em mais ou menos cem dias. A única chance de sobrevivência é participar de uma imensa loteria global na qual 500 pessoas sortudas ganharão uma passagem para uma estação espacial onde formarão uma comunidade autossustentável. Rowan a imagina como uma espécie de estufa orbitando em Vênus. Então um garoto, um magricela de 17 anos com alergias na pele, ganha uma passagem, mas acaba abrindo mão dela para passar mais sete dias na Terra com a garota que ama. O garoto vai se chamar Ewan. A garota, Eva.

Ele ainda não escreveu nenhuma palavra. No fundo, ele sabe que nunca será um escritor. Acabará vendendo espaços publicitários ou talvez, se tiver sorte, trabalhará numa galeria de arte ou será redator de anúncios ou sabe-se lá o quê. Até mesmo isso é improvável, tendo em vista o fato dele se sair mal em entrevistas de emprego. A entrevista para seu último emprego — garçom nas recepções de casamento, aos sábados à tarde, no Willows Hotel em Thirsk — fora um desastre total e ele acabou quase hiperventilando. Embora fosse o único candidato, a Sra. Hodge-Simmons relutou muito em aceitá-lo e teve suas dúvidas confirmadas quando

Rowan acabou cochilando ao servir a mesa principal e, sem perceber, derramou o molho na saia da mãe do noivo.

Ele coça o braço, desejando ser Alistair Hobart — certamente Eve o amaria, se ele aparecesse em debates na TV. Então, quando Kirsty Wark começa o encerramento do programa, o telefone toca.

Uma das extensões está na mesa ao lado do sofá. Ele apanha o fone.

— Alô? — Ele consegue ouvir alguém respirando do outro lado da linha. — Alô? Quem é? Alô?

Seja quem for, resolveu não falar.

— Alô? — Ele ouve uma espécie de clique. Uma espécie de "tsc" talvez, seguido por um suspiro.

— Alô?

Nada, apenas o sinal de discar, tocando sinistramente.

E então ele ouve o carro entrar na garagem.

Loção de calamina

EVE VÊ UM HOMEM ATRAVESSANDO o campo em sua direção. Somente quando ele chama seu nome ela se dá conta de que é seu pai. O constrangimento a esmaga e Eve se contrai à medida que ele se aproxima.

Toby também o notou.

— Quem é? Aquele é...

— Meu pai.

— O que ele está fazendo?

— Sei lá — diz Eve embora saiba perfeitamente o que ele está fazendo: está tornando-a uma excluída social. Ela tenta reduzir o problema levantando-se.

Eve sorri para Toby.

— Foi mal — diz ela andando de costas pela grama. — Preciso ir.

Jared olha para a blusa dela e a pele nua que ela revela. A pele que certa vez ele cobriu com loção de calamina após ela ter caído em uma moita de urtigas num feriado em família.

O carro está fedendo a perfume e a álcool. Ele sabe que qualquer outro pai aceitaria aquilo como algo comum entre adolescentes, mas qualquer outro pai não sabe o que ele sabe — que a linha entre mito e realidade é traçada por pessoas nas quais não se pode confiar.

— Você está cheirando a álcool — diz ele, parecendo mais zangado do que desejava.

— Tenho 17 anos, pai. É sexta-feira. Eu me permito uma certa liberdade.

Ele tenta acalmá-la. Quer que ela pense no passado. Se ele conseguir fazer com que ela pense no passado, isso vai segurá-la e ajudá-la a se manter segura.

— Eve, você se lembra quando nós...

— Não acredito que você fez isso — diz ela. — É humilhante. É tão... *medieval*. Você me trata como uma Rapunzel ou coisa parecida.

— Você disse às 23h, Eve.

Eve consulta seu relógio.

— Então estou meia hora atrasada. — Ela se dá conta de que ele deve ter saído de casa às 23h10.

— Só de ver você ali, com aquele garoto, agindo como... — Ele balança a cabeça.

Eve encara as cercas vivas que passam em velocidade, desejando ter nascido outra coisa, um pequeno pássaro, um sabiá, ou algo capaz de voar para longe e não ter de pensar em tudo o que está em sua cabeça.

— Aquele *garoto* é Toby Felt — diz ela. — O pai dele é Mark Felt. Ele vai conversar com o pai. Sobre o aluguel. Eu contei a ele que agora você está empregado e poderá pagar o dobro no mês que vem, então ele vai dizer pro pai dele que vai ficar tudo bem.

Jared não consegue se controlar. Isso é demais para ele.

— Ah, e que favor você fez para ele? Hein?

— *O quê?*

— Não quero minha filha se prostituindo numa festa qualquer, numa sexta-feira à noite, para nos conseguir um favor do senhorio.

Isso enfurece Eve.

— Eu não estava me prostituindo. Nossa! Então eu não deveria ter falado nada?

— Não, Eve, não deveria.

— Então o quê? Nós não teremos onde morar e eu terei de mudar e passar de novo por toda essa merda? A gente devia ir logo para um albergue caindo aos pedaços. Ou conseguir um ponto de ônibus aconchegante onde possamos dormir. Porque se você não acordar, pai, e parar de pensar em seja lá o que for em que você vive pensando, *eu vou me prostituir* só para conseguir comida para nós dois.

Assim que falou isso Eve se arrependeu. Seu pai está quase chorando. E, por um momento, a garota não vê o homem que acabara de envergonhá-la diante dos amigos, mas um homem que tem sofrido o mesmo que ela. Ela não diz nada e olha para as mãos dele no volante e para a infinita tristeza do anel de casamento que ele jamais tirará do dedo.

0h10

Rowan está encostado na secadora enquanto sua mãe cuida de Clara no banheiro do primeiro andar.

— Estou muito, muito confuso — diz ele através da porta.

Ele tenta entender o caso. Pouco antes, sua mãe chegara com sua irmã, que estava coberta do que parecia ser sangue. Ela estava mesmo coberta, do jeito como fica um recém-nascido, e mal era possível reconhecê-la. E Clara parecera tão inexpressiva e impassível, quase hipnotizada.

— Por favor, Rowan — diz sua mãe quando o chuveiro é ligado —, conversaremos sobre isso depois. Quando seu pai chegar em casa.

— Cadê ele?

Sua mãe o ignora, e ele a ouve falar com a irmã suja de sangue.

— Ainda está um pouco fria. Pronto, a água está esquentando. Pode entrar agora.

Ele tenta novamente.

— Cadê ele?

— Seu pai já vai chegar. Ele... teve de resolver um assunto.

— Resolver um assunto? Somos da máfia italiana agora?

— Por favor, Rowan, depois.

Sua mãe parece contrariada, mas o garoto não consegue parar de fazer perguntas.

— Que sangue todo é esse? — pergunta. — O que aconteceu com ela? Clara, o que está havendo? Mãe, por que ela não fala comigo? É por isso que a gente está recebendo telefonemas estranhos?

A última pergunta parece fazer efeito. Sua mãe abre a porta do banheiro e olha Rowan nos olhos.

— Telefonemas? — pergunta ela.

Rowan confirma com a cabeça.

— Alguém ligou. Alguém ligou e não falou nada, um pouco antes de você voltar. — Ele observa a ansiedade se espalhar pelo rosto da mãe.

— Não. Meu Deus, não.

— Mãe, o que está havendo?

Ela ouve a filha entrar no chuveiro.

— Acenda a lareira — pede a mãe.

Rowan consulta o relógio. São 0h10, mas sua mãe é inflexível.

— Por favor, pegue um pouco de carvão lá fora e acenda a lareira.

Helen espera o filho fazer o que ela pediu e deseja que o depósito de carvão fosse mais distante, para que ela tivesse tempo de processar tudo aquilo. Vai ao telefone para ver o número na memória. Ela já sabe que foi ele. Não reconhece o número que a voz fria e robótica da secretária eletrônica lhe fornece, mas sabe que, quando o discar, ouvirá a voz de Will.

O pânico a domina enquanto disca.

Alguém atende.

— Will? — diz ela.

Então ali está ele. Sua voz é tão real quanto sempre foi, soando jovem e velha ao mesmo tempo.

— Bem, tive esse sonho 5 mil vezes...

De certo modo, aquilo é a coisa mais difícil da noite. Há muito tempo ela tenta esquecer que ele existe, esquecer sua voz grave capaz de saciar uma sede oculta dentro dela e de correr por sua alma como um rio.

— Não venha para cá — diz ela com uma sussurrada urgência. — Will, isso é importante. *Não venha para cá.*

A essa altura, Rowan já deve ter enchido o balde com carvão e está voltando para casa.

— Normalmente acontece um pouco diferente — diz Will. — No sonho...

Helen sabe que tem de ser direta com ele, precisa convencê-lo a não vir.

— Nós não precisamos de você. Já está tudo resolvido.

Ele ri, enchendo a linha de estática.

Ela poderia desmoronar. Olha para um de seus quadros no corredor. A aquarela de uma macieira. A pintura fica borrada e ela se esforça para colocá-la novamente em foco.

— Vou muito bem, obrigado, Hel. E você? — Faz uma pausa. — Lembra-se sempre de Paris?

— É melhor você ficar longe.

O chuveiro para. Clara deve estar saindo. Há também outro ruído. A porta dos fundos: Rowan.

E ainda a mesma voz demoníaca em seu ouvido.

— Bom, agora que mencionou, também senti sua falta. Dezessete anos é muito tempo para ficar sozinho.

Os olhos dela estão bem fechados. Ele sabe o que é capaz de fazer. Sabe que pode puxar delicadamente um fio e fazer tudo desmoronar.

— Por favor — pede ela.

Ele não diz nada.

Ela abre os olhos e Rowan está ali, com o balde cheio de carvão. Está olhando para o telefone, para ela, para o medo em seu rosto.

— É ele, não é? — diz Will.

— Preciso desligar — diz ela e pressiona o botão vermelho.

A aparência de Rowan é meio desconfiada, meio confusa. Ela se sente nua diante dele.

— Pode ir acender o fogo.

É tudo o que ela consegue dizer. Mas o filho continua ali, sem se mexer ou dizer nada por alguns segundos.

— Por favor — repete.

Rowan assente, como se tivesse entendido algo, e então vai embora.

Certo tipo de fome

A NOITE SE MOVE NA VELOCIDADE DO PÂNICO.

Peter chega em casa.

Ele queima suas roupas e as de Clara no fogo crepitante.

Eles contam a verdade a Rowan. Ou parte dela, e nem mesmo assim ele consegue acreditar.

— Ela matou Harper? Você *matou* Stuart Harper? Com seus *dentes*?

— Sim — diz Peter —, ela matou.

— Sei que isso tudo parece esquisito — diz Helen.

Rowan geme, incrédulo.

— Mãe, é pra lá de esquisito.

— Eu sei, é muita coisa para absorver.

Só falta queimar a calça de Peter. Ele faz dela uma bola e joga-a no fogo, pressionando-a com o atiçador para garantir que não sobre nada. É como observar uma vida desaparecer.

Clara decide falar, numa voz miúda mas firme.

— O que aconteceu comigo?

Seus pais viram-se para olhá-la, sentada ali com o vestido verde que compraram para ela quando tinha 12 ou 13 anos, mas que ainda lhe serve. Ela, porém, parece diferente naquela noite. Algo sumiu nela e outra coisa tomou seu lugar. Clara não está tão apavorada quanto deveria. Ela afasta os óculos e depois volta a colocá-los no lugar, como se quisesse checar sua miopia.

— Você foi provocada — diz Helen, enquanto acaricia o joelho da filha. — Aquele garoto te provocou e isso causou uma reação em você. Sabe, é por isso que você tem estado doente, você ficou sem comer carne. Então, essa doença, essa condição, nós passamos isso para você. É hereditário e lhe causa certo tipo de fome que precisa ser cuidadosamente controlado.

As palavras impressionam Peter.

Doença!

Condição!

Certo tipo de fome!

Clara olha para a mãe, perdida.

— Não consigo entender.

— Bom, é um estranho estado biológico...

Basta, Peter decide. Ele interrompe a esposa e encara a filha.

— Somos vampiros, Clara.

— *Peter*. — O sussurro agudo de Helen não o detém e ele reitera sua fala com a voz firme.

— Vampiros. É isso o que somos.

Ele olha para os filhos e percebe que Clara parece entender aquilo melhor do que Rowan. Depois do que ela fez, ele sabe que talvez Clara encontre consolo naquela verdade. Mas a verdade foi simplesmente um soco no rosto de Rowan. Ele parece aturdido.

— Isso é uma... *metáfora*? — pergunta, tentando se apegar à verdade do mundo que conhece.

Peter balança a cabeça.

Rowan faz o mesmo, mas em negação. Afasta-se da porta. Eles nada dizem enquanto o filho sobe a escada.

Peter olha para Helen esperando que ela esteja zangada, mas não está. Triste, aflita, mas talvez ligeiramente aliviada.

— É melhor você subir e falar com ele — sugere ela.

— Sim — diz Peter —, é melhor mesmo.

Crucifixos, terços e água benta

Por 17 anos seus pais mentiram para Rowan. Isso significa, ele se dá conta, que toda a sua vida foi uma longa ilusão.

— É por isso que não consigo dormir — diz ele sentado na cama ao lado do pai. — Não é? É por isso que sinto fome o tempo todo. E porque preciso usar filtro solar.

Seu pai confirma com a cabeça.

— É, é por isso.

Rowan pensa numa coisa: no problema de pele que lhe disseram que ele sofre.

— Fotodermatose!

— Eu tinha de te dizer alguma coisa — diz Peter. — Sou um médico.

— Você mentiu. Todos os dias você mentia.

Rowan nota que há um pouco de sangue no rosto de seu pai.

— Você é um rapaz sensível, Rowan. Não queríamos magoar você. A verdade é que não é tão ruim como as pessoas pensam. — Ele aponta para o espelho na parede. — Temos reflexo.

Reflexo! Que diferença faz isso quando você não conhece a pessoa que o encara de volta?

Rowan não fala.

Ele não quer ter essa conversa. Os acontecimentos daquela noite já levarão um século para ser absorvidos, mas seu pai continua falando, como se estivesse discorrendo sobre uma DST qualquer ou sobre masturbação.

— E todo esse papo sobre crucifixos, terços e água benta é apenas uma bobagem supersticiosa. Satisfação de uma necessidade católica. Mas o lance do alho, obviamente, é verdade.

Rowan pensa no enjoo que sente sempre que passa por um restaurante italiano ou sente o cheiro de alho no hálito de alguém, ou quando, certa vez, se engasgou com um pão com homus que comprou na delicatéssen.

Ele é mesmo um freak.

— Eu quero morrer — desabafa.

Seu pai coça o queixo e solta um suspiro lento e demorado.

— Bem, você morrerá. Sem sangue, mesmo com a quantidade de carne que tentamos comer, ficamos fisicamente muito fracos. Sabe, não te contamos essas coisas porque não queríamos deprimi-lo.

— Pai, somos assassinos! Harper! Ela o matou. Não consigo acreditar nisso.

— Sabe — diz Peter —, você pode passar toda a vida como um humano normal.

Só pode ser piada.

— Um humano normal! *Um humano normal!* — Rowan quase ri ao dizer isso. — Que tem coceiras, nunca dorme e nem mesmo consegue fazer dez flexões. — Ele se dá conta de algo. — É por isso que, na escola, pensam que sou um freak. Eles sentem isso, não sentem? Sentem, em algum nível subconsciente, que estou desejando o sangue deles.

Rowan recosta-se na parede e fecha os olhos enquanto o pai começa sua palestra introdutória sobre vampirismo. Aparentemente várias pessoas importantes foram vampiros. Pintores, poetas, filósofos. Seu pai lhe fornece uma lista:

Homero.

Ovídio.

Maquiavel.

Caravaggio.

Nietzsche.

Praticamente todos os românticos, exceto Wordsworth.

Bram Stoker. (Sua propaganda antivampiresca surgiu durante seus anos de abstinência.)

Jimi Hendrix.

— E vampiros não vivem para sempre — continua Peter —, mas se mantiverem uma rigorosa dieta de sangue e evitarem a luz do dia podem durar bastante tempo. Sabe-se de vampiros com mais de 200 anos. E alguns dos mais cuidadosos forjam sua morte quando jovens, como Byron fez no campo de batalha na Grécia, fingindo ter uma infecção no pé. Depois disso, adotam uma nova identidade quase que a cada década.

— Byron? — Rowan não consegue evitar de se sentir consolado com aquela informação.

Seu pai assente e bate a mão de maneira encorajadora no joelho do filho.

— Pelo que eu soube, ainda está vivo. Eu o vi na década de 1980. Ele foi o DJ, tocava com Thomas de Quincey numa festa qualquer na caverna deles em Ibiza. Don Juan e DJ Ópio era como eles se chamavam. Sabe Deus se ainda estão nessa.

Rowan olha para seu pai e se dá conta de que está mais animado do que o habitual.

— Mas não está certo. Somos monstros.

— Você é um jovem inteligente, atento e talentoso. Você não é um freak. É alguém que superou várias coisas sem ter tido conhecimento delas. Sabe, Rowan, o sangue é uma ânsia. A sensação que ele lhe dá é viciante. Ele assume o comando. Torna você muito forte e dá uma sensação incrível de poder; faz com que você acredite que pode fazer ou criar qualquer coisa.

Rowan percebe seu pai momentaneamente perdido, hipnotizado por alguma lembrança.

— Pai — pergunta nervosamente —, você já matou alguém?

Peter fica visivelmente perturbado com a pergunta.

— Tentei não matar. Tentei me ater ao sangue que podíamos obter por algum outro meio, como num hospital. Sabe, a polícia nunca reconheceu oficialmente a nossa existência, mas havia unidades especiais. Talvez ainda existam, não sei. Sabíamos de pessoas que simplesmente desapareciam. Assassinadas. Portanto, tentávamos ter cuidado. Mas o sangue humano é melhor fresco e, às vezes, a ânsia era tão forte e a sensação que ele nos dava... A "energia", como dizem... — Ele olha para Rowan, seus olhos oferecendo o resto da confissão. — Não é um modo de vida — diz ele com uma tristeza silenciosa contaminando sua voz. — Sua mãe tinha razão. *Tem* razão. É melhor como somos agora. Mesmo que isso signifique morrermos mais cedo, mesmo que na maior parte do tempo tenhamos de nos sentir meio mal. É melhor ser bom. Agora, escute, espere aí até eu apanhar uma coisa para você.

Peter some do quarto e volta um momento depois, trazendo um livro de bolso com uma capa cinzenta austera. Entrega-o para Rowan, que lê o título: *Manual do abstêmio*.

— O que é isso?

— Uma ajuda. Foi escrito por um grupo anônimo de abstêmios, na década de 1980. Leia-o, todas as respostas estão aí.

Rowan folheia as páginas amarcladas e marcadas por dobras nas pontas. Palavras de verdade sobre papel de verdade, fazendo tudo parecer mais real. Ele lê algumas frases.

"Temos de aprender que as coisas que desejamos são muitas vezes as coisas que podem levar à nossa autodestruição. Temos de aprender a desistir de nossos sonhos a fim de preservar nossa realidade."

Isso esteve escondido nessa casa todos esses anos. Junto com mais o quê?

Peter suspira.

— Olhe, nós somos abstêmios. Não matamos ou convertemos mais as pessoas. Para o mundo exterior, somos apenas seres humanos comuns.

Converter? Isso faz a coisa parecer uma religião. Algo para o qual você é convencido a entrar ou convencido a sair.

De repente, Rowan quer saber mais uma coisa.

— Quer dizer que você foi convertido em vampiro?

Ele fica decepcionado ao ver o pai balançar a cabeça.

— Não, eu sempre fui assim. Os Radley tem sido assim há gerações. Há séculos. Radley é um nome vampiro. Significa "prado vermelho" ou coisa parecida. E tenho certeza absoluta de que o vermelho nada tem a ver com flores. Mas sua mãe...

— Foi convertida?

Seu pai faz que sim e Rowan percebe que ele parece triste.

— Ela quis se transformar na ocasião. Não foi contra a vontade dela, mas agora acho que ela não consegue me perdoar por isso.

Rowan recosta-se na cama em silêncio, encarando o vidro do inútil remédio para dormir que, há anos, ele toma todas as noites. O pai está sentado a seu lado numa muda tranquilidade, escutando o rangido suave dos tubos de calefação.

Freak, pensa Rowan minutos depois, quando começa a ler o manual. *Toby tem razão. Sou um freak. Sou um freak. Sou um freak.*

E ele pensa em sua mãe. Ela realmente *escolheu* ser uma vampira? Não fazia sentido *querer* ser um monstro.

Então Peter se levanta e Rowan o vê notar algo no espelho. Ele lambe o polegar, limpa o resto de sangue do rosto e sorri sem jeito.

— Bem, amanhã conversamos mais. Precisamos ser fortes. Por Clara. Não vamos querer parecer suspeitos.

Isso é tudo o que a gente sempre pareceu, pensa Rowan quando o pai fecha a porta.

Um pouco como Christian Bale

TOBY FELT ESTÁ EM SUA BICICLETA, entornando os últimos goles de vodca.

Um lixeiro!

Patético. Toby jura a si mesmo que se algum dia for um lixeiro, vai se matar. Vai se jogar na traseira do caminhão de lixo e esperará ser esmagado com todo o resto do lixo.

Mas ele sabe que não vai acabar daquele jeito. Porque a vida se divide em dois grupos. Há os fortes, como Christian Bale e ele, e há os fracos, como o pai de Eve e Rowan Radley. E o papel dos fortes é castigar continuamente os fracos. É assim que você se mantém por cima. Se você deixar o fraco viver em paz, então acabará como um fraco. É como estar na Bangcoc do futuro de Resident Evil 7 e deixar que os zumbis te comam vivo. Você tem de matar, ou será morto.

Quando ele era mais novo, sempre fantasiava sobre Bishopthorpe ser dominada por alguma coisa. Não zumbis necessariamente, mas alguma coisa.

Nazistas que viajaram no tempo.

Refugiados alienígenas.

Alguma coisa.

E, de qualquer forma, naquela realidade virtual todos eram destruídos, mesmo seu pai, mas Toby continuava lá, o último homem de pé, matando todos os invasores. Tipo o Batman. Ou um exterminador. Ou como o Christian Bale. (As pessoas diziam que ele se parecia com o Christian Bale. Bom, sua mãe dizia. Sua mãe de verdade. Não aquela idiota safada com quem ele tinha de viver agora.) Atirando neles, queimando-os, lutando, rebatendo granadas com sua raquete de tênis, custasse o que custasse. E ele sabe que é um dos fortes porque pode ficar com uma garota como Eve enquanto um freak como Rowan Radley fica em casa lendo poesia.

Ele se aproxima da placa do vilarejo. Ergue a garrafa e move-a para trás, como se estivesse prestes a rebater uma bola de tênis, despedaçando-a contra o metal.

Acha isso engraçado e olha para o resto da garrafa em sua mão. A visão do vidro quebrado lhe dá uma ideia. Um minuto depois, está andando por Lowfield Clove e resolve pegar um desvio. Vê a porcaria do Corolla que o pai de Eve dirige estacionado em frente aos apartamentos. Olha em volta e deita calmamente sua bicicleta na rua. Está com a garrafa quebrada na mão.

Abaixando-se ao lado do carro, ele pressiona contra um pneu a ponta mais afiada do vidro. Esfrega-o um pouco para cortar a borracha, mas não consegue. Então vê uma pedra solta junto à parede do jardim, apanha-a, monta na bicicleta e, com um dos pés no pedal, joga-a na janela da frente do carro, do lado do passageiro.

O barulho deixa-o sóbrio, em vez de causar a emoção que ele esperava.

Foge, pedalando para casa o mais rápido possível, antes que alguém tenha tempo de se levantar e abrir as cortinas.

SÁBADO

Sangue não satisfaz a ânsia. Aumenta-a.

Manual do abstêmio (segunda edição), p. 50

Um entusiasmo na costa solitária

HÁ POUCAS COISAS MAIS BONITAS do que uma via expressa deserta às 4 da manhã.

As linhas brancas e as placas iluminadas emitem suas instruções, tão indiferentes sobre se há seres humanos para segui-las quanto as pedras de Stonehenge o são em relação ao destino dos antigos abstêmios patéticos que as carregaram através da planície de Salisbury.

Coisas ficam.

Pessoas morrem.

Você pode seguir as placas e os sistemas que deve seguir ou pode sacrificar as companhias e levar uma vida fiel aos seus instintos. O que dissera lorde Byron apenas dois anos após ser convertido?

Há um prazer nas florestas desconhecidas
Um entusiasmo na costa solitária,

E, mais adiante, no mesmo canto:

Oh!, se o Deserto pudesse ser o meu lar,
Com um único Espírito justo para me guiar.

Se eu pudesse toda a raça humana olvidar,
E, odiando a ninguém, amar somente a ela.

Amar somente a ela. Essa é a maldição de muitos vampiros. Buscar muitos, mas desejar realmente apenas um.

Não, medita Will, você não consegue superar lorde B.

Bom, Jim Morrison é um segundo lugar bem próximo, admite Will, batucando a melodia de "Twentieth Century Fox" no volante (se bem que Will nunca engoliu a teoria de que Jim Morrison foi a identidade escolhida por Byron na década de 1960). E Hendrix também não é ruim. Ou mesmo os Stones, quando o vampiro ainda estava com eles. Todo aquele rock sangrento com um enorme ego que seu pai costumava tocar na década de 1960, quando ele e Peter eram crianças.

Will ouve o motor soar um pouco rouco ao dar a partida e vê no painel que a gasolina está acabando. Para num posto 24h e enche o tanque.

Às vezes ele paga pelo combustível, às vezes não. Dinheiro não significa absolutamente nada para ele. Poderia ter milhões se quisesse, mas o que compraria que seria tão bom quanto as coisas que tem de graça?

Essa noite ele deseja respirar um pouco de ar viciado, por isso entra na loja com sua última nota de 20 libras. (Três noites antes, ele esteve em um evento para solteiros no bar Tiger Tiger, em Manchester, onde conheceu uma garota com o tipo certo de pescoço e 200 libras recém-sacadas do caixa eletrônico).

Um jovem está sentado atrás do balcão lendo a revista *Nuts* e só percebe a presença de Will quando ele está bem perto, estendendo a nota de 20.

— Bomba três — diz ele.

— O quê? — pergunta o rapaz. Tira o fone do iPod de um dos ouvidos. A audição de Will, aguçada pelo sangue, está intensa o bastante para captar os rápidos, e mínimos ruídos da música que o rapaz está ouvindo, como o zumbido e o pulsar secretos da noite.

— Aqui está o dinheiro da bomba três — repete Will.

O rapaz confirma com a cabeça e masca, digitando os comandos necessários na caixa registradora.

— Não é o suficiente — diz ele.

Will não faz nada, a não ser olhar para ele.

— São 20 libras e 7 centavos.

— Como é que é?

O rapaz sente o próprio medo, mas não entende o que aquilo tenta lhe dizer.

— Você passou um pouco.

— Sete centavos.

— Isso.

— Eu passei *7 centavos inteiros*?

— Isso.

Will bate no rosto da rainha na cédula.

— Mas isso é tudo o que tenho.

— A gente aceita todos os cartões. Visa, Mastercard, Delta...

— Não tenho um cartão. Não tenho nenhum cartão.

O rapaz encolhe os ombros.

— Bem, são 20 libras e 7 centavos. — E suga o lábio superior para sublinhar esse fato inabalável.

Will olha para o rapaz. Ele está sentado ali, com seu casaco esportivo, sua revista, seu iPod e suas experiências equivocadas com pelos faciais, como se fosse algo novo, algo que ele mesmo criou. Em seu sangue, porém, deve estar o sabor das origens antigas, a dura e longa luta pela sobrevivência através de centenas de gerações, ecos de ancestrais dos quais nunca ouviu falar, traços de épocas mais extraordinárias e épicas, vestígios das sementes primitivas de sua existência.

— Você faz mesmo tanta questão de 7 centavos? — pergunta Will.

— O gerente faz.

Will suspira.

— Sabe, há coisas muito mais importantes com o que se preocupar.

Ele pensa sobre esse rapaz. Há alguns que sabem, que sabem o que você é e, subconscientemente, desejam aquele destino para si. É isso o que ele está fazendo?

Will vai embora observando o fantasma cinzento de si mesmo na TV do circuito interno de câmeras. Chega à porta, mas ela não abre.

— Você não pode sair enquanto não pagar o resto.

Will sorri, divertindo-se genuinamente com a mesquinhez demonstrada ali.

— É realmente esse o valor que você dá à sua vida? Sete centavos? O que você pode *comprar* com 7 centavos?

— Não vou deixar você sair. A polícia está a caminho, cara.

Will pensa em Alison Glenny, a chefe da unidade da polícia de Manchester que há anos o quer morto. *Tudo bem*, pensa consigo mesmo, *a polícia está sempre a caminho.*

Will anda novamente até o balcão.

— Você tem uma coisinha para mim? É isso? Sabe, vejo esse equívoco entre nós como a representação de algo muito maior. Creio que você é um garoto muito solitário executando um serviço muito solitário. Um serviço que o leva a desejar certas coisas. Companhia humana... Contato... humano...

— Não enche, seu veado.

Will sorri.

— Muito bem, um heterossexual muito convincente. Cem por cento. Não há como confundir. Mas o que mais lhe mete medo? Que eu possa matar você? Ou que você talvez goste?

— A polícia está vindo.

— Certo. Hum, suponho então que deva abrir a registradora para mim.

— O quê?

— Mandei abrir a registradora.

O rapaz pega algo debaixo do balcão, mantendo os olhos grudados em Will, e puxa uma faca de cozinha.

— Ah, a faca. A arma fálica de intrusão e penetração.

— Vá se foder, ok?

— O problema é que, com alguém como eu, você vai precisar de algo *maior*. Algo que vá bem fundo.

Will fecha os olhos e evoca as forças antigas. Imediatamente ele começa a se transformar em vampiro.

O rapaz olha para ele. O medo torna-se fraqueza, que torna-se uma submissão vazia.

— Agora largue essa faca, abra a registradora e me dê alguns desses papéis com retratos da rainha que você guarda aí dentro.

O rapaz está perdido. A batalha que nunca poderia ganhar está estampada em seu rosto. Sua mão treme e a faca cai sobre o balcão.

— Você vai abrir a registradora.

Ele abre a registradora.

— Agora me dê o dinheiro.

Um maço de insignificantes notas de 10 e de 20 libras são passadas através do balcão.

Aquilo está ficando fácil demais. Will gesticula na direção da parte de trás do balcão.

— Aperte o botãozinho e destranque a porta.

O rapaz enfia a mão debaixo do balcão e aciona uma chave.

— Quer que eu aperte sua mão?

O rapaz faz que sim com a cabeça.

— Por favor. — A mão pousa no balcão. Pele sardenta e unhas roídas.

Will acaricia a mão dele, desenhando um pequeno oito em sua pele.

— Agora, depois que eu for embora, você dirá à polícia que tudo não passou de um engano. Então, quando seu patrão perguntar onde está o dinheiro, você dirá que não sabe porque realmente não saberá. Mas talvez você entenda que ele agora pertence a um homem melhor.

Will se afasta e abre a porta. Uma vez na kombi, ele sorri enquanto o rapaz recoloca os fones nos ouvidos, completamente alheio ao que acabara de acontecer.

Ovos mexidos

— NÃO VENHA AQUI. POR FAVOR.

Ninguém sentado à mesa da cozinha ouve a oração de Helen, sussurrada na direção dos ovos mexidos que ela revolve na frigideira. O pedido é abafado pelo som monótono da Rádio 4.

À medida que mexe os ovos, Helen pensa nas mentiras que tem contado. Mentiras que começaram quando seus filhos ainda usavam fraldas, quando ela contou às suas amigas favoráveis à amamentação natural que estava mudando para mamadeiras porque a parteira estava preocupada com "problemas de lactação". Ela não podia dizer que, mesmo antes de os dentinhos dos bebês nascerem, eles sugavam e mordiam com tanta força que a faziam sangrar. Clara foi pior do que Rowan, e Helen sentiu-se totalmente envergonhada ao contar para as amigas que ia desistir após apenas três semanas de amamentação.

Ela sabe que Peter tem razão.

Sabe que Will tem contatos e dons. Como é mesmo aquilo que ele faz? *Manipulação mental.* Ele consegue dominar as pessoas. O poder hipnótico alimentado pelo sangue. Há coisas, porém, que Peter ainda não sabe. Ele nem mesmo se dá conta de com o que está lidando.

Ela percebe que os ovos estão mais do que passados ao raspá-los do fundo da frigideira e distribuí-los nas torradas de todos.

O filho olha para ela, perplexo com a simulação de normalidade.

— É sábado, por isso temos ovos mexidos — explica ela. — É sábado.

— Em casa com os vampiros.

— Pare com isso, Rowan — diz Peter quando o ovo é despejado na sua torrada.

Helen oferece um pouco de ovo para Clara e ela aceita, fazendo nascer um suspiro zombeteiro no irmão.

— Bem, eu e o pai de vocês estivemos conversando — diz Helen ao se sentar. — E, se vamos superar isso como uma família e garantir nossa segurança, teremos de agir o mais normalmente possível. Isto é, as pessoas vão começar a falar e a perguntar coisas sobre ontem à noite. A polícia também, provavelmente. Embora até agora não seja um caso de desaparecimento ou de qualquer outra coisa. Não até 24 horas depois...

O olhar dela pede algum apoio de Peter.

— A mãe de vocês tem razão — diz enquanto todos observam Clara comer seus ovos mexidos.

— Você está comendo ovo — observa Rowan. — O ovo vem da galinha. Galinha é um ser vivo.

Clara dá de ombros.

— Que instrutivo.

— Por favor, ela tem de voltar à dieta normal — diz Peter.

Rowan lembra-se do tom de voz leve de seu pai, na noite anterior, enquanto falava sobre vampiros famosos. E depois, nessa mesma hora do sábado anterior, Clara explicando seu veganismo.

— O que houve com o discurso sobre o "Auschwitz das galinhas" que tivemos de ouvir semana passada?

— Esses ovos são caipiras — diz a mãe.

Clara lança um olhar penetrante para Rowan. Seus olhos, livres dos óculos, brilham com vida renovada. Aliás, até Rowan tem de admitir que ela aparenta estar melhor do que nunca. Seus cabelos parecem mais reluzentes, a pele mais viva, até mesmo sua postura mudou. Sua cabeça, normalmente pesada e submissa, e a coluna curvada foram substituídas por costas retas de bailarina e uma cabeça que se assenta tão levemente como um balão de ar no topo do pescoço. Como se não sentisse mais o peso da gravidade.

— Qual é o seu problema? — pergunta-lhe ela.

Rowan olha para o prato. Ele não consegue comer mais nada.

— É isso o que acontece? Você prova sangue e perde seus princípios junto com os óculos?

— Ela precisa comer ovos — diz Helen. — Isso tem sido parte do problema.

— Sim — acrescenta Peter.

Rowan balança a cabeça.

— Mas ela parece não estar nem aí.

Helen e Peter se entreolham. A questão de Rowan é indiscutível.

— Agora, por favor, Rowan, isso é importante. Sei que você teve de absorver muito, mas vamos tentar ajudar Clara a superar o ataque — diz a mãe.

— Você faz com que pareça um ataque de asma.

Peter revira os olhos diante da declaração do filho.

— Helen, ela ingeriu muito sangue. É um pouco demais pensar que podemos simplesmente agir como se isso não tivesse acontecido.

— Sim, é — admite ela —, mas faremos isso. Vamos dar a volta por cima. E o modo para fazer isso é seguir em frente. Simplesmente seguir em frente. Peter vai trabalhar. Na segunda-feira, vocês irão à escola. Mas talvez Clara deva ficar em casa hoje.

Clara pousa seu garfo.

— Vou sair com Eve.

— Clara, eu...

— Mãe, já estava marcado. Se eu não for, vai parecer suspeito.

— Bem, sim, acho que devemos agir de forma completamente normal — diz Helen.

Rowan ergue as sobrancelhas e come seu ovo. Clara, porém, parece perturbada com alguma coisa.

— Por que sempre ligamos na Rádio 4 se nunca a ouvimos? É irritante. É só para provar que somos da classe média ou coisa assim.

Rowan olha para aquela pessoa que agora habita o corpo de sua irmã.

— Clara, cale a boca.

— Cale a sua.

— Ah, meu Deus, você não sente nada?

Peter suspira.

— Gente, por favor.

— Você, de qualquer modo, odiava Harper — diz Clara examinando o irmão como se fosse ele quem tivesse mudado de personalidade.

Rowan apanha seus talheres apenas para devolvê-los. Está exausto, mas sua raiva o anima.

— Não gosto de várias pessoas. Vai dizimar o vilarejo todo por minha causa? Isso na base de pedidos? É assim que funciona? Porque, outro dia, a mulher da delicatéssen me tratou mal...

Helen olha para o marido, que tenta novamente acalmar as coisas.

— Gente... — pede ele erguendo as mãos. Mas Clara e Rowan já mergulharam de cabeça na briga.

— Eu me garanto. Sabe, se você não fosse tão babaca, seria muito mais feliz.

— Babaca. Ótimo. Obrigado, condessa Clara da Transilvânia, pela reflexão do dia.

— Vá se ferrar.

— *Clara.* — Dessa vez é Helen, derramando o suco de laranja que tentava despejar em seu copo.

Clara arrasta sua cadeira para trás e sai intempestivamente, coisa que ela nunca fez em toda a vida.

— Todos vocês, *vão se ferrar.*

Rowan recosta-se na cadeira e olha para os pais.

— É agora que ela se transforma num morcego?

A gente condenada

E AQUI ESTAMOS. *O sétimo círculo do Inferno.*

Enquanto dirige, Will absorve as imagens que a rua principal tem a oferecer. Uma sapataria infantil pintada de roxo, chamada Tinkerbell's. Um pub de aparência gasta e uma pequena e refinada delicatéssen. *Uma sex shop?* Não. Uma loja de fantasias para não vampiros autodepreciativos que pensam que uma noite com uma peruca afro e calças boca de sino brilhantes aliviará a dor de sua existência. E um farmacêutico, como plano B. Mesmo com um homem com casaco de frio passeando com seu cachorro psicopata e medroso, tudo é sufocantemente aconchegante, com um ar de vida vivida no volume mais baixo possível. Ele para no sinal de trânsito para deixar um casal de idosos atravessar a rua. Eles erguem as mãos lenta e fragilmente em agradecimento.

Will continua dirigindo e passa por um prédio de um andar, que fica mais recuado da rua e um pouco escondido entre as árvores, como se envergonhado de sua relativa modernidade. Médico é o que diz a placa do lado de fora da clínica. Imagina seu irmão ali, dia após dia, cercado por corpos doentes e não mordíveis.

Por mim se vai ao padecer eterno, pensa ele, lembrando aquela passagem de Dante. *Por mim se vai à gente condenada. Deixai, ó vós que entrais, toda a esperança!*

E ali está. Uma pequena placa em preto e branco quase encoberta pelas folhas verdes de algum arbusto superabundante.

Orchard Lane. Will diminui a velocidade da kombi e entra à esquerda, encolhendo-se enquanto o sol baixo o saúda por cima das casas ostensivas.

O mundo lento e silencioso sugerido pela rua principal é ainda mais lento e silencioso aqui. As casas separadas, nos estilos georgiano e regencial, construídas antes de Byron forjar sua primeira morte, possuem carros agradavelmente brilhantes e caros parados diante de suas garagens. Parecem feitos intencionalmente para ficarem ali, sem ir a lugar algum, como se se contentassem em curtir suas próprias almas tecnológicas.

Uma coisa é certa, pensa consigo mesmo, *uma kombi tão velha quanto Woodstock certamente vai chamar atenção por aqui.*

Ele estaciona do lado oposto à casa, num meio-fio estreito e gramado.

Olha o número 17. Uma casa grande, de bom gosto, destacada e com frente dupla, mas ainda sofrendo para competir com a sua vizinha, bem maior. Vê o carro dos Radley. *Exatamente o veículo de uma família normal, feliz.* Sim, eles mantêm a aparência correta.

Talvez seja a luz do sol, mas ele se sente fraco. Não está acostumado a estar acordado àquela hora. *Aquilo pode ter sido um erro.*

Ele precisa de força.

Portanto, como sempre que se sente assim, ele estende o braço e pega o saco de dormir enrolado. Enfia a mão no seu interior quente e tira uma garrafa de sangue vermelho-escuro.

Acaricia o rótulo e olha sua própria caligrafia. O Eterno — 1992.

Um sonho completo e perfeito numa só garrafa.

Ele não a abre. Nunca a abriu. Nunca houve uma ocasião suficientemente especial ou desesperadora. Basta apenas olhar para ela, tocar no vidro e imaginar qual seria seu sabor. Como *foi* o sabor há milhares de noites atrás. Após cerca de um minuto, ele enfia a garrafa no saco de dormir e o guarda novamente.

Então sorri e sente uma espécie de alegria delicada, ao se dar conta de que, dentro de instantes, ele a verá novamente.

Linda

CLARA OLHA OS PÔSTERES EM SUA PAREDE.

O beagle sofrendo.

O macaco na gaiola.

A modelo com casaco de pele deixando um rastro de sangue na passarela.

Eles estão nitidamente em foco. Clara olha seus dedos e consegue enxergar as meias-luas na base de cada unha e contar as dobras de pele nas juntas. E não tem a menor sensação de náusea.

Na verdade, ela está energizada. Mais animada e cheia de vida do que jamais esteve. *Eu matei Harper ontem à noite.* É um fato chocante, mas ela não está chocada. É apenas algo natural, como tudo é natural. E também não consegue se sentir culpada, porque não fez deliberadamente nada de errado. E qual é o propósito da *culpa*, afinal de contas? Toda a sua vida ela se sentiu culpada sem qualquer motivo. Culpada por preocupar os pais com sua dieta. Culpada por, de vez em quando, se esquecer de colocar alguma coisa na lata da reciclagem. Culpada por inalar dióxido de carbono e tirá-lo das árvores.

Não, Clara Radley não vai mais se sentir culpada.

Ela pensa nos seus pôsteres. Por que tem aquelas coisas feias na parede? Ajoelha-se sobre o edredom e arranca um por um.

Então, depois que a parede está nua, ela se diverte no espelho, transformando-se, observando seus dentes caninos se alongarem e ficarem afiados.

Drácula.

Não Drácula.

Drácula.

Não Drácula.

Drácula.

Ela examina suas presas brancas curvadas. Toca-as, pressiona as pontas na parte polpuda do polegar. Surge uma bolha farta de sangue, reluzindo como uma cereja. Prova-a e desfruta o momento, antes de se fazer novamente 100% humana.

Ela percebe, pela primeiríssima vez, que é atraente. *Eu sou linda.* E fica ali, de pé, sorrindo e orgulhosa, saboreando sua boa aparência, com pôsteres antivivissecção amassados em volta dos pés.

Outra mudança que ela notou foi a sensação de *leveza.* No dia anterior, e em cada dia antes dele, sempre estivera ciente de um peso em cima dela, o que a levava a andar desleixada e a irritar os professores com seus ombros caídos. Naquele dia, porém, não sentia peso algum. E, ao se concentrar nessa leveza, notou que seus pés não estavam mais no tapete, mas acima dele, flutuando um pouco mais alto que os pôsteres amassados.

Então a campainha da porta tocou e ela baixou-se até o tapete.

Nunca convide um vampiro praticante
para entrar em sua casa, mesmo se for um amigo
ou alguém da família.

Manual do abstêmio (segunda edição), p. 87

Cercas

Helen está simplesmente parada no corredor deixando que aconteça. Deixando que seu marido o convide para entrar na casa e o abrace. Ele sorri e olha para ela, com um rosto que não perdeu nada de seu poder.

— Sim, já faz muito tempo — diz Peter, soando, para Helen, mais distante do que realmente está.

Will mantém os olhos em Helen enquanto deixa o abraço prosseguir.

— Que recado incrível, Pete. "Ajude-me, Obi-Wan Kenobi, você é a minha única esperança."

— Bem, é verdade — diz Peter, nervoso. — Foi um pequeno pesadelo, mas já demos um jeito.

Will ignora o que o irmão diz e concentra-se em Helen, para quem o corredor nunca pareceu tão estreito. As paredes e as aquarelas parecem aproximar-se cada vez mais e ela está prestes a explodir de claustrofobia quando Peter fecha a porta.

Will beija seu rosto.

— Helen, uau. Parece que foi ontem.

— É mesmo? — reage ela secamente.

— Sim, é. — Sorri e olha em volta. — Decoração de bom gosto. Bem, quando conhecerei as crianças?

Peter está fraco e sem jeito.

— Bem, agora mesmo, creio eu.

Helen vê-se incapaz de fazer qualquer coisa a não ser conduzi-lo à cozinha, triste como um carregador de caixão. Clara não está lá, mas, de certa maneira, Helen desejava que estivesse, mesmo que fosse para desviar sua atenção do rosto interrogativo de Rowan.

— Quem é esse? — pergunta ele.

— É seu tio.

— Tio? Que tio?

Rowan está confuso. Sempre lhe disseram que seus pais eram filhos únicos.

Então surge o tio misterioso e Peter sorri, encabulado.

— É, esse é meu... irmão, Will.

Rowan está magoado e não responde ao sorriso do tio. Helen imagina o que ele está pensando: *mais uma mentira, numa vida repleta delas.*

Para o desânimo de Helen, Will senta-se na cadeira de Peter e olha para a exótica paisagem de caixas de cereais e torradas na prateleira.

— Então, esse é o café da manhã — diz Will.

Helen olha com desespero a cena à sua frente. Deseja dizer um milhão de coisas a Will, mas não consegue pronunciar uma palavra. Ele precisa ir embora. Peter precisa fazer com que ele vá embora. Ao sair da cozinha, ela puxa a camisa do marido.

— Temos de nos livrar dele.

— Helen, acalme-se. Está tudo bem.

— Não acredito que deixou aquele recado. Não acredito que fez aquilo. Que coisa estúpida!

Peter agora está zangado, esfrega a mão na testa.

— Pelo amor de Deus, Helen. Ele é meu *irmão*. Eu não entendo. Por que você fica alterada desse jeito quando o vê?

Helen tenta baixar a voz para um tom normal enquanto olha pelo vão da porta.

— Não estou alterada. Estou controlada. É apenas... Meu Deus, a última vez que o vimos, nós éramos... *você sabe*. Ele é o nosso passado. Ele é a podridão que deixamos para trás quando nos mudamos para cá.

— Não seja tão melodramática. Escute, ele pode ajudar com esse assunto da Clara. Você se lembra como ele é. Com as pessoas, com a polícia. Ele pode convencê-las, manipulá-las.

— A manipulação mental? É a isso que está recorrendo?

— Talvez. Sim.

Ela olha para o marido e imagina quanto sangue ele ingeriu na noite anterior.

— Bem, no momento, ele está debaixo do nosso teto, *convencendo* o nosso vulnerável filho. Ele poderá lhe dizer qualquer coisa.

Peter a olha como se ela estivesse histérica.

— Helen, por favor. Um vampiro não consegue hipnotizar outro. Ele não pode fazer Rowan acreditar em nada que não seja real.

Isso apenas parece deixar Helen mais agitada. Ela balança a cabeça, furiosa.

— Ele precisa ir embora. Ele precisa ir embora! Vá. *Livre-se* dele. Antes que ele... — Ela para lembrando-se de que Peter, na realidade, sabe muito pouco. — Apenas *livre-se dele*.

*

Rowan observa seu tio morder um pedaço frio de torrada integral.

Percebe que há uma ligeira semelhança entre seu pai e ele mas para isso teve de usar bastante um Photoshop imaginário. Teve de tirar a barba não feita há três dias, a capa de chuva e as botas pretas surradas de motoqueiro. Também acrescentou um pouco de peso ao rosto e à barriga de Will, envelheceu sua pele em mais ou menos uma década, imaginou-o com os cabelos mais curtos, trocou a camisa básica por outra, polo, e colocou um ar vazio em seus olhos. Se fizesse tudo isso, teria alguém vagamente semelhante ao seu pai.

— Carboidratos — diz Will referindo-se à torrada que está comendo. Não faz qualquer esforço para fechar a boca. — Tenho a tendência de negligenciá-los enquanto grupo alimentar.

O desconforto que Rowan sente, sentado à mesa do café da manhã com um estranho de aparência rústica que é também um parente consanguíneo, mantém sua raiva sob controle.

Will engole e gesticula lentamente, levando a torrada até a boca lentamente.

— Você não sabia a meu respeito, sabia? Pude perceber pelo seu rosto, quando entrei...

— Não.

— Bem, não seja tão duro com seus pais. Eu não os culpo. Há muita história por trás disso. Muito sangue ruim. E também muito sangue bom. Sabe, eles nem sempre tiveram princípios.

— Quer dizer que você ainda é um...

O tio finge ficar constrangido.

— *Vampiro?* Que palavra provocante, presa em muitos clichês e em romances para meninas. Mas, sim, receio que seja. Um vampiro em plena atividade.

Rowan olha para as migalhas e os pequenos pedaços de ovo em seu prato. Seria raiva ou medo que agora bombeava seu sangue com tanta velocidade? De algum modo ele consegue dizer o que passa pela sua cabeça.

— E quanto... tipo... a valores morais?

Seu tio suspira como se estivesse decepcionado.

— Escolher quais deles seguir, esse é o problema. Hoje em dia há um mercado lotado lá fora. Me dá dor de cabeça só de pensar nisso. Eu persisto no sangue. Sangue é mais simples. Com sangue, você sabe exatamente onde está.

— Quer dizer que simplesmente sai por aí matando gente? É isso o que faz?

Will não diz nada, apenas aparenta estar confuso.

Rowan estremece como terra sobre um enterrado vivo.

Peter entra na cozinha parecendo inquieto. *Não*, pensa Rowan. *Will é definitivamente o irmão mais velho.*

— Will, podemos conversar?

— Claro, Peter.

Rowan observa-os deixar a cozinha. Sua alergia está piorando e ele ataca o braço com arranhões firmes e furiosos. Pela segunda vez em menos de 12 horas, ele deseja estar morto.

Will olha os quadros delicados e de bom gosto na parede do corredor. Uma aquarela semiabstrata de uma macieira, com um pequeno "H", em marrom, no canto inferior.

É Will a quem Peter olha atentamente. Ele parece bem, diga-se de passagem. Não mudou praticamente nada e deve estar levando a mesma vida de sempre. Seu irmão mais velho, parecendo pelo menos dez anos mais novo do que ele, com aquele brilho malicioso nos olhos e o ar de algo — *liberdade? perigo? vida?* — que Peter perdeu muito tempo atrás.

— Olhe, Will — esforça-se —, sei o esforço que fez para vir até aqui, e agradeço muito, muito mesmo, mas é que...

Will assente.

— Uma macieira. Macieiras nunca são demais.

— O quê?

— Sabe, são sempre as maçãs, não é, que recebem toda a glória? — comenta Will como se os dois estivessem tendo a mesma conversa. — Sempre a merda das maçãs. Mas não, a glória vai para a árvore inteira. Vai para a velha e boa árvore-mãe.

Peter entende do que Will está falando.

— Ah, sim, é uma das de Helen.

— Mas devo confessar... *aquarela*? Eu gostava dos quadros a óleo que ela fazia, os nus. Ela arrasava neles.

— Olhe, o negócio é o seguinte... — diz Peter percebendo que é difícil dizer o que Helen quer. Seu irmão, a quem ele não viu por grande parte das últimas duas décadas, foi *convidado* a vir àquela casa. E desconvidar vampiros, ainda mais parentes consanguíneos, nunca é fácil.

— Petey, isso é ótimo, mas podemos botar a conversa em dia outra hora?

— O quê?

Um bocejo teatral de Will.

— Noite de um dia difícil — diz ele. — E já passou da minha hora de dormir. Mas não esquenta, não precisa pegar o colchão de ar. Sabe, posso furá-lo enquanto durmo, se estiver tendo o tipo errado de sonho. Ultimamente tenho tido muitos deles — Will põe os óculos de sol e beija novamente o irmão no rosto. — Senti sua falta, mano.

Ele sai da casa.

— Mas... — diz Peter sabendo que é tarde demais.

A porta se fecha.

Peter lembra de como costumava ser: seu irmão sempre um passo à frente. Ele encara a nuvem de folhas verdes e os pontinhos vermelhos significando as maçãs.

Ele não concorda com Will. Acha que os métodos artísticos de Helen se aperfeiçoaram com o tempo, tornando-se mais sutis, mais contidos. Ele gosta da cerca em primeiro plano; apenas pinceladas fortes e lineares ecoando o tronco da árvore. Cercas são um tema recorrente em seu trabalho nos últimos tempos e, certa vez, ele perguntou sobre esse detalhe para a mulher.

— Elas servem para proteger ou para restringir?

Helen não respondeu. Não sabia. Deve ter pensado que ele estava fazendo uma piada, e talvez fosse o caso, mas certamente não fora uma crítica às suas obras. Na verdade, ele encorajou-a a expor seus trabalhos em uma cafeteria em Thirsk e ficou realmente surpreso quando nenhum dos quadros foi comprado. (Ele lhe disse que ela havia colocado preços muito baixos nos quadros. Preços mais altos teriam aumentado o valor das obras, especialmente porque Thirsk não era exatamente uma metrópole do cenário artístico.)

— O que ele disse? — A voz de Helen perfura seus pensamentos. Parece tensa e ansiosa.

— Não me ouviu. Simplesmente saiu.

Helen parece mais desnorteada do que zangada diante da informação.

— Ah, Peter, ele precisa ir embora.

Peter concorda com a cabeça, imaginando como fazer isso e por que, para Helen, esse parece ser o maior problema que enfrentarão naquele fim de semana. Maior do que um garoto morto, moradores fofoqueiros e a polícia.

Ela está ali, a não mais do que um metro dele, mas poderia muito bem ser um ponto no horizonte. Peter tenta colocar a mão de maneira tranquilizadora sobre seu ombro, mas, antes que consiga alcançá-la, ela já virou-se em direção à cozinha para encher o lava-louças.

O diagrama tântrico de um pé direito

NA CASA VIZINHA À DOS RADLEY, o número 19 da Orchard Lane, tudo está calmo.

Lorna Felt está deitada ao lado do marido, com uma leve ressaca, mas relaxada e pensando no rosto amedrontado de Peter quando ela fez seu modesto avanço por baixo da mesa. Ela olha para o outro lado do quarto, para o quadro na parede. O diagrama tântrico de um pé direito — cópia de um *yantra* hindu clássico, do século XVIII, mapeando toda a estrutura interna e os pontos de energia do pé, que ela comprou na internet.

Mark, é claro, não quisera colocar aquilo na parede. Da mesma forma que não queria que os convidados tirassem as meias na sua sala de estar. Contudo, ela agora se aninha no marido enquanto ele desperta de seu sono.

— Bom-dia — sussurra no seu ouvido.

— Ah, sim, 'dia — responde ele.

Sem se intimidar, a mão dela escorrega para dentro da blusa dele e acaricia a pele com um toque de pluma. Desliza os dedos mais para baixo, desabotoa seu pijama e acaricia seu pênis flácido tão suavemente como se fosse um camundongo de estimação. A carícia suave e cuidadosa o desperta, ele a beija e os dois seguem rapidamente em direção ao sexo. Esse sexo, porém, é tão decepcionante para Lorna quanto geralmente é — uma viagem curta e direta de A para B quando ela poderia passear um pouco mais pelo alfabeto.

Por algum motivo, quando fecha os olhos e se solta dentro dela, Mark tem a nítida imagem do sofá de seus pais. O tal que compraram, no dia em que Charles e Diana se casaram, para comemorar. Ele o imagina do modo como ficou durante um ano inteiro. Com sua capa de plástico, para o caso de alguém resolver se acomodar demais e sujá-lo. ("Você precisa aprender a *respeitar* as coisas, Mark. Sabe quanto isso custou?")

Eles ficam deitados ali, absortos em pensamentos distintos. Lorna percebe que se sente tonta novamente.

— Gostaria de poder ficar o dia inteiro na cama — diz Mark assim que recupera o fôlego, embora não fale realmente sério. Ele não fica enrolando na cama pela manhã desde que tinha 18 anos.

— Bem, poderíamos passar um *pouquinho* mais de tempo juntos, não é? — pergunta Lorna.

Mark suspira e sacode a cabeça.

— Eu tenho... coisas para fazer... esse maldito problema dos aluguéis...

Levanta da cama e vai ao banheiro. A mão dela permanece no lado dele do colchão, sentindo o inútil calor deixado para trás.

Enquanto o ouve urinar ruidosamente, ela decide que deve ligar para o consultório médico e marcar uma consulta com Peter (*precisa* ser Peter). E ela sabe que aquele dia pode ser o dia em que terá coragem de perguntar ao vizinho o que sempre quis perguntar desde que sentiu seus olhos sedentos sobre ela durante o churrasco do ano anterior.

Tira o telefone da base. A voz de Toby surge na linha. Ela não desliga mas ouve em silêncio, algo que fez antes, quando buscava provas do ódio de seu enteado por ela. *Por que Mark nunca a apoiou em nada relacionado a Toby? Por que não conseguia ver o quanto o rapaz a desprezava? Por que Mark não a escutou e o mandou para a escola Steiner em York? "É, e ver ele se tornar um perna de pau circense desempregado quando crescer", fora a última frase de Mark sobre o assunto.*

— Oi, Sra. Harper, por favor, o Stuart está? — A voz é quase irreconhecivelmente educada.

Então ouve a Sra. Harper.

— Stuart! Stuart! *Stuart?* — Esse último "Stuart" é tão alto que Lorna precisou tirar o telefone do ouvido. — Stuart, saia da cama! Toby está no telefone.

Mas, na linha, não se ouve nenhum som de Stuart.

Roupas novas

Eve está deitada na cama com a camisa folgada que vestia na noite em que sua mãe desapareceu, dois anos atrás. Ela a teria jogado fora, se não fosse por isso, pois agora a camisa estava desbotada e cheia de buracos em volta do pescoço, onde ela a mastigara, e era de uma banda na qual não estava mais interessada.

Jogar a camisa no lixo seria queimar outra ponte entre o antes e o depois, e não restavam muitas pontes desde que ela se mudara para aquele lugar.

A antiga casa deles, em Sale, era tão diferente dali. Primeiro era uma *casa* e não um apartamento projetado para pensionistas. Era uma casa com alma, e cada canto de cada cômodo continha lembranças de sua mãe. Esse outro lugar era ridículo e causava uma sensação gelada de tristeza — uma construção nova, mas com a mesma tristeza comum da casa de pessoas idosas.

Claro que ela entendia parte da situação. Sabia que, por causa dos excessos do pai, não tiveram como pagar a hipoteca. Mas, *mesmo assim*, por que se mudar para um lugar diferente? Por que se mudar para o outro lado dos montes

Peninos, 90 e sei lá quantos quilômetros da cozinha onde a mãe e ela costumavam dançar ao som de músicas antigas no rádio?

Por que abandonar a velha cama onde mamãe costumava se sentar e conversar sobre os poemas e os livros que ela estudava para seu mestrado? Ou onde ela lhe perguntava sobre a escola, os amigos e os namorados?

Ela fecha os olhos e a vê, com os cabelos curtos e o sorriso amável que Eve não dava valor. Então, seu pai entra no quarto e interrompe a lembrança ao lhe dizer que não terá permissão para sair de casa durante o fim de semana.

— O quê? — pergunta ela, sua voz denunciando a inegável ressaca da qual está sofrendo.

— Sinto muito, Eve, só esse fim de semana. Você fica em casa. — Independentemente de onde tenha ido, ainda está vestido com o casaco e sua expressão está tão aberta a concessões quanto um bloqueio na estrada.

— Por quê? — É tudo o que ela parece perguntar atualmente, e sempre, como agora, fica sem uma resposta satisfatória.

— Eve, por favor, estou mandando que não saia. Estou mandando porque é importante.

E basta. Isso é tudo o que ela obtém antes que o pai saia do quarto.

Cerca de um minuto depois, seu celular vibra na mesinha de cabeceira. Ela lê "Clara" na tela. Antes de atender, levanta da cama para fechar a porta e liga o rádio.

Quando finalmente atende, percebe que sua amiga parece diferente. Seu habitual tom de submissão e autodepreciação foi substituído por algo mais legal, mais confiante.

— E aí, señorita, vamos às compras hoje?

— Não posso — diz-lhe Eve. — Estou de castigo.

— Castigo? Você tem 17 anos. Ele não pode fazer isso. É ilegal.

— Bem, mas ele fez. Se acha acima da lei. E, de qualquer modo, estou dura.

— Tudo bem, eu pago para você.

— Não dá. Meu pai. É sério.

— Ele não é o seu dono.

O modo como diz isso é tão atípico da personalidade de Clara que Eve se pergunta por um instante se está mesmo falando com sua velha amiga.

— Você parece diferente hoje.

— *É* — diz a voz no ouvido de Eve. — Eu me sinto melhor, mas realmente preciso de roupas novas.

— O quê? Não está mais vomitando?

— Não, passou. Meu pai disse que foi um vírus, um desses que é transmitido pelo ar.

— Tem alguém na porta da frente — diz-lhe Eve.

— Eu sei, eu ouvi.

— O quê? Como? Eu mal escutei... De qualquer modo, preciso desligar. Meu pai não foi atender.

— Legal — diz Clara. — Depois eu passo aí.

— Não, não acho que seja uma boa...

Clara desliga antes que ela consiga terminar.

Eve sai do quarto para atender a porta. Ela finge não ouvir o que seu pai cochicha lá da sala.

— Eve, não atenda.

Ela atende e vê o senhorio olhando-a de cima com seu rosto rechonchudo, arrogante e negociador.

— Seu pai está?

— Não, ele saiu.

— Saiu, que conveniente. Bem, diga-lhe que não estou muito contente. Preciso, até semana que vem, do aluguel dos últimos dois meses ou vocês terão de procurar outro lugar.

— Ele conseguiu um emprego — diz-lhe Eve. — Agora vai poder pagar, mas isso pode demorar um pouquinho mais. Toby... hã... não lhe explicou?

— Toby? Não. Por que ele faria isso?

— Ele disse que faria.

E o Sr. Felt sorri para ela, mas sem qualquer traço de bondade. É um sorriso que a faz se sentir estúpida, como se ela fosse o motivo de uma piada que não consegue entender.

— Semana que vem — diz ele com firmeza —, 700 libras.

Um pequeno ataque de pânico

CLARA SENTIRA O CHEIRO DE ALGO durante sua ida à cidade. Um tipo de odor substancioso e exótico que ela nunca notara antes no ônibus lotado. Aquilo teve um efeito tão desorientador nela que era realmente um alívio quando as portas se abriam e um ar fresco acalmava seus sentidos.

Mas ali estava ele novamente, subjugando-a enquanto ela experimentava roupas na cabine da Topshop. Aquele cheiro estranhamente inebriante, lembrando-lhe o êxtase violento, selvagem, que ela sentira na noite anterior.

E ela se vê. Em cima do corpo de Harper, mergulhando sua cabeça como um velociraptor em direção às feridas sanguinolentas dele, para sugar ainda mais sua vida. Clara estremece ao se lembrar, mas não entende se pelo que fez ou pela delícia inebriante que sabe que poderia experimentar novamente.

Ela se dá conta de que é o cheiro de sangue. O sangue dentro de todos os corpos que se despem nos cubículos em volta. Garotas que ela não conhece, junto com outra que ela conhece — a que ela persuadiu a fugir de casa e do pai.

Ela sai da cabine com suas roupas novas, em transe. Começa a ser atraída por forças invisíveis na direção da cabine vizinha a sua, preparando-se para abrir a cortina. O pânico, porém, se põe sobre sua pele como uma sombra fria. Seu coração dispara e cada órgão estremece com ele.

Ela percebe o que está fazendo e começa a correr para fora dos provadores e através da loja, chocando-se com um manequim decorado ao estilo dos anos 1980, com cabelos curtos e vistosos crucifixos, que aterrissa sobre uma arara com roupas fazendo uma espécie de ponte.

— Desculpa — diz Clara, ofegante, mas continua correndo para a saída. O alarme de segurança dispara quando ela corre para a rua, mas ela não consegue voltar. Precisa de ar fresco para diluir seu desejo.

O som de pisadas no concreto martela em sua cabeça. Alguém corre atrás dela. Clara dispara por um beco e passa por latas de lixo lotadas, mas avista um muro de tijolos vermelhos adiante. Um beco sem saída.

O segurança encurralou-a. Enquanto se aproxima, ele fala no rádio preso ao bolso de sua camisa.

— Está tudo bem, Dave. Já peguei ela. É apenas uma garota.

Clara permanece com as costas contra a parede.

— Desculpe — diz ela. — Eu não pretendia roubar nada. Tive um pequeno ataque de pânico, só isso. Eu tenho dinheiro. Vou...

O segurança sorri, como se ela tivesse contado uma piada.

— Tá legal, querida. Pode explicar tudo na delegacia, mas não sei se vão acreditar em você.

Ele pousa a mão pesada sobre o braço dela. Ao pressioná-la, ela vê a tatuagem de uma sereia no seu antebraço, o rosto de tinta azul olhando para ela com uma espécie de desolada compreensão. Ele começa a puxá-la em direção à rua. Ao chegarem ao final do beco, Clara ouve os passos de compradores passando, as batidas ficando cada vez mais rápidas, até parecerem fazer uma espécie de dança coletiva. A mão a pressiona com mais força e uma raiva desesperada percorre seu corpo. Ela tenta se soltar.

— Nem tente, mocinha — diz o segurança.

Sem pensar, ela faz o truque com seus dentes caninos.

— Se manda — sussurra.

Ele a larga subitamente, como se algo o queimasse. Percebe que a garota é capaz de sentir o cheiro de seu sangue e o medo consome o segurança. Seu queixo cai e ele recua, afastando-se dela com as mãos para baixo, como se tentasse acalmar um cão raivoso.

Clara sente o medo que provocou naquele homem e treme ao tomar conhecimento de tal poder.

Salvem as crianças

A MANHÃ DE PETER NA CLÍNICA é uma espécie de borrão. Os pacientes entram e saem e ele acompanha o movimento. À medida que o dia passa, ele pensa mais e mais na sensação que teve enquanto se elevava no ar na noite passada, no prazer veloz e leve. Acha cada vez mais difícil se concentrar no presente, na porta se abrindo e no Sr. Bamber surgindo, apenas um dia após seu exame retal.

— Olá — diz Peter ouvindo a própria voz de algum lugar acima do mar do Norte. — Como vai?

— Nada bem, para ser honesto — responde o velho ao se sentar na cadeira de plástico laranja. — São esses antibióticos. Estão destruindo meu organismo.

Bate na barriga para indicar de que parte do organismo está falando. Peter verifica suas anotações.

— Sei. Bem, normalmente amoxicilina tem apenas efeitos colaterais suaves.

O Sr. Bamber assobia um suspiro.

— Pois afetou o meu controle. Não é nada muito digno. Quando tenho de ir, tenho de ir *mesmo*. É como um filme de ação lá embaixo. — O velho enche as bochechas e imita o som de uma explosão.

Para Peter, é informação demais. Ele fecha os olhos e esfrega as têmporas, aliviando uma dor de cabeça que o havia deixado por horas mas que agora voltava lentamente.

— Está bem — consegue dizer. — Vou mudar a receita e recomendar uma dose menor. Vamos ver o que acontece.

Peter rabisca uma receita ilegível e a entrega, e, antes que perceba, há mais alguém na sala. E mais alguém depois desse.

A moça constrangida com herpes.

O homem com a tosse incontrolável.

Uma mulher gripada.

Aquele velho sujeito de blazer esportivo que não consegue mais se excitar.

Um hipocondríaco cheio de verrugas que se convenceu, através do Google, de que tem câncer de pele.

A mulher que dirigia a agência postal exalando seu mau hálito no rosto dele para que examine sua halitose ("Não, sério, Margaret, mal dá para se notar.")

Por volta das 14h30, Peter já quer ir embora. Afinal de contas, é sábado.

Sábado!

Sá-ba-do.

Essas três sílabas outrora contiveram uma requintada emoção. Ao encarar aquela gigantesca gota vermelha de sangue na parede, ele lembra o que sábado significava, anos atrás, quando Will e ele costumavam ir ao Stoker Club, na rua Dean, no Soho, um bar reservado para vampiros leais, e depois, talvez, a algum mercado de carnes na Leicester Square para olhar os corpos em oferta. Ou, às vezes, se já tivessem mordido alguém ali, eles simplesmente voavam sobre a cidade, sobrevoando as curvas serpeantes do Tâmisa, e saíam em velocidade para um desenfreado fim de semana vampiro.

Valência. Roma. Kiev.

Às vezes entoavam aquela canção idiota que compuseram quando eram adolescentes, para a banda que tinham — Os Emo Globinas. Só que agora não consegue lembrar da música. Não mesmo.

Mas era um modo de vida impensável, imoral. Ele ficara feliz ao conhecer Helen e se acalmar. Claro que nunca soube que pararia completamente de beber sangue, fresco ou não. Não até Helen ficar grávida e dizer-lhe que precisava estabelecer suas prioridades. Não, ele não previra nada daquilo. Não previra seu futuro de dores de cabeça e tédio, e de se sentar numa cadeira giratória quebrada esperando a porta se abrir e outro hipocondríaco entrar no consultório.

— Entre — diz num tom de voz cansado; a batida suave na porta soando como um martelo.

Ele nem mesmo se dá ao trabalho de erguer a vista. Rabisca gotas de sangue no receituário até notar o cheiro de algo que conhece vagamente. Fecha os olhos por um momento para saborear o aroma e então os abre para ver Lorna, cheia de saúde, com um jeans justo e uma blusa esvoaçante.

Se ele fosse um homem normal, com um controle normal sobre seus desejos, Lorna lhe pareceria o que realmente é. Uma mulher de 39 anos, moderadamente atraente, com olhos cheios de desejo e excessivamente maquiados. Mas, para Peter, ela poderia ter saído das páginas de um catálogo de roupas de luxo. Ele se levanta e beija-a no rosto, como se estivesse num jantar.

— Lorna, oi! Que cheiro bom.

— É mesmo?

— É — diz ele tentando se concentrar somente no perfume. — Como flores do campo. Bem, como vai você?

— Eu disse que marcaria uma consulta.

— Sim. Sim, disse. Sente-se.

Ela se instala na cadeira. *Graciosamente*, pensa ele. *Como uma gata. Uma provocante gata birmanesa, sem o medo.*

— Clara está bem? — pergunta ela num tom sóbrio.

— Ah, sim, Clara, ela... você sabe. É jovem, experimenta... sabe como é, adolescentes.

Ela concorda com a cabeça, pensando em Toby.

— Sim.

— Bem, novamente, como vai? — pergunta Peter.

De certa forma ele espera que Lorna tenha uma doença que o faça desejá-la menos. Algo que quebrasse o clima entre eles. Hemorroidas, problemas intestinais ou algo parecido. Mas seus sintomas são tão refinados e femininos que apenas aumentam seu poder de atração. Ela lhe diz que se sente fraca, que tudo fica escuro quando se levanta depressa. Ele pensa, por um momento egoísta, que ela pode estar inventando isso.

Ainda assim, ele tenta ser profissional.

Enrola a faixa do medidor de pressão em volta do braço de Lorna e começa a bombear. Lorna sorri confiante para ele enquanto Peter combate seu desejo frente às veias dela.

Canais azuis lindos e finos em meio à sua pele cor de pêssego.

Não adianta.

Não consegue parar.

Ele agora está perdido, preso no momento. Fecha os olhos e se vê inclinando-se em direção ao braço dela, causando-lhe uma risadinha.

— O que está fazendo? — pergunta-lhe.

— Preciso experimentar você.

— Me testar?

Ela vê suas presas e grita. Ele enfia os dentes em seu antebraço que está virado para cima e, por causa do aparelho de pressão, o sangue espirra por todos os lados. No rosto de Peter, em Lorna, no monitor, nos pôsteres.

— Você está bem?

A voz dela quebra a fantasia.

Peter, sem qualquer sangue nele ou em outra parte, se desfaz da alucinação.

— Sim, estou ótimo.

Ele lê a pressão, retira a faixa e tenta ser sério.

— Está tudo normal — diz ele esforçando-se para não olhar para ela ou respirar pelo nariz. — Tenho certeza de que não é nada sério. Provavelmente são seus níveis de ferro que estão um pouco baixos. Mesmo assim, para garantirmos, lhe passarei alguns exames de sangue.

Lorna retrai-se.

— Sou uma criança para injeções.

Peter pigarreia.

— Procure Elaine, na recepção.

Lorna está quase na porta, mas obviamente quer dizer algo. Tem no rosto um olhar nervosamente malicioso que Peter ao mesmo tempo adora e teme.

— Eles têm noites de jazz — diz ela finalmente. Para Peter, sua voz é tão suave e convidativa quanto a superfície lisa de um lago. — No Fox and Crown, perto de Farley. Música ao vivo. Às segundas-feiras, eu acho. Pensei em irmos juntos. Mark vai a Londres, na segunda-feira, e voltará tarde. Então eu pensei, sei lá, que a gente poderia ir.

Ele hesita, lembrando-se do pé dela no seu na noite anterior. Lembra-se do gosto do sangue, logo depois, lavando sua culpa. Sente a frustração de todos aqueles "eu te amo" não devolvidos por sua esposa ao longo dos anos. Reúne cada fio de força que tem dentro de si para sacudir suavemente a cabeça.

— É...

Ela morde o lábio inferior, assente, e então sua boca se abre lentamente, como as asas de um pássaro ferido.

— Tudo bem. Tchau, Peter — diz ela sem vontade de esperar pela rejeição completa.

E a porta se fecha e o arrependimento afoga seu alívio.

— Tchau, Lorna. Sim, adeus.

Um aviso ao convertido: NUNCA CONTATE AQUELE QUE O CONVERTEU. As emoções que sente em relação ao indivíduo cujo sangue causou essa mudança tão profunda em sua natureza serão sempre difíceis de ignorar. Mas ver pessoalmente esse indivíduo pode provocar uma avalanche de emoções da qual você talvez nunca consiga se recuperar.

Manual do abstêmio (segunda edição), p. 133

A canoa sem remos

Um dos resultados conhecidos da ingestão excessiva de sangue é o efeito profundo nos sonhos. Geralmente a sensação é boa e um vampiro com alguma prática desfruta de sonhos luxuriantes e repletos de prazer, cheios de nus sedutores e de detalhes exóticos que mudam de sonho para sonho. Will Radley costumava não ser exceção. Seus sonhos conjuravam os detalhes mais ricos dos lugares que havia visitado — e ele conhecera *todos os lugares* (ao menos à noite) — e acrescentavam outros vindos de sua ilimitada imaginação. Recentemente, porém, ele tem tido pesadelos, ou melhor, o *mesmo* pesadelo repetidamente; os locais e os acontecimentos mudam apenas minimamente.

Ele está tendo um agora, nesse sábado.

É assim: ele está numa canoa, sem remos, flutuando num lago de sangue.

Há uma margem pedregosa em toda a volta e, de lá, uma mulher bonita, descalça, acena para ele.

Ele quer juntar-se a ela, mas sabe que não pode nadar, portanto usa as mãos como remos, batendo no sangue até atingir algo.

Uma cabeça se ergue. Uma mulher com os olhos revirados e a boca aberta emerge da água vermelha.

Naquele dia, a mulher é Julie, a atendente da noite anterior.

Ele se recosta na canoa sem remos enquanto outros rostos mortos emergem, mostrando o branco dos olhos, as bocas escancaradas e, abaixo delas, os pescoços com feridas fatais. São todos homens e mulheres que ele matou.

Centenas de cabeças — garotas que acabara de conhecer, garçonetes croatas, uma estudante francesa que fazia intercâmbio, frequentadores do Stoker Club e do Black Narcisus, pastoras siberianas, italianas com pescoços longos, infinitas russas e ucranianas — flutuando como boias no sangue.

A mulher na margem continua lá, querendo que ele vá até ela. Mas agora ele vê quem é. É Helen, 17 anos atrás, e, percebendo isso, ele deseja mais do que nunca estar com ela.

Um ruído no sangue.

Alguém está nadando. Então mais alguém, num nado desesperado.

São os corpos. São os mortos vindo buscá-lo.

Julie é a que está mais próxima. Ele vê seus olhos mortos rolarem para a frente e o braço se esticar e raspar a canoa.

Então, quando ela toma impulso para entrar na canoa, ele ouve alguém debaixo dela, batendo na madeira, tentando atravessá-la.

Ele olha para Helen na margem. Ela sumiu. Em seu lugar está Alison Glenny — a chefe da unidade da polícia de Manchetster, presunçosa e de cabelos curtos, que dirige as operações contra vampiros. Ela confirma com a cabeça, como se tudo estivesse correndo como o planejado.

Os corpos estão em toda a volta, juntando-se a Julie enquanto seus braços saem do sangue, e alcançam a canoa e as batidas ficam cada vez mais fortes. Os braços estão quase o alcançando, mas ele fecha os olhos; abrindo-os, percebe que está na sua atulhada kombi, com as cortinas fechadas.

Apenas um sonho.

Apenas o mesmo velho sonho.

Ele apanha a faca e abre a porta para ver quem está batendo. É Helen.

— Eu estava justamente sonhando...

Ela está olhando para a faca.

— Desculpa — diz ele, pesaroso —, força do hábito. Há muito sangue de vampiro aqui. Grande parte é bastante preciosa. Fui atacado por alguns viciados em sangue na Sibéria. Uns dinamarqueses desgraçados. As velhas presas, como você sabe, são inúteis nessas circunstâncias. — Ele acena para ela como Helen acenou no sonho. — Entre, aproveite a sombra.

Helen fecha os olhos para recusar o convite. Então fala baixo, para que nenhum vizinho possa ouvir.

— O que Peter tentou lhe dizer é que ele quer que você vá embora. Não precisamos de você.

— É, ele pareceu um pouco retraído, agora que mencionou isso. Você poderia falar com ele, não é mesmo, Hel?

Helen está aturdida.

— O quê?

Ele não gosta daquilo. Ficar encurvado como um corcunda em sua Kombi... não é uma boa imagem..

— Você se acostumou mesmo ao sol. Entre, sente-se.

— Não acredito — diz ela exasperada. — Você quer que eu convença Peter a deixar você ficar?

— Só até segunda-feira, Hel. Preciso descansar um pouco, sério.

— Não há nada para você aqui. Peter e eu queremos que vá embora.

— O negócio é o seguinte: eu andei exagerando. Preciso estar em algum lugar... tranquilo. Lá fora há muitos conhecidos zangados. Um, em particular. — Essa é a verdade já há algum tempo. Ano passado, ele soube por fontes confiáveis que alguém estava à procura do "professor Will Radley". Alguém, imaginou ele, com um rancor que vinha guardando desde os tempos acadêmicos. Um pai enlouquecido ou um viúvo querendo vingança. Ele não está preocupado consigo mais do que Alison Glenny, porém algo mais está prejudicando seu relacionamento com os colegas vampiros da Sociedade Sheridan. — Alguém anda fazendo perguntas. Não sei quem é, mas não desistirá. Portanto, se eu pudesse apenas...

— E colocar a minha família em perigo? Não, de jeito nenhum.

Will salta da kombi e aperta os olhos para ver os pássaros voarem de uma árvore próxima, com medo, e Helen, com um temor equivalente, olhando ao longo da rua. Will segue seu olhar e avista uma velha senhora com uma bengala.

— Uau, preciso mesmo de um bloqueador solar — diz ele piscando à luz do sol.

Will ainda segura a faca.

— O que está fazendo? — pergunta Helen.

A velha senhora os alcança.

— Olá.

— Bom-dia, Sra. Thomas.

A Sra. Thomas sorri para Will, que casualmente ergue a mão que segura a faca e agita-a. Sorri e também a cumprimenta.

— Sra. Thomas.

Ele se diverte perturbando Helen e com certeza ela está consternada. A Sra. Thomas, porém, não parece ter notado a faca ou pelo menos não se deixou perturbar por ela.

— Olá. — É a amistosa resposta. Ela continua seguindo firmemente seu caminho.

Helen olha para Will e ele resolve chateá-la um pouco mais, fingindo surpresa por ainda estar segurando a faca.

— Ops. — Tranquilamente ele joga a faca de volta para a kombi, o rosto coçando por causa da luz. Helen está olhando para a casa vizinha quando Mark Felt sai com um balde e uma esponja para lavar o carro. Um homem que, para diversão de Will, parece um pouco preocupado com o sujeito de aparência sinistra com quem Helen está falando.

— Você está bem, Helen?

— Estou, sim, Mark, obrigada.

Quando Mark começa a lavar seu luxuoso carro, ele olha para Helen desconfiado.

— Clara está bem? — pergunta, quase agressivamente, enquanto espirra água nas vidraças.

O que será que eles disseram aos vizinhos?, imagina Will observando as respostas nervosas de Helen.

— Sim, está bem — diz ela. — Agora está tudo bem. Sabe, foi apenas coisa de adolescente.

Há outro momento engraçado, quando Helen se dá conta de que deve apresentar Will e Mark mas não encontra forças para isso. Enquanto ela sofre para enganar o vizinho, Will observa-a como se olha um livro conhecido traduzido para uma língua estranha.

— Ótimo — diz Mark sem parecer muito convencido. — Fico feliz por ela estar bem. A que horas Peter sai da clínica?

Helen encolhe os ombros querendo que a conversa termine.

— Num sábado, depende. Por volta das 17h. Entre 16h e 17h...

— Certo.

Helen balança a cabeça e sorri, mas Mark ainda não acabou.

— Quero levar aquelas plantas qualquer hora dessas. Mas talvez seja melhor amanhã. Vou jogar golfe mais tarde.

— Certo — diz Helen.

Will tenta manter o sorriso amarelo sob controle.

— Vamos conversar em casa — cochicha ela.

Will assente e segue-a em direção à porta da frente. *Rápido demais, mas tudo bem. Você me ganhou.*

Paris

UM MINUTO DEPOIS, ele está na elegante sala de estar, sentado confortavelmente no sofá. Helen está de costas, olhando em direção ao pátio e ao jardim. Ela ainda é deslumbrante sem perceber isso, embora tenha mudado para a via expressa da mortalidade. Helen poderia ser velha e enrugada como uma noz e ele continuaria desejando-a.

Will pensa nela como uma boneca russa. Aquela casca externa tensa e provinciana contém outra Helen, melhor. Aquela com quem ele sobrevoou o mar de mãos dadas, sujas de sangue. Ele consegue cheirar o apetite pela vida, pelo perigo, ainda correndo em suas veias. E sabe que esse é o momento de incitá-la, de forçá-la a se lembrar do seu melhor lado.

— Lembra-se de Paris? — pergunta ele. — Da noite em que voamos para lá e pousamos nos jardins do museu Rodin?

— Por favor, fale baixo — pede Helen. — Rowan está lá em cima.

— Essa música vem do quarto dele. Ele não vai escutar nada. Só quero saber se você pensa em Paris.

— Sim, às vezes. Penso em muitas coisas. Penso em você. Penso em mim, em como eu era. O quanto tive de sacrificar para viver aqui com todas essas pessoas normais. Às vezes, quero apenas, sei lá, desistir e simplesmente sair nua pelas ruas para ver o que as pessoas dizem. Mas estou tentando apagar um erro, Will. É por isso que vivo desse jeito. Foi tudo um erro.

Will apanha um vaso e olha para a escuridão dentro do buraco entalhado.

— Você não está *vivendo*, Helen. Esse lugar é um necrotério. Dá para sentir o cheiro dos sonhos mortos.

Helen mantém a voz baixa.

— Eu estava com Peter. Estava *noiva* de Peter. Eu o amava. Por que tivemos de mudar isso? Por que você veio atrás de mim? O que foi aquilo? O que deu em você para querer surgir como um pesadelo demoníaco e estragar tudo? Rivalidade entre irmãos? Tédio? Apenas a velha e simples insegurança? Matar ou tornar infeliz todos no mundo para não haver mais ninguém a quem invejar? É isso?

Will sorri. Nota um vestígio da antiga Helen.

— Por favor, monogamia nunca foi a sua.

— Eu era jovem e burra. Realmente uma *imbecil*. Não entendia as consequências.

— A burrice estava em alta naquele ano. Pobre Pete, se ele não tivesse começado aquele plantão... Você nunca contou para ele, contou?

— Quem? — pergunta ela.

— Quem... Pete.

A mão de Helen está sobre os olhos.

— Você entendeu.

— 1992 — diz Will cuidadosamente, como se a data fosse algo delicado e precioso. — Ótimo ano. Eu guardo nossa lembrança. Sou sentimental, você sabe.

— Você guarda o meu... — Os olhos de Helen arregalam-se, horrorizados.

— Claro, você não teria feito o mesmo? — Ele começa a falar de modo teatral. — "Moro apenas no subúrbio de vossa inclinação?" — Sorri. — É uma pergunta retórica. Sei que sou o centro da cidade, sou a Torre Eiffel. Mas sim, guardo o seu sangue. E tenho certeza de que Pete o reconheceria. Ele foi sempre esnobe sobre sangue. Ah, também guardo as cartas...

Will recoloca o vaso delicadamente sobre a mesa.

Helen sussurra:

— Você está me chantageando?

Ele se retrai diante da acusação.

— Não deprecie seus sentimentos, Helen. Você costumava ser tão gentil comigo em suas cartas.

— Eu amo minha família. É isso o que sinto.

Família.

— Família — diz ele. A própria palavra soa como algo faminto. — Estamos incluindo Pete aí ou só as crianças?

Helen olha-o, firme.

— Isso é ridículo. Acha que ainda gosto mais de você porque me converteu primeiro?

No momento em que ela diz isso, Rowan está descendo as escadas, sem prestar atenção no que dizem. Ele não ouve as palavras como tais, percebe a urgência na voz da mãe. Então começa a prestar atenção em Will. As palavras agora são claras, mas fazem pouco sentido.

— Antes? — diz Will com um tom quase raivoso. — Não se pode ser convertido *duas vezes*, Helen. Você está mesmo enferrujada. Talvez fosse gostar de uma lembrança...

Rowan, ao se apoiar no pé esquerdo, faz ranger uma tábua. As vozes param e, por um ou dois segundos, não há nada a não ser o tiquetaquear do pequeno relógio antigo junto ao telefone.

— Rowan?

A voz de sua mãe. Rowan pensa se deve falar algo.

— Estou com dor de cabeça — diz ele finalmente. — Vou pegar um remédio. Depois vou sair.

— Ah — faz sua mãe, após uma longa pausa. — Certo, tudo bem. Quando você vai...?

— Mais tarde — interrompe Rowan.

— Certo, mais tarde. A gente se vê depois.

Ela soa falsa. Mas como ele saberá agora o que é falso? Toda a realidade que ele conhece era um fingimento. Rowan quer odiar os pais por isso, mas o ódio é um sentimento forte, para pessoas fortes, e ele é tão fraco quanto é possível.

Portanto, segue pelo corredor e entra na cozinha. Abre o armário onde sabe que está o remédio e tira o ibuprofeno da embalagem. Ele observa o invólucro plástico de um branco puro.

Imagina se há ali o suficiente para se matar.

Atrás de um teixo

ELES OUVEM ROWAN ENTRAR NA COZINHA. A porta de um armário é aberta e fechada. Ele então sai de casa e, assim que ouve a porta bater, Helen volta a respirar novamente. Mas é apenas um alívio temporário, que dura até Will, ainda no sofá, abrir novamente a boca.

— Poderia ser pior — diz ele. — Ele poderia ter encontrado as cartas. Ou Pete poderia estar aqui.

— Cale-se, Will. Apenas *cale-se*.

Sua raiva, porém, é contagiosa. Will levanta-se e aproxima-se dela, falando o tempo todo para um Peter que não está presente.

— Sabe, Pete, sempre me surpreendi por você não ter sabido fazer as contas. Com toda a sua qualificação. Além disso, um médico... Sim, claro, Helen lhe deu os números errados e eu me diverti manipulando aquele médico para que mentisse, mas...

— Pare, pare, pare. — Ela não pensa. Apenas ataca Will, arranhando seu rosto e sentindo o alívio que isso lhe causa. Will põe o dedo na boca e mostra-o a ela. Helen olha o sangue, sangue que ela conheceu e amou como nenhum outro.

Está ali, diante dela, o sabor que poderia fazer com que ela esquecesse tudo. O único meio de combater seus instintos é fugir da sala, mas ela quase consegue ouvir o sorriso ondulante, feliz, nas palavras que ele diz atrás dela.

— Como eu disse, Hel, é só até segunda.

Rowan está sentado no pátio da igreja, encostado atrás de um teixo, oculto em relação aos que passam na rua. Ele tomou a embalagem toda de ibuprofeno e se sente exatamente como antes, mas sem a dor de cabeça.

Aquilo é o inferno, ele se dá conta. Ficar preso na sentença longa e terrível que é viver quase duzentos anos sem atingir o fim.

Desejou ter perguntado ao pai como se mata um vampiro. Ele gostaria mesmo de saber se o suicídio é possível. Talvez haja alguma coisa no *Manual do abstêmio*.

Enfim, ele se levanta e começa a caminhar para casa. Na metade do caminho, vê Eve saltar de um ônibus. Ela anda na sua direção e Rowan percebe que é tarde demais para se esconder.

— Você viu sua irmã? — pergunta.

Olha-o tão diretamente, com tanta "Eve" em seus olhos, que ele mal consegue falar.

— Não — diz finalmente.

— Ela simplesmente sumiu da Topshop.

— Ah, não, eu... não a vi.

Rowan fica preocupado com a irmã. Talvez a polícia a tenha pegado. Por um momento essa preocupação sufoca a ansiedade de estar falando com Eve. E a preocupação com a irmã faz o gosto químico em sua boca ter sabor de culpa, pois pouco antes ele quis abandonar sua irmã e todo o mundo.

— Bem, foi esquisito — diz Eve. — Num minuto, ela estava lá e, no outro, ela...

— Eve! — Alguém grita e corre na direção deles. — Eve, procurei você em todos os lugares.

Eve revira os olhos e geme para Rowan como se eles fossem amigos.

Um motivo para estar vivo.

— Sinto muito, preciso ir. É meu pai. Tchau.

Ele quase teve coragem de sorrir de volta, e consegue quando Eve se vira.

— Tudo bem — diz ele. — Tchau.

Horas depois, no quarto, ouvindo seu disco favorito dos Smiths — *Meat is Muder* — ele folheia o índice do *Manual do abstêmio* e encontra a seguinte informação escondida na página 140.

Nota sobre suicídios

Depressão suicida é uma maldição comum entre os que se abstêm.

Sem uma dieta regular de sangue humano ou de vampiro, a química de nosso cérebro pode ser seriamente afetada. Os níveis de serotonina em geral ficam muito baixos ao mesmo tempo que nosso suprimento de cortisona pode se elevar a níveis alarmantes em tempos de crise. E somos levados a agir instintivamente, sem pensar.

Adiciona-se a isso, é claro, a autoaversão natural que se origina do fato de sabermos o que somos; e a trágica ironia dos abstêmios é que odiamos nossos instintos em parte porque não agimos com base neles. Em vez de atuarmos como vampiros ofuscados pelo seu vício, temos a clareza do monstro que há em nós e para muitos essa percepção pode ser dolorosa demais.

Não é o propósito deste manual julgar moralmente aqueles que buscam terminar sua existência. Aliás, em muitos casos — como, por exemplo, quando abstêmios pensam em retornar a seus antigos e criminosos hábitos —, isso até seria aconselhável.

Contudo, é importante levar em conta os seguintes fatos:

1. Abstêmios podem viver como humanos, mas não morrem tão facilmente quanto eles.
2. Teoricamente, é possível cometer suicídio através da ingestão de medicamentos, mas a quantidade necessária é significativamente mais alta do que a necessária para um humano. Por exemplo, um vampiro precisaria consumir aproximadamente 300 comprimidos de 400mg de paracetamol.
3. Envenenamento por monóxido de carbono, saltar de prédios e cortar os pulsos também são altamente impraticáveis. Principalmente o último, pois a visão e o cheiro do nosso sangue podem despertar um desejo imediato de procurar um suprimento fresco em outras fontes vivas.

Rowan fecha o livro, estranhamente aliviado. Afinal, caso ele se matasse, nunca mais veria Eve novamente e esse pensamento o aterrorizava mais do que a ideia de continuar vivo.

Ele fecha os olhos, recosta-se na cama e ouve os ruídos vindos dos outros aposentos. Sua mãe, lá embaixo, usa o liquidificador. Seu pai bufa fortemente ao se exercitar no aparelho de remo no quarto vazio. E, o mais alto de todos, Clara e Will gargalham juntos ao ouvirem guitarras estridentes.

Rowan deixa que os outros ruídos se tornem indistintos em sua mente enquanto se concentra na risada da irmã. Ela parece verdadeira e inquestionavelmente feliz. *Sem uma dieta regular de sangue humano ou de vampiro, a química de nosso cérebro pode ser seriamente afetada.*

E com ela?

Rowan fecha os olhos e tenta não pensar na verdadeira e inquestionável felicidade que ele também poderia estar vivendo.

Ele sacode a cabeça e tenta sufocar o pensamento, mas aquilo permanece ali, demorando-se com o gosto agridoce em sua língua.

Água

PETER ESTÁ ESFORÇANDO-SE mais do que o habitual em sua musculação, em um aparelho que simula o remo. Tenta fazer cinco mil metros em menos de vinte minutos e está bem à frente do normal. Checa o visor: 4.653 metros em 15 minutos e cinco segundos. Isso é muito mais rápido do que seu tempo habitual e claramente um resultado do sangue que ingeriu na noite anterior.

Consegue até mesmo ouvir a música que vem do quarto de Clara.

Hendrix.

Música vampira ridícula da década de 1960 da qual Will, evidentemente, ainda gosta tanto quanto gostava aos 7 anos de idade, quando dançava em volta do barco com seu pai ao som de "Crosstown Traffic".

Ele ouve Clara gargalhar com seu tio.

Mas não deixa que isso o distraia. Apenas olha para os botões no visor: MUDAR UNIDADE; MUDAR DISPLAY.

Quem quer que tenha feito esse aparelho conhece o poder dessa palavra: MUDAR.

Ele pensa em Lorna e murmura palavras ao ritmo do aparelho à medida que se esforça cada vez mais nos últimos cem metros.

— Jazz. Jazz. Jazz... *Merda.*

Para e olha o total da distância percorrida aumentar diante dele enquanto o pêndulo ainda oscila. Finalmente, para em 5.068 metros. Completados em 17 minutos e 22 segundos.

É impressionante.

Ele baixou em quatro minutos o seu tempo, em relação ao seu recorde. Agora, porém, está cansado demais para sair do aparelho.

Com uma sede incrível, ele olha para as veias saltadas de seu antebraço.

Não, diz a si mesmo. *Água vai resolver.*

Água.

Sua vida é assim agora. Clara, branda, insípida.

E você pode se afogar nela tão facilmente quanto no sangue.

Clara ouve a guitarra da antiga música que acabou de baixar por recomendação de Will, e nem mesmo finge gostar dela.

— Não — diz ela rindo. — Isso é horrível.

— *Isso* é *Jimi Hendrix* — afirma ele como se explicasse tudo. — Esse é um dos mais talentosos vampiros que já viveu! *Esse* é o homem que tocava guitarra com os dentes. No palco. E ninguém notava. — Will dá uma risada. — Nosso pai me contou isso, antes dele... — Will para por um momento; Clara quer lhe perguntar sobre o avô, mas percebe a dor em seus olhos. Deixa que ele continue a falar sobre Jimi Hendrix. — Os humanos pensavam que era apenas o ácido que ele tomava. Nunca perguntaram: por que a névoa roxa? Claro que nunca foi realmente uma *névoa*. Mas "veias roxas" seria demais. Prince teve o mesmo problema. Mas então absteve-se e tornou-se Testemunha de Jeová e foi tudo ladeira abaixo. Não era como Jimi, que forjou sua morte e seguiu em frente. Chama-se Joe Hayes e dirige um clube vampiro de rock chamado Ladyland, em Portland, no Oregon.

Clara recosta-se na parede de seu quarto, pousando os pés na lateral da cama.

— Bem, não curto solos de guitarra que duram cinco séculos. São como aquelas cantoras que se exibem percorrendo toda a escala de notas para cantar uma sílaba. É tipo *diz logo o que quer*.

Will balança a cabeça, quase com compaixão, então bebe outro gole da garrafa de sangue que trouxe da kombi.

— Hum! Esqueci como ela é saborosa.

— Quem?

Ele lhe mostra o rótulo escrito a mão. Segunda garrafa da noite. A primeira, ALICE, foi engolida por Will em segundos e deixada debaixo da cama de Clara.

ROSELLA, 2001.

— É, essa aqui... era linda. *Una guapa*.

Clara fica apenas um pouco preocupada.

— Então você matou essas pessoas?

Seu tio finge ficar chocado.

— Você está achando que sou o quê?

— Um vampiro assassino em busca de sangue.

Will encolhe os ombros como se dissesse "tudo bem".

— Sangue humano envelhece logo — explica. — Fica com um gosto metálico, por isso não faz sentido engarrafá-lo. Mas a hemoglobina do sangue dos vampiros nunca muda. E é aí que acontece a mágica, na hemoglobina. Afinal... Rosella é uma vampira. Espanhola. Eu a conheci num voo que fiz até Valência. Cidade vampira. É como Manchester. Nós saímos, trocamos lembranças. Prove ela.

Will passa a garrafa para Clara e a observa deliberar por um segundo.

— Você sabe que quer.

Finalmente Clara sucumbe e pega a garrafa, coloca-a debaixo do nariz e sente o cheiro do que está para saborear.

Will acha a cena divertida.

— Um toque cítrico, um substrato de carvalho e apenas um murmúrio de vida eterna.

Clara bebe um gole e fecha os olhos enquanto desfruta o arrebatamento suave que o sangue lhe provoca. Depois, dá uma risadinha que se torna uma gargalhada rouca.

Então Will nota a fotografia no painel de Clara. Vê uma linda menina loura ao lado de Clara. E tem o perturbador pensamento de que a reconhece de algum lugar.

— Quem é essa?

— Quem é quem? — pergunta Clara acalmando-se.

— Olivia Newton-John.

— Ah, Eve, ela é mesmo uma estrela. Hoje eu confundi ela um pouco. Fugi dela na Topshop. Tive medo de perder o controle nos provadores.

Will concorda com a cabeça.

— Um ataque de SAS. Vai se acostumar com isso.

— SAS?

— Sede Avassaladora de Sangue. Mas você dizia...

— Ah, sim. Ela é nova. Acabou de se mudar para cá. — Clara bebe outro gole. Limpa a boca e gargalha novamente ao se lembrar de algo. — Ela é o objeto dos sonhos de Rowan. Está no ano dele, na escola, mas Rowan nem mesmo consegue falar com ela. É um caso trágico. O pai dela tem problemas. Ela tem 17 anos e precisa, tipo, *pedir* toda vez que quer sair de casa. Antes ela vivia em Manchester.

Ela mal nota a expressão séria de Will.

— Manchester?

— Sim, eles estão aqui há poucos meses.

— Certo — diz ele e olha para a porta. Um segundo depois, essa se abre para revelar Helen, de avental e furiosa. Seu humor deixa o ar tenso e o rosto se contrai visivelmente quando vê a garrafa de sangue.

— Poderia, por favor, tirar isso e sair do quarto da minha filha neste segundo?

Will sorri.

— Ah, que bom. Você está aqui. Estávamos preocupados porque podíamos estar nos divertindo.

Clara, ainda tonta, contém uma gargalhada.

A mãe nada diz, mas seu rosto deixa claro que não está com paciência para nenhum dos dois. Will toma impulso e levanta-se do chão. Ao passar por Helen, inclina-se para cochichar algo, que Clara não consegue ouvir, no ouvido da mãe.

Algo que faz Helen parecer realmente muito preocupada.

— Ei — diz Clara —, nada de segredos!

Mas não obtém resposta. Will já saiu do quarto e Helen fixa sua atenção no carpete, como uma estátua de cera de si mesma.

Atrás dela, Clara vê Will conversando com seu pai. Ele está suado e vermelho por causa do exercício e seu irmão lhe oferece a garrafa de sangue.

— Vou tomar um banho — responde Peter, irritado, e segue para o banheiro.

— Meu Deus — diz Clara para sua mãe, que parece feita de cera. — Qual é o problema dele?

Nuvens carmesim

UM DOS PROBLEMAS DE PETER É O SEGUINTE.

Quando tinha 8 anos, na década de 1970, Will salvou sua vida. Dois homens, cujas identidades e motivações eles nunca conheceram, invadiram o barco onde eles viviam, no canal, com a intenção deliberada de enfiar peças de madeira especialmente afiadas nos corações de seus pais.

Peter acordara ao ouvir seus gritos agonizantes, mas ficou debaixo dos lençóis cobertos pela própria urina. Os homens então foram ao minúsculo quarto de Peter, não com estacas, mas com uma espada oriental.

Ele ainda consegue vê-los — o alto e magro, com um casaco de couro marrom, que segurava a espada, e o mais gordo e sujo, com uma camisa do filme *Operação Dragão*.

Lembra-se do terror completo de saber que iria morrer e do alívio quando entendeu por que o homem alto começou a uivar de dor.

Will.

Seu irmão, de 10 anos, estava grudado nas costas do homem como um morcego, mordendo-o e espirrando sangue sobre todos os LPs de Hendrix e The Doors espalhados pelo chão.

Na segunda morte foi que Will realmente provou seu amor fraternal. O enorme fã de Bruce Lee apanhara a espada do amigo e a apontava na direção do menino de 10 anos, deslocando-a pelo ar acima dele.

Will fazia gestos para Peter. Tentava fazer com que corresse até a porta para que pudessem voar dali, sem Will ter de lutar contra a espada. O medo, porém, grudou-se a Peter, junto com os lençóis molhados, e ele nada fez. Simplesmente ficou ali e observou Will mover-se como uma mosca diante de um samurai esmagador de insetos, sendo ferido no braço, até, finalmente, enfiar as presas no rosto e no crânio do homem.

Então Will tirou Peter da cama e conduziu-o através do chão encharcado de sangue, por cima dos corpos, pela estreita passagem e escada acima. Ele mandou que Peter esperasse por ele na margem do canal. E Peter esperou, enquanto a compreensão gradual de que seus pais estavam mortos fazia com que lágrimas inundassem seu rosto.

Will incendiou o barco e, voando, levou Peter dali.

Foi também Will quem, mais ou menos uma semana depois, entrou em contato com a Agência de Vampiros Órfãos e conseguiu um lar para eles. Arthur e Alice Castle — dois abstêmios educados e abastados, amantes de palavras cruzadas; pessoas que Will e Peter juraram nunca se tornar.

Mas, é claro, Will não foi a melhor das influências.

Ele passou os anos de sua adolescência corrompendo o irmão mais novo, incentivando-o a morder a estudante francesa Chantal Feuillade, uma garota que odiavam e desejavam igualmente. E havia as viagens, ao crepúsculo, para

Londres. Observar os vampiros punks no Stoker Club. Fazer compras em lojas de vampiros como a Bife, em King's Road, ou a Rouge, no Soho, sendo os clientes mais jovens por anos de diferença. Tocar bateria com seu irmão na banda Emo Globinas. (E ser o McCartney do seu Lennon, compondo a letra da única canção dos dois, "Quando provo você, e penso em cerejas".) Coagular seu sangue e depois fumá-lo, ficando doidos entre nuvens carmesim, antes de irem para a escola.

Will certamente o desencaminhou, mas salvara sua vida, e isso deveria valer alguma coisa.

Peter fecha os olhos debaixo do chuveiro.

Ele está em sua memória.

Vê um barco em chamas sobre a água, a quilômetros abaixo dele, ficando cada vez mais distante enquanto eles se elevam no ar. O barco diminui e some. Como a luz dourada da infância contra a eterna invasão da escuridão.

Criatura da noite

HELEN ESTÁ CADA VEZ MAIS PREOCUPADA. No dia seguinte, serão usados cachorros para procurar Harper. Poderão usar unidades de busca completas, investigando cada campo dali até Farley.

Talvez encontrem sangue e vestígios na terra. E, antes mesmo na manhã do dia seguinte, é provável que a polícia venha perguntar a Clara o que ela sabe.

Apenas três coisas lhe dão algum consolo.

Primeiro, ninguém, racionalmente, desconfiaria que uma vegana de 15 anos, magra e pequena, que nunca recebera uma advertência na escola, assassinaria um rapaz duas vezes maior do que ela.

Segundo, ela vira a filha nua, no dia anterior, no chuveiro, e sabia que sequer havia um arranhão em seu corpo. Portanto, seja lá de quem for o sangue que encontrarem, não será o de Clara. É verdade que haverá traços de seu DNA, vestígios de sua saliva misturada ao sangue dele, mas, ainda assim, será necessária uma enorme imaginação para crer que Clara matou o rapaz sem qualquer tipo de arma ou ferimento.

E, terceira, o corpo do rapaz — a prova única e derradeira do que aconteceu — nunca será encontrado, pois Peter lhe garantiu que voou para bem longe da costa antes de deixá-lo cair no mar.

Com sorte, esses elementos farão com que a polícia jamais desconfie de que Clara é uma vampira.

Contudo, Helen não consegue deixar de pensar que é uma situação complicada. Na noite anterior, não houve tempo de limpar as marcas dos pneus do carro, algo de que, nos velhos tempos, eles nunca descuidaram. Talvez Peter devesse ter voltado depois, nas primeiras horas daquela manhã, e desfeito a trilha irregular que deve ter deixado ao arrastar o pesado corpo. Talvez eles devessem fazer isso agora, antes que seja tarde demais. Talvez fosse melhor ela parar de rezar por uma chuva forte e ser proativa.

Ela sabe que, se tivesse provado sangue na noite anterior, estaria tão descontraída quanto seu marido e sua filha em relação a tudo aquilo. O copo estaria meio cheio ao invés de meio vazio e ela acharia que não há situação da qual não pudessem se livrar usando seus poderes de manipulação, não com Will ali. Nenhum policial de North Yorkshire acreditaria que sua filha era uma assassina, muito menos uma criatura da noite completamente desenvolvida.

Helen, porém, não bebera nenhum sangue recentemente, e suas preocupações continuavam batendo as asas e bicando-a como corvos assassinos famintos.

E o maior e mais faminto corvo é Will. Sempre que olha pela janela e vê sua kombi, ela não pode evitar de ver o anúncio da culpa de Clara, da culpa de cada um deles.

Após o jantar, Helen tenta dividir essas preocupações, lembrando a todos que, em breve, serão completadas 24 horas desde o desaparecimento e a polícia começará a fazer perguntas e eles precisam combinar uma história sem furos. Mas ninguém a ouve, exceto Will, que simplesmente descarta suas preocupações.

Ele conta a Helen e a Peter sobre o quanto as coisas mudaram em relação à polícia.

— Vampiros se tornaram ativos em meados da década de 1990. Eles se mobilizaram e instituíram uma sociedade para lidar com a polícia. Eles têm uma lista de pessoas que não podem ser tocadas. Vocês sabem como são os vampiros, chegados a uma hierarquia. Bem, *eu* estou nessa lista.

Isso consola Helen um pouco.

— Mas Clara não está. E nenhum de nós.

— É. E a Sociedade Sheridan só deixa entrar na lista quem é *hardcore*. Mas... a noite é uma criança. Podemos sair e nos divertir.

Helen olha-o séria.

— Escutem — diz Will —, não é com a polícia que vocês têm de se preocupar. Bem, não apenas com ela. Há as pessoas que vocês *magoam*. As que realmente se importam. As mães, os pais, os maridos e as esposas. É mais difícil fugir deles. — Ele mantém contato visual com Helen e sorri de tal modo que ela sente os segredos vazarem de seus poros e tomarem a sala. — Veja, Helen, é quando você mexe com as emoções das pessoas, é aí que você precisa se preocupar.

Ele se deitou no sofá, bebendo uma taça de sangue, e Helen se lembra daquela noite em Paris, beijando-o no telhado do Orsay. Segurando sua mão e caminhando até a recepcionista daquele grande hotel, na avenida Montaigne, e observando-o manipulá-la para que lhes oferecesse a suíte presidencial. Ele ainda parece exatamente como naquela época e as lembranças trazidas pelo seu rosto permanecem tão frescas, maravilhosas e aterradoras como sempre foram.

Essas lembranças interrompem o pensamento de Helen e ela esquece o que dizia. *Teria ele feito aquilo de propósito? Entrado na sua mente e jogado coisas lá?* Depois dessa perda de concentração, Helen frustra-se ao perceber que a noite descamba para algo como *Entrevista com o vampiro*, com Will curtindo seu papel de chefe dos sugadores de sangue, enquanto Clara faz perguntas sem parar. E Helen não consegue evitar de notar que até Rowan parece mais cativado por Will, mais interessado no que ele diz. Apenas seu marido parece indiferente. Está afundado na poltrona de couro, assistindo a um episódio sem som de um documentário sobre Louis Armstrong, perdido em seu mundinho.

— Você matou muitas pessoas? — pergunta Clara.

— Matei.

— Certo, então você tem de matar uma pessoa para provar seu sangue?

— Não, você pode convertê-la.

— Convertê-la?

Will faz uma pausa e olha para Helen.

— Claro que não se converte qualquer um. É uma coisa séria. Você bebe o sangue da pessoa, e ela bebe o seu. É uma mão dupla. É um compromisso. Ela desejará você. Amará você enquanto estiver vivo. Não importa que ela saiba que amar você é a pior coisa que poderia fazer, ela simplesmente não consegue evitar.

Até mesmo Rowan parece ter sido fisgado por essa revelação. Helen nota seus olhos se aguçarem ao imaginar tal amor.

— Mesmo que a pessoa não goste de você? — pergunta ele. — Se a converter, ela te amará?

Will faz que sim.

— É assim que funciona.

Helen tem certeza de que, nesse momento, ouviu o marido sussurrar algo. *Jazz? Teria sido isso?*

— Você disse algo, Peter?

Ele ergue a vista como um cachorro que temporariamente esqueceu de que tem donos.

— Não — responde preocupado. — Acho que não.

Clara continua seu interrogatório.

— E você já converteu alguém? — pergunta ao tio.

Will observa Helen ao responder. Sua voz faz a pele dela formigar com a aflição e a vibração involuntária das lembranças.

— Sim, uma vez. Há muito tempo. Você fecha os olhos e tenta esquecer, mas ela está ali. Sabe, é como uma velha canção que você não consegue tirar da cabeça.

— Foi a sua esposa?

— Clara — diz Helen num tom de voz mais alto e firme do que pretendia —, já chega.

Will vê um pequeno triunfo no desconforto dela.

— Não, foi a de outra pessoa.

Black Narcisus

HORAS DEPOIS, quando os outros Radley estão em suas camas, Will voa para Manchester. Segue para onde costuma ir nas noites de sábado, o Black Narcisus, e caminha entre o mar de vampiros, aspirantes a vampiros, velhos góticos, adolescentes emo e vampiros da Sociedade Sheridan. Atravessa a pista de dança e segue para o andar de cima, passando por Henrietta e a pequena placa vermelha na parede: SALA VIV.

— Henrietta — cumprimenta ele, mas ela apenas o olha inexpressivamente, o que Will acha muito estranho.

Vampiros de todos os tipos se espreguiçam em gastos sofás de couro, ouvindo Nick Cave e bebendo em garrafas e nos pescoços uns dos outros. Um antigo filme de terror alemão é projetado em uma das paredes, repleto de gritos mudos e de ângulos de câmera instáveis.

Todos ali conhecem Will, mas, essa noite, o clima é evidentemente menos amistoso do que de costume. Ninguém para conversar, mas ele não liga. Continua andando até chegar à cortina. Sorri para Vince e Raymond, mas eles não retribuem o sorriso. Will abre a cortina.

Dentro, vê quem sabia que estaria ali. Isobel, com alguns amigos, alimentando-se de dois cadáveres nus deitados no chão.

— Ei, pensei que você não viria — diz ela erguendo a cabeça. Isobel, ao menos, parece contente em vê-lo. Will a encara; tenta evocar sua luxúria enquanto observa a pequena tatuagem, que diz "Morda Aqui", ainda visível em meio ao sangue. Ela está linda — como uma vampira retrô da década de 1970, como Pam Grier em *Terror de Blácula*. E, de fato, seu desejo por ela nesse momento deveria ser maior do que é.

— É bom — diz ela. — Vamos, prove.

Os corpos no chão não parecem tão saborosos quanto normalmente pareceriam.

— Não precisa se incomodar — diz ele.

Algumas amigas de Isobel o observam com rostos sujos de sangue e olhos frios, mas nada dizem. *Vagabundas da Sheridan*. O irmão de Isobel, Otto, está entre elas. Otto nunca gostou dele, nem de qualquer homem que conquistou o coração de sua irmã, mas, naquela noite, o ódio em seus olhos cintila mais do que nunca.

Will faz um sinal com a cabeça para que Isobel vá com ele a um canto mais tranquilo, onde se senta numa enorme almofada roxa. É a segunda mulher mais saborosa que ele já conheceu. Melhor do que Rosella. Melhor do que mil outras. E ele quer saber se será capaz de esquecer Helen novamente. De ir embora se for preciso.

— Quero saborear você — diz ele.

— Você pode beber uma garrafa do meu sangue lá embaixo.

— Sim, eu sei. E vou. Mas quero algo mais fresco.

Isobel parece triste com o pedido dele, como se estivesse preocupada com o desejo que desperta dentro dela. Mesmo assim, oferece-lhe o pescoço e ele aceita, fecha os olhos e concentra-se no sabor de seu sangue.

— Você aproveitou muito ontem à noite?

Will imagina vagamente o que ela quis dizer e continua sugando seu sangue.

— Alison Glenny andou fazendo perguntas. Sobre a garota do supermercado.

Ele se lembra da garota gótica — Julie ou seja lá como se chamava — gritando e puxando os cabelos dele. Para de sugar Isobel.

— E daí? — pergunta gesticulando para o casal morto semidevorado no outro lado do cômodo.

— E *daí* que sua kombi foi captada por uma câmera de segurança. Era o único veículo no estacionamento.

Will suspira. Se você é praticante, deve seguir as regras. Deve se ater a desaparecimentos facilmente explicáveis — os suicidas, os sem-teto, os fugitivos, os ilegais.

Will nunca seguiu as regras. De que adianta obedecer a seus instintos, se você não pode, bem, *obedecer a seus instintos?* Parece tão artificial, tão fundamentalmente sem romantismo, limitar seus desejos a tipos seguros de vítimas. Mas é verdade que antigamente ele tinha muito mais cuidado em esconder aqueles que matava.

— As pessoas estão começando a achar que você anda desleixado.

Isobel sabia muito bem como estragar o clima.

— Pessoas? Que pessoas? — Ele vê Otto, aquele rato furtivo do irmão dela, olhando-o por cima de um dos cadáveres. — Está dizendo que Otto quer me tirar da lista?

— Você precisa ser cuidadoso. É isso o que estou dizendo. Você pode meter nós todos em encrenca.

Will dá de ombros.

— A polícia não liga para listas, Isobel — diz ele sabendo que isso é mentira. — Se eles me quisessem, já teriam me apanhado. Eles não ligam para quem é amigo de quem.

Isobel o olha, séria, como normalmente fazem os humanos moralmente confusos.

— Vá por mim, Glenny liga.

— Sabe de uma coisa, Isobel Child? Seu papo já foi melhor.

Ela passa a mão pelos cabelos dele.

— É que me preocupo com você. Só isso. Parece que você quer ser apanhado ou sei lá o quê.

Quando ela o beija, Will considera outra mordida.

— Vá em frente — diz ela, a voz novamente sedutora. — Me sugue.

Mas é o mesmo de cinco minutos atrás. Aquilo não adianta nada.

— Ei — diz ela suavemente, voltando a alisar os cabelos dele —, quando vamos a Paris? Há séculos que você me promete.

Paris.

Por que ela foi dizer isso? Ele agora não consegue pensar em outra coisa a não ser beijar Helen no telhado do museu de Orsay.

— Não, Paris não.

— Bem, algum lugar então — diz ela, preocupada com ele como se soubesse algo que Will não sabe. — Ah, vamos, a gente poderia ir a qualquer lugar. Nós dois. Seria divertido. Poderíamos deixar esse país de merda e viver em outro lugar.

Ele se levanta.

Em sua época, ele viajou o mundo todo. Passou semanas nas imaculadas margens congeladas do lago Baikal na Sibéria. Embebedou-se estupidamente nos bordéis vampiros de contos de fada da antiga Dubrovnik, vadiou nos antros envoltos em fumaça vermelha do Laos, curtiu o blecaute de Nova York de 1977 e, mais recentemente, se divertira com dançarinas de Las Vegas em uma suíte do Bellagio. Viu abstêmios hindus lavarem seus pecados no rio Ganges, dançou um tango à meia-noite num bulevar de Buenos Aires, e mordeu uma falsa gueixa à sombra de um pavilhão em Kyoto. Mas, naquele momento, ele não queria estar em qualquer outro lugar a não ser North Yorkshire.

— O que houve? Você não bebeu quase nada — diz ela pressionando o dedo no pescoço quase sarado.

— Não estou com tanta sede essa noite — diz ele. — Aliás, preciso ir. Estou passando esse fim de semana com a família.

Isobel está magoada.

— *Família?* — indaga. — Que tipo de família?

Ele hesita. Duvida que Isobel seja capaz de entender.

— Apenas... família.

E a deixa na fofa almofada de veludo.

— Will, espere...

— Sinto muito, mas tenho de ir. — Ele desliza escada abaixo em direção à recepção, onde apanha uma garrafa do sangue cujo sabor ainda está fresco em sua língua.

— Ela está lá em cima, você sabe — diz o esquelético e careca atendente da recepção, confuso pela opção de compra.

— Sim, Dorian, eu sei — diz Will —, mas esse é para dividir.

Pinot rouge

Em Manchester, entre sua considerável população vampira, Will Radley há meses tem sido assunto de conversas. E elas não têm sido nada boas.

Se antigamente Will fora altamente respeitado por ser um exemplo excelente de como um viciado em sangue pode fazer o que quiser sem ser castigado, geralmente se atendo ao *tipo certo* de humanos, ele agora corria mais riscos, envolvendo-se em ações desnecessárias.

Começara com uma estudante, esposa de um detetive de polícia. Obviamente ele saiu ileso na ocasião. A Unidade de Predadores Anônimos, o ramo tecnicamente não existente da polícia de Manchester e redondezas, cuidara para que, embora um detetive tivesse testemunhado o assassinato de sua esposa, caso registrado como desaparecimento, tal homem nunca fosse levado a sério.

Contudo, o meticuloso relacionamento construído entre a polícia e a comunidade vampira — que girava em torno do diálogo entre a UPA e a ala da Sociedade Sheridan do Reino Unido, com base em Manchester, uma organização dos direitos dos vampiros vagamente estruturada

— sofreu um desgaste fenomenal como resultado do caso Copeland.

Por algum tempo, porém, o apoio a Will entre os colegas vampiros permaneceu forte, e nenhum cedeu à pressão da polícia para liquidá-lo. Seus talentos em manipular eram lendários e seus estudos inéditos sobre os vampiros poetas lorde Byron e Elizabeth Barret Browning (lançados no mercado negro pela editora Christabel) foram bem recebidos pelos membros da Sociedade Sheridan.

Entretanto, após renunciar a seu cargo na Universidade de Manchester, seu comportamento tornou-se cada vez mais difícil de ser defendido. Matava mais e mais nas ruas de Manchester. E, apesar de várias dessas mortes terem se tornado simples acréscimos à lista de desaparecidos, a quantidade em si era alarmante.

Aparentemente havia algo errado com Will.

Certamente, a maioria dos vampiros praticantes, de vez em quando, drena a vida de um humano, mas cuida para que haja um equilíbrio entre as mortes e o consumo seguro de sangue de vampiro. Afinal, em termos de qualidade, o gosto do sangue de vampiro é geralmente mais satisfatório, complexo e ousado em sabor do que o de um não convertido. E o sangue mais delicioso, o pinot noir que todo amante de sangue sabe que é o melhor em oferta, é aquele tirado das veias de alguém no momento da conversão.

Will, porém, não parecia ter qualquer interesse em converter. Aliás, corria o boato de que ele convertera apenas uma pessoa em toda a sua vida e, por qualquer que fosse o motivo, já não conseguia converter ninguém. Entretanto, ainda bebia sangue de vampiro. De fato, bebia garrafas e garrafas, além de sugar o pescoço de sua quase namorada Isobel Child.

Sua sede, porém, tornava-se insaciável. Ele saía à noite e mordia qualquer um que lhe agradasse, vampiro ou não. Sem seu trabalho diário regular, podia dormir mais e obter mais energia para fazer o que pretendesse e ir aonde quisesse. Mas não se tratava de uma questão de energia. O comportamento negligente de Will — sua indiferença em ser captado por uma câmera em meio a uma matança, por exemplo — foi visto por muitos como o sintoma de um comportamento autodestrutivo.

Se alguma coisa acontecer, diziam as pessoas, *a culpa será dele*.

Contudo, apesar do aumento da pressão policial, a maior parte dos membros da Sociedade Sheridan acreditava que Will seria protegido pelo fato de Isobel Child adorá-lo. Afinal, Isobel era muito popular na comunidade e seu irmão não era outro senão Otto Child, supervisor da lista.

Tal lista era a de intocáveis — viciados em sangue praticantes e assassinos nos quais a polícia não poderia tocar sem perder a confiança e a harmonia com a Sociedade Sheridan e, portanto, com toda a comunidade vampira.

Claro que nenhuma morte relacionada a um ataque vampiro jamais resultara num julgamento oficial, muito menos numa condenação. Houve encobrimentos para o bem do grande público desde a concepção da força policial. Mas, desde então, eram realizadas ações. Tradicionalmente elas vinham sendo executadas por poucos policiais treinados nas precisas e avançadas habilidades necessárias para exterminá-los. Vampiros simplesmente sumiram do mapa. Mas tal política de tolerância zero só conseguira um rápido aumento das taxas de conversão e a polícia começou a temer uma cara e pública batalha.

Portanto a polícia ofereceu também um benefício: proteção para certos vampiros desde que se comportassem de acordo com regras específicas. Claro que havia aí um dilema ético. Afinal, trabalhando com a Sociedade Sheridan, a polícia estava, de fato, recompensando os vampiros mais notórios e sedentos enquanto abstêmios e mordedores de pescoços mais moderados ficavam desprotegidos. Contudo, a lógica da polícia era de que, ao garantir imunidade a alguns dos mais depravados, ela conseguiria exercer uma influência sobre eles e restringir parte de suas atividades.

E isso significava que um assassinato aceitável era aquele que não fosse captado por uma câmera, não envolvesse um corpo aparecendo em algum lugar e no qual a vítima provavelmente não obtivesse a simpatia dos editores de tabloides nem provocasse muitos questionamentos por parte da opinião pública. Prostitutas, viciados em drogas, sem-teto e pacientes bipolares de ambulatórios faziam parte de um menu seguro. Esposas de detetives do departamento de investigação da polícia, garotas à procura de um relacionamento e atendentes de supermercado escravas de seus salários estavam definitivamente de fora.

O problema era que, embora fosse um antigo membro da Sociedade Sheridan, Will não seguia essas regras. Não era capaz de moldar seus desejos para se ajustarem a uma estrutura socialmente aceitável e endossada pela polícia. Mas fora a total imundície de sua mais recente matança que pusera a Sociedade Sheridan sob maior pressão.

Quinze dias atrás, a chefe da polícia de Manchester, Alison Glenny, recebera um telefonema enquanto entrevistava um novo recruta para sua unidade. O telefonema foi de um homem cujo sussurro frio, familiar e cansado lhe disse que Will Radley estava fora da lista.

— Pensei que ele fosse um bom amigo — disse Alison observando o trânsito da hora do rush através de sua janela no sexto andar do prédio. Os carros deslizavam e paravam como contas em um ábaco. — Um amigo de sua irmã, pelo menos.

— Ele não é amigo meu.

Alison notara o amargor em sua voz. Ela sabia que havia pouca lealdade entre vampiros, mas, ainda assim, ficou surpresa com o desprezo evidente dele por Will.

— Tudo bem, Otto, eu pensei...

Ele a interrompeu.

— Confie em mim, ninguém mais se importa com Will Radley.

DOMINGO

Nunca dê indícios de seu passado a seus amigos e vizinhos não vampiros, nem divulgue o perigo emocionante do vampirismo a ninguém além dos que já o conhecem.

Manual do abstêmio (segunda edição), p. 29

Freaks

É PERFEITAMENTE POSSÍVEL MORAR ao lado de uma família de vampiros e não fazer a menor ideia de que as pessoas a quem você chama de vizinhos podem secretamente querer sugar o sangue de suas veias.

Isso é especialmente possível, se nem a metade dos integrantes da família percebeu isso. E, se é verdade que nenhum dos moradores do número 19 da rua Orchard Lane se deu conta de quem morava a seu lado, houve certas notas discordantes, soadas no decorrer dos anos, que fizeram os Felt se questionarem.

Certa vez, por exemplo, Helen pintava um retrato de Lorna — um nu, por insistência dessa — e teve de sair correndo do quarto, segundos após ter ajudado Lorna a abrir seu sutiã, com um "Desculpa, Lorna, às vezes tenho um problema de bexiga terrível".

Em outra ocasião, no churrasco dos Felt, Mark foi à cozinha e encontrou Peter evitando a conversa sobre esportes de seus vizinhos e sugando um pedaço cru de filé mignon. — "Ah, meu Deus, sinto muito, não está cozido. Que idiotice a minha!"

E, meses antes de Peter se sufocar com a salada tailandesa de Lorna cheia de alho, os Felt cometeram o erro de levar sua cadela nova, Nutmeg, para conhecer os vizinhos da 17, apenas para o animal fugir em disparada dos biscoitos oferecidos por Clara e bater com a cabeça na porta fechada do pátio. ("Ela ficará bem", disse Peter, com autoridade doutoral, enquanto todos se abaixavam em volta da cadela vermelha caída no tapete. "Foi apenas uma leve concussão.")

Havia também coisas menores.

Por que, por exemplo, os Radley mantinham suas cortinas fechadas em dias ensolarados? Por que Mark nunca conseguiu convencer Peter a entrar para o clube de críquete de Bishopthorpe ou mesmo jogar uma partida de golfe com seus amigos? E por que, se o jardim dos Radley tinha apenas um terço do tamanho do dos Felt, que era vasto e com a grama aparada regularmente, Peter e Helen sentiram a necessidade de contratar um jardineiro?

As suspeitas de Mark talvez fossem um pouco mais profundas do que as de sua mulher, mas eles apenas chegaram a nada mais do que achar os Radley ligeiramente esquisitos. E ele atribuía isso ao fato de que viveram antes em Londres e que provavelmente votaram nos democratas liberais e foram muitas vezes ao teatro para ver peças que não eram musicais.

Apenas seu filho, Toby, tinha uma desconfiança real dos Radley e sempre resmungava quando Mark os mencionava. "Eles são freaks", dizia, mas nunca explicou os motivos por trás de seu preconceito. Mark simplesmente atribuiu isso à teoria de Lorna de que seu filho não era capaz de confiar em ninguém desde que a mãe de Toby e ele haviam se divorciado, cinco anos atrás. (Mark flagrou a esposa na cama com seu instrutor de pilates e, embora não tivesse ficado muito chateado — ele já estava tendo um caso com Lorna e procurava um meio de se livrar daquele casamento —, Toby, com 11 anos, reagiu à notícia da separação de seus pais urinando repetidamente na parede do quarto.)

Naquela manhã de domingo, porém, as dúvidas de Mark começam a se solidificar. Enquanto Lorna passeia com sua cadela, ele toma o café da manhã encostado no frio granito do balcão da cozinha. A meio caminho de sua torrada com geleia de limão, ele ouve o filho falando ao telefone.

— O quê? Ainda? Não, não faço ideia... Ele tinha ido atrás de uma garota. Clara Radley... Não sei, provavelmente estava a fim dela... Sim, sinto muito... Está bem, Sra. Harper... Sim, eu te aviso...

Após algum tempo, o telefonema se encerra.

— Toby? O que está havendo?

Toby entra na cozinha. Se, por um lado, tem o físico de um homem, seu rosto continua sendo o de um menino petulante.

— Harper sumiu.

Mark tenta pensar. Harper é alguém que ele deveria conhecer? Há tantos nomes que precisamos saber.

— *Stuart* — explica Toby duramente. — Você sabe, Stuart Harper. Meu *melhor amigo.*

Ah, sim, lembra Mark, *aquele ogro monossilábico com mãos enormes.*

— Como assim, *sumiu*?

— Sumiu. Não voltou para casa desde sexta-feira à noite. A mãe dele não ficou muito preocupada ontem, porque às vezes ele vai para a casa da avó sem avisar.

— Mas ele não está na casa da avó?

— Não, não está em lugar nenhum.

— Em lugar nenhum?

— Ninguém sabe onde ele está.

— Você mencionou algo sobre Clara Radley.

— Ela foi a última pessoa a vê-lo.

Mark lembra-se da noite de sexta-feira e do jantar na casa dos Radley. O fim abrupto da noite. *Coisa de adolescente*. E a cara de Helen quando falou isso.

— A última pessoa mesmo?

— É. Ela deve saber de alguma coisa.

Eles ouvem Lorna chegar com a cadela. Toby dirige-se à escada para o andar superior, como costuma fazer quando sua madrasta aparece. Mas ele os vê, ao mesmo tempo que Mark, parados atrás de Lorna. Dois jovens fardados.

— São da polícia — anuncia Lorna fazendo o possível para dar a Toby um maternal olhar de preocupação. — Querem falar com você.

— Oi — diz um deles. — Sou o policial Henahaw. Essa é a policial Langford. Viemos apenas fazer algumas perguntas de rotina.

Game over

— Pai? Pa-Pai?

Eve vasculha o cômodo e seu pai não está ali.

A TV está ligada, mas não há ninguém assistindo.

Na tela, uma mulher pressiona um odorizador de ambientes para liberar uma chuva de flores animadas em sua sala de estar.

São 9h15 de um domingo.

Seu pai não frequenta a igreja. Não sai para correr desde que a mulher morreu. Então, cadê ele? Ela não se importa realmente, exceto por uma questão de princípios. Se ele pode sair sem dizer aonde vai, por que ela não pode?

Sentindo-se justificada, ela sai do apartamento e caminha através do vilarejo em direção à Orchard Lane. Do lado de fora da banca de jornais, dois homens conversam em voz séria e baixa: "Parece que não é visto desde sexta-feira à noite", é tudo o que ela consegue ouvir ao passar.

Ao chegar à Orchard Lane, tem toda a intenção de seguir direto para a casa de Clara, mas então vê algumas coisas que a fazem mudar de ideia. A primeira é a viatura de polícia estacionada entre os números 17 e 19, em frente a uma kombi velha do outro lado da rua. Toby está do lado de fora, nos degraus da varanda, quando dois policiais fardados deixam sua casa. Eve, tomada pela sombra e semioculta pelos arbustos maiores, o vê apontar para a casa de Clara.

— Aquela ali — diz ele. — É lá que ela mora.

E os policiais saem, olhando para a kombi antes de seguirem para a casa vizinha. Toby desaparece no interior de sua casa. Eve continua imóvel. Está longe o suficiente para ouvir os passarinhos cantarem alegremente nas árvores. Ela observa os policiais baterem na porta da casa e vê a mãe de Clara atender com um ar de profunda preocupação. Enfim, os guardas são convidados a entrar.

Eve continua caminhando e decide fazer uma visita rápida a Toby para lhe perguntar o que está acontecendo. De qualquer modo, ela quer falar com ele antes da escola, para se desculpar pela noite de sexta-feira com seu pai levando-a embora daquele jeito.

Felizmente a simpática madrasta de Toby atende a porta e ela evita ter de falar sobre o aluguel com o Sr. Felt. A Sra. Felt puxa para trás a coleira da cadela vermelha que ofega alegremente para Eve.

— Oi, Toby está?

— Está — responde a mulher de um modo que parece um tanto jovial demais, tendo em vista que a polícia acabara de sair de lá. — Ele foi para o andar de cima. É o primeiro quarto à direita.

Eve o encontra sentado, de costas para ela, grunhindo e movimentando os braços violentamente em direção a algo. Um X Box, ela percebe com certo alívio. Toby mal se dá conta de sua presença enquanto ela se aproxima para se sentar na sua cama. Eve fica sentada ali, olhando a galeria de pôsteres na parede — Lil'Wayne, Megan Fox, jogadores de tênis, Christian Bale.

— Lançador de chamas! Lançador de chamas! Morra... *isso*.

— Olha — diz Eve quando percebe que ele está tentando passar de fase. — Sinto muito sobre sexta-feira à noite. Meu pai fica cheio de drama quando chego tarde.

Toby dá um grunhido afirmativo com o fundo da garganta e continua incendiando lagartos.

— Por que a polícia veio aqui?

— Harper sumiu.

Demora um pouco para Eve assimilar aquilo adequadamente. Mas então se lembra dos dois homens conversando na banca de jornais.

— Sumiu? Como assim *sumiu*? — Ela conhece muito bem o horror por trás da palavra.

— Ele não voltou para casa na noite de sexta-feira. Sabe, depois da festa.

Harper é um ogro irracional, mas é amigo de Toby e podia estar em perigo.

— Ah, meu Deus — exclama Eve. — Isso é horrível. Minha mãe sumiu dois anos atrás. A gente nunca mais...

— Clara sabe de alguma coisa — diz Toby interrompendo Eve agressivamente. — Vagabunda idiota. Eu sei que ela sabe de alguma coisa.

— Clara não é uma vagabunda.

Toby franze a testa.

— Ah, e o que ela é então?

— Ela é minha amiga.

A porta se abre e a cadela vermelha invade o quarto sacudindo o rabo. Eve lhe faz um carinho e deixa que ela lamba sua mão salgada enquanto Toby continua falando.

— Não, ela é alguém com quem você anda porque você é nova aqui. É assim que funciona. Você se muda para uma escola nova e tem de andar com a estranha e chata garota de óculos. Mas já tem meses que você está aqui. Devia andar com alguém, sei lá, como você. Não com uma idiota que tem um freak como irmão.

A cadela vai até Toby e focinha sua perna, a qual ele empurra com força para afastar o animal.

— Que saco!

Eve olha a tela: Game over.

Talvez seja mesmo.

Ela suspira.

— Acho que já vou — diz, levantando-se.

— Vocês não têm muito tempo, sabe...

— O quê?

— Meu pai quer o dinheiro. Do aluguel.

Eve olha-o fixamente. Outro porco egoísta para acrescentar ao seu catálogo de porcos egoístas.

— Obrigada — diz ela resolvida a não demonstrar qualquer emoção. — Eu darei o recado.

Polícia

NORMALMENTE SERIA APAVORANTE para Clara Radley estar sentada no sofá da sala de estar, entre seus pais, sendo entrevistada por dois policiais sobre um rapaz que realmente matou, principalmente depois de seu vizinho ter feito tudo em seu poder para incriminá-la. Mas, em vez de ser uma experiência estressante, estranhamente parece não ser nada de mais. É tão desgastante quanto uma ida aos correios.

Ela sabe que deveria ficar preocupada e até mesmo se esforça para compartilhar um pouco da aflição de sua mãe, mas simplesmente não consegue. Ou não, de qualquer modo, como deveria. De certa maneira, aquilo parece divertido.

— Mas por que, se me permite perguntar, Stuart foi atrás de você? — indaga um dos policiais. O homem, Hen-alguma coisa. Ele sorri educadamente assim como a mulher a seu lado. É tudo muito amistoso.

— Não sei — responde Clara. — Acho que Toby deve ter incentivado Harper. Ele tem um senso de humor cruel.

— O que você quer dizer com isso?

— Que ele não é uma pessoa legal.

— Clara — diz Helen de modo quase repreensivo.

— Tudo bem, Helen — diz Peter. — Deixe ela falar.

— Isso — concorda o policial. Ele encara intencionalmente o carpete bege, enquanto bebe outro gole do café. — É uma bela casa, a propósito. Aliás, bem parecida com a da minha mãe.

— Obrigada — diz Helen com um esganiçado nervoso. — Reformamos a sala no verão passado. Ela parecia um pouco antiquada.

— É adorável — acrescenta a policial feminina.

Grande coisa vindo de você, pensa Clara, notando que os cabelos terrivelmente crespos da mulher estão esmagados em um clássico coque de policial, deixando uma franja retangular sobre sua testa como uma camada de lama.

De onde estão vindo esses pensamentos horríveis? Agora tudo e todos parecem motivos de ridicularização, ao menos em sua cabeça. A falsidade de tudo: até mesmo aquela sala, com seus vasos vazios sem sentido e a pequena TV de bom gosto, parece tão artificial quanto uma propaganda.

— Muito bem — diz o policial voltando ao assunto —, ele foi atrás de você. E o que você disse? *Ele* disse alguma coisa?

— Bem, disse.

— O quê? O que foi que ele disse?

Ela decide se divertir.

— Ele disse: "Clara, espere."

Há uma pausa. Os policiais se entreolham.

— E?

— Então ele disse que gostava de mim. Eu achei estranho porque normalmente os garotos não se aproximam de mim dizendo essas coisas. Mas ele estava bêbado, muito cheio de si, então tentei recusar delicadamente, mas aí ele começou... Eu me sinto mal em contar isso... Aí ele começou a *chorar*.

— Chorar?

— Sim. Ele estava bêbado, *fedia* a álcool. Mesmo assim era estranho vê-lo chorar, porque não é o jeito dele. Ninguém o tomaria por um tipo sensível, mas nunca se sabe, não é?

— Não. Bem, o que aconteceu depois?

— Nada. Quero dizer, ele chorou. Suponho que eu deveria ter consolado ele ou sei lá o quê, mas não fiz nada. E então foi isso.

A policial ergue a vista debaixo de sua franja. De repente, ela parece mais alerta.

— *Isso?*

— Sim, ele simplesmente foi embora.

— Embora para onde?

— Sei lá, de volta para a festa.

— Ninguém o viu na festa depois que você saiu.

— Bom, então ele deve ter ido a outro lugar.

— Onde?

— Sei lá, ele estava bêbado. Eu já disse.

— Ele estava bêbado e simplesmente deixou você de lado. Sem mais nem menos?

Helen ficou tensa.

— Ela está muito perturbada com o desaparecimento de Stuart e...

— Não! — exclama Clara fazendo com que os guardas, aturdidos, parassem de anotar em seus cadernos por um momento. — Não, não estou perturbada com o desaparecimento dele. Não sei por que as pessoas sempre fazem isso quando alguém morre. Sabem, como todos nós temos de achar que esse alguém era maravilhoso quando na realidade nós o odiávamos.

A aparência da policial é a de como se tivesse acabado de tropeçar em algo.

— Você disse "morre".

A princípio, Clara não entendeu o significado daquilo.

— O quê?

— Você acabou de dizer "quando alguém morre". Pelo que sabemos, Stuart desapareceu. Só isso. A não ser que você saiba algo mais.

— Foi apenas uma expressão.

Peter tosse e passa o braço em volta de Clara para disfarçadamente tocar no ombro de Helen.

Os olhos dos policiais examinam Clara e instala-se um leve desconforto.

— Olhem, eu estava falando em termos genéricos. — Ela se surpreende ao ver a mãe se levantar de repente. — Mãe?

Helen sorri envergonhada.

— Preciso ir desligar a secadora. Está apitando. Desculpe.

Os policiais ficam tão perplexos quanto Clara. Ninguém ouviu nada apitando.

Will não está dormindo, quando Helen bate na janela da kombi. Ele está olhando as antigas gotas de sangue seco no teto. Uma espécie de mapa celeste traçando sua história de devassidão. Uma trajetória sobre a qual ele também está deitado, detalhada nos sete diários de couro quadrados debaixo do colchão. Todas aquelas noites de alimentação feroz.

Alguém está batendo em sua kombi. Ele abre a cortina e vê Helen, desesperada.

— Topa uma ida a Paris essa noite? — pergunta. — Um passeio pelo Sena. Só você, eu e as estrelas.

— Will, é a polícia. Estão interrogando Clara. Está indo mal. Você precisa ir lá falar com eles.

Ele sai da kombi e vê a viatura da polícia. Mesmo exposto à luz do dia, tem uma sensação boa. É Helen lhe pedindo que faça algo. *Precisando* que ele faça algo.

Will decide explorar o momento e extrair cada gota de prazer.

— Pensei que você não quisesse que eu ficasse aqui.

— Will, eu sei. Pensei que podíamos cuidar disso, mas não tenho certeza se conseguiremos. Peter tinha razão.

— Bem, o que exatamente você quer que eu faça? — Ele sabe, é claro, quer apenas que ela peça.

— Falar com eles?

Ele inspira fundo e capta o cheiro do sangue dela no ar fresco.

— Falar com eles? Não quer dizer *manipular* eles?

Helen faz que sim.

Ele não resiste a implicar com ela.

— Não é um pouco antiético? Manipular policiais?

Helen fecha os olhos. Uma pequena ruga surge entre suas sobrancelhas.

Eu a quero de volta, percebe ele. *Quero a mulher que criei.*

— Por favor, Will — implora ela.

— Tudo bem, deixemos a ética de lado. Vamos lá.

Os guardas parecem surpresos com a chegada de Will, mas Peter assente, e até mesmo sorri para Helen, contente por ela ter entendido a mensagem no ombro.

— Esse é meu tio — explica Clara.

Helen fica ao lado de Will, esperando que a manipulação comece.

— Na verdade, estamos em meio a uma pequena entrevista com Clara — diz o policial, as sobrancelhas erguendo-se para reproduzir a expressão de autoridade que ele aprendeu nas séries policiais da TV.

Will sorri. Ele pode dominar os dois com facilidade, mesmo àquela hora do dia. Submeter dois jovens policiais educados, obedientes, não violentos. Isso lhe custaria apenas uma frase, talvez duas, e suas palavras começariam a apagar e a reescrever seus pensamentos fracos e servis.

Ele começa devagar, só para mostrar a Helen que ainda tem seus poderes. Uma sutil lentidão e o aprofundamento da voz, o espaçamento cuidadoso entre cada palavra e aquele simples truque de ignorar rostos e falar diretamente ao sangue. E, como está próximo o bastante para sentir o cheiro do que corre em suas veias, ele começa imediatamente.

— *Bem, não se importem comigo* — diz ele. — *Continuem fazendo suas perguntas. Continuem perguntando e descobrirão a verdade... que essa garota diante de vocês tem uma mente tão pura e inocente quanto um campo de neve intocada e ela nada sabe sobre o que quer que tenha acontecido com aquele rapaz na noite de sexta-feira. Por isso, não faz sentido escreverem qualquer coisa nesses cadernos.*

Ele vai até a policial e estende a mão. Quase como se pedisse desculpas, o rosto inexpressivo, ela lhe entrega sua caderneta. Will arranca as folhas de papel nas quais ela escrevera antes de devolvê-la.

— *E tudo o mais que vocês ouviram é mentira. Clara não sabe de nada. Olhem para ela, olhem mesmo para ela...*

Eles olham.

— *Já viram alguém tão puro e inocente? Não se sentem envergonhados por terem, por um momento, duvidado dessa inocência?*

Eles concordam com a cabeça, como crianças diante de um professor rigoroso. Sentem-se profundamente envergonhados. Will nota que Clara está maravilhada, os olhos arregalados.

— *Vocês podem ir embora agora. Irão embora e se darão conta de que nada têm a fazer aqui. O rapaz está desaparecido. Esse é mais um mistério insolúvel num mundo cheio de mistérios insolúveis. Agora levantem-se e sigam pelo mesmo caminho por onde vieram e, no instante em que o ar fresco acariciar seus rostos, vocês perceberão que é isso o que torna o mundo tão bonito. Todos esses mistérios insolúveis. E nunca mais desejarão interferir novamente nessa beleza.*

Will nota que até Peter e Helen ficam impressionados quando os guardas se levantam e caminham para a porta.

— *Agora tchauzinho. E obrigado pela visita.*

Presunto da delicatéssen

CLARA ESTÁ SENTADA EM SEU QUARTO, comendo o presunto da delicatéssen de seu irmão, quando Eve chega. Clara começa a dar uma explicação sobre o incidente do dia anterior na Topshop. Conta que teve um ataque de pânico e precisou sair de lá. É uma meia verdade, ou um quarto de verdade, mas com certeza não é uma mentira completa.

Eve, porém, mal presta atenção.

— A polícia veio falar com você? — pergunta ela. — Sobre Harper?

— Veio — diz Clara.

— O que eles queriam saber?

— Ah, várias coisas. Se Harper era suicida... Esse tipo de pergunta.

— Clara, o que *aconteceu* naquela noite?

Clara olha a amiga nos olhos e tenta ser convincente.

— Não sei. Eu vomitei no tênis dele e aí ele foi embora.

Eve concorda com a cabeça. Não tem por que não acreditar na amiga. Olha em volta e nota a ausência dos pôsteres.

— O que houve com os macacos tristes nas gaiolas? — pergunta.

Clara dá de ombros.

— Concluí que os animais continuarão morrendo, não importa o que eu coloque na minha parede.

— Certo. E de quem é aquela kombi lá fora?

— É do meu tio Will. Ele é bem maneiro.

— E onde ele está agora?

Clara começa a ficar frustrada com tantas perguntas.

— Ah, deve estar dormindo. Ele dorme o dia todo.

Eve pensa nisso por um momento.

— Ah, isso...

Mas então elas ouvem algo.

Alguém está gritando lá embaixo.

— Eve!

Clara vê o rosto de Eve baixar com repulsa.

— Aqui não — sussurra para si mesma. Então, fala para Clara: — Me diga que você não ouviu isso. Diga que comecei a ouvir vozes e que preciso de ajuda psiquiátrica.

— O quê? É o seu...? — pergunta Clara.

Elas ouvem passos pesados subirem os degraus. Então Clara vê irromper no quarto um homem alto, peludo, usando uma camisa do Manchester United.

— Eve, para casa. Já!

— Pai? Não acredito nisso. Por que está fazendo isso na frente da minha amiga? — pergunta Eve.

— Ela não é sua amiga. Venha comigo. — Ele agarra o braço dela.

Clara observa.

— Ei, deixe ela em paz. Você... — Ela para. Algo no olhar enérgico do homem a faz recuar.

Ele sabe de alguma coisa. Decididamente, sabe de alguma coisa.

— Me larga! Sério! — diz Eve. Ela se esforça e, por fim, aceita seu constrangimento quando ele literalmente a puxa para fora do quarto, chutando o cesto de papéis cheio de pôsteres amassados.

Rowan ouve uma agitação no corredor. Larga a caneta e o poema que tenta terminar: "Vida e outros infernos eternos." Sai do quarto e vê Eve tentando reagir ao controle do pai.

— Ai, pai, me larga!

Rowan está atrás deles enquanto seguem até a escada. Eles não o viram. Ele reúne coragem para falar. No último momento, consegue.

— Deixe ela em paz — diz ele baixinho.

Jared para e se vira. Continua segurando o braço de Eve e olha para Rowan com uma fúria selvagem.

— O que disse?

Rowan não acredita que aquele é o pai de Eve. Apenas seus cabelos alourados têm alguma semelhança com os da filha. Em seus olhos arregalados, há ódio suficiente para todo um exército.

— Você está machucando ela. Por favor, deixe-a em paz.

Eve balança a cabeça em sua direção, querendo que ele pare, para seu próprio bem. Enquanto o encara, percebe que, por algum motivo ridículo, Rowan gosta realmente dela. Meninos geralmente gostam dela, e Eve já estava acostumada a isso, mas nunca vira nos olhos deles o que vê agora nos de Rowan. Uma preocupação genuína com ela, como se fosse uma parte externa dele. Eve fica tão surpresa nesse momento que não percebe a mão do pai largar seu braço.

Jared investe contra Rowan.

— Estou machucando ela? *Eu* estou machucando ela? Essa é boa. Ah, essa é boa mesmo. Você é o mocinho? É um belo ato. Pois bem, se eu vir novamente você ou alguém da sua família perto dela, virei atrás de vocês com um machado. Porque eu sei o que vocês são. *Eu sei.* — Remexe por baixo de sua camisa atrás de um pequeno crucifixo, que enfia na frente do rosto de Rowan.

Clara está na porta do quarto, observando estupefata.

Jared dirige suas palavras tanto para ela quanto para seu irmão.

— Um dia desses, direi a ela quem vocês são. Contarei a ela o *segredinho* dos Radley. Farei com que ela tema vocês. Farei com que ela queira fugir e gritar se voltar a ver vocês.

O crucifixo não causa nenhum impacto, é claro, mas as palavras atingem Rowan em cheio, mesmo ao perceber que Eve está envergonhada por Jared dizer tudo aquilo, achando que seu pai é maluco. Ela foge e passa correndo por alguém que sobe a escada.

— Eve! — grita Jared. — Volte aqui! Eve!

— O que está havendo? — pergunta Peter chegando ao patamar.

Jared esforça-se para passar por ele, aparentemente temeroso de um contato físico.

— Deixe-me passar!

Peter recua contra a parede para permitir a passagem de Jared. Ele se lança escada abaixo com uma determinação desesperada, mas Eve já está fora da casa.

Peter olha para Clara.

— O que está acontecendo aqui? Qual é o problema dele?

Clara não diz nada.

— Ele não quer a filha dele na companhia de assassinos — observa Rowan. — Ele é meio careta.

Peter saca de imediato.

— Ele *sabe* sobre nós?

— Sim — confirma Rowan. — Ele *sabe* sobre nós.

Viver uma vida normal, jamais enfrentar a luz do dia, é quase impossível.

Embora o sol seja um grande risco à saúde tanto dos abstêmios quanto dos vampiros praticantes, há certas medidas que você pode tomar para reduzir danos e doenças de pele.

Eis as dicas principais para você cuidar de sua pele durante o dia:

1. Mantenha-se na sombra. Na rua, evite o máximo possível a exposição à luz solar.
2. Use filtro solar. Você deve cobrir o corpo todo com filtro solar de fator 60, no mínimo. Qualquer que seja o clima ou sua roupa, essa regra se aplica sempre.
3. Coma cenoura. Cenouras favorecem a reparação do tecido cutâneo, pois são uma fonte valiosa de vitamina A. São ricas em antioxidantes, inclusive fotoquímicos que ajudam a reduzir a fotossensibilidade e facilitam a renovação da pele.
4. Racione a exposição ao exterior. Não passe mais de duas horas por dia na rua.
5. Nunca tome banho de sol. Se precisar se bronzear, faça-o artificialmente.
6. Aja depressa. Caso se sinta tonto ou desenvolva uma erupção de pele violenta, é importante ir para ambientes fechados, de preferência um quarto escuro, o mais rápido possível.

Seja positivo. Está provado que o estresse agrava os problemas de pele sofridos pelos abstêmios. Tente manter uma atitude saudável. Lembre-se: não importa o quanto sua pele coce ou arda, você está fazendo a coisa certa.

Manual do abstêmio (segunda edição), p. 117-118

O sol mergulha novamente atrás de uma nuvem

ROWAN FICOU ABALADO DEMAIS com o incidente de Eve para ficar em casa.

Quanto tempo ele tem?

Quanto tempo lhe resta para criar níveis extraordinários de coragem para dizer a ela o que sente?

Quando ela descobrirá que ele é um monstro?

Ele sente-se cansado ao caminhar pela rua principal, com o sol espreitando atrás das nuvens. Forte e brilhante, tão impossível de ser encarado quanto a verdade. Enquanto continua andando, sua pele começa a coçar e as pernas ameaçam se curvar debaixo dele. Rowan percebe que não passou filtro solar suficiente e que precisa voltar para casa, mas, atravessa para o banco em frente ao memorial de guerra, que está parcialmente na sombra. Lê as palavras OS GLORIOSOS MORTOS inscritas na pedra. *O que acontece*, pergunta-se, *depois que um vampiro morre? Há lugar, na vida após a morte, para sugadores de sangue ficarem ao lado dos heróis de guerra?* Quando está prestes a ir embora, ouve alguém atrás dele e a voz que ele ama mais do que qualquer outra.

— Rowan?

Ele vira-se para ver Eve se aproximar, saindo da parada de ônibus onde estivera escondida antes.

Eve está olhando-o e ele sente aquele desconforto familiar por estar no campo de visão dela. Por ser a imperfeição que a perfeição vê.

Ela para do seu lado. Os dois nada dizem por algum tempo e Rowan chega a imaginar se ela é capaz de ouvir as batidas de seu coração.

— Desculpe — diz ela após um longo silêncio — pelo meu pai. Ele só... — Ela para. Rowan percebe que Eve resiste a alguma coisa. Então lhe diz. — Minha mãe sumiu alguns anos atrás. Antes de virmos para cá. Simplesmente desapareceu, não sabemos o que aconteceu com ela. Não sabemos se continua viva ou algo assim.

— Eu não sabia. Sinto muito.

— Bem, para falar a verdade, não falo muito sobre isso.

— É, deve ser difícil — diz Rowan.

— É por isso que meu pai é assim. Nunca se conformou. Sabe, nós lidamos com isso de maneiras diferentes. Ele ficou paranoico e eu tento relaxar. E namorar garotos idiotas.

Ela olha para Rowan e se dá conta de que estava errada ao vê-lo como o irmão tímido e esquisito de Clara. Por um momento, Eve percebe como é bom estar sentada no banco, ao lado dele, conversando. É como se ele trouxesse à tona algo nela. E Eve se sente mais natural do que se sentira durante anos.

— Olhe, Rowan, se você tem alguma coisa a me dizer, ou se quer me perguntar algo, sabe, pode dizer. Não tem problema.

Ela quer ouvir dos lábios dele o que já sabe através de Clara e do próprio Rowan, que murmura seu nome sempre que adormece durante a aula.

O sol mergulha novamente atrás de uma nuvem.

A sombra intensifica-se.

Rowan sente que aquela é a oportunidade com a qual sonha desde que ouviu a risada de Eve no ônibus, ao lado de Clara, no primeiro dia dela ali.

— Bem, é que... — Sua boca está seca. Ele pensa em Will, na sua facilidade para agir naturalmente, e não consegue evitar de querer ser o tio durante os próximos cinco segundos para conseguir terminar a frase. — Eu... Eu... Eu realmente acho que você é... o que quero dizer é que eu... bem, você não é como qualquer outra garota que conheço... Não liga para o que as pessoas pensam de você e... eu só... quando não estou com você, o que obviamente é a maior parte do tempo, penso em você e...

Ela desvia o olhar. *Ela pensa que sou um freak.* Mas então Rowan vê e ouve o que Eve já viu e já ouviu.

O carro do vizinho para diante deles. Prateado e reluzente como uma arma. Mark Felt abaixa o vidro da janela.

— Ah, Deus — diz Eve.

— O que foi?

— Nada, é apenas...

Mark olha desconfiado para Rowan e então se dirige a Eve.

— Toby me disse que seu pai está tentando me enganar. Diga-lhe que, a partir de amanhã, vou mostrar o lugar para outras pessoas se ele não pagar o que deve. Tudo. Todas as 700 libras.

Eve parece constrangida, embora Rowan não entenda o que está acontecendo.

— Certo — responde ela. — Certo.

Então Mark se dirige a Rowan.

— Como está sua irmã?

— Ela... está bem.

Os olhos de Mark perambulam por ele por algum tempo, tentando sacar alguma coisa. Ele sobe o vidro e sai com o carro.

Eve encara a grama abaixo.

— Ele é nosso senhorio.

— Ah...

— E não temos dinheiro para lhe pagar, porque, bem, quando nos mudamos para cá, meu pai não arrumou emprego. Há séculos que ele nem mesmo *tenta*.

— Certo.

Eve encara o cascalho e continua falando.

— E já tínhamos todas as dívidas de quando morávamos em Manchester. Ele costumava ser cuidadoso, ele e minha mãe. Tinha um bom emprego, trabalhava na polícia. No departamento de investigações criminais.

— Sério? — diz Rowan perturbado por essa informação. — O que aconteceu?

— Quando minha mãe desapareceu, ele desabou. Enlouqueceu. Passou a ter umas teorias, umas ideias completamente malucas. Então a polícia preencheu uns formulários, alegando que estava mentalmente abalado, ele ficou dois meses no hospital enquanto eu morei com minha avó. Mas ela morreu. Quando ele voltou, as coisas não foram mais as mesmas. Tomava remédios e bebia. Ele perdeu o emprego e passava o tempo fazendo Deus sabe o quê. — Ela funga e faz uma pausa. — Eu não deveria estar te contando isso. É estranho, eu nunca tinha contado para ninguém.

Rowan se dá conta de que faria qualquer coisa para apagar a tristeza do rosto dela.

— Tudo bem — diz ele. — Talvez seja bom falar sobre isso.

E é o que ela faz, quase como se ele não estivesse ali, como se fosse algo que precisasse colocar para fora.

— Não conseguíamos mais manter a casa em Manchester e isso foi horrível porque sempre achei que, se ficássemos lá, pelo menos minha mãe saberia onde nos encontrar se algum dia resolvesse voltar.

— Entendo.

— Mas nem mesmo ficamos perto da casa antiga. Ele quis se mudar para cá, para um apartamentinho alugado, e nem isso conseguimos pagar. E parece que teremos de nos mudar novamente se ele não der um jeito. Mas não quero me mudar de novo porque isso faz o passado ficar cada vez mais no passado. É como se estivéssemos perdendo mais da minha mãe toda vez que fazemos isso.

Ela balança a cabeça como se se surpreendesse consigo mesma.

— Desculpa, não pretendia falar tanto. — Então vê a hora em seu celular. — É melhor eu ir para casa antes que meu pai me encontre aqui. Ele já deve estar voltando.

— Você vai ficar bem? Posso ir com você se quiser.

— Talvez não seja uma boa ideia.

— Não.

Ela segura sua mão e a aperta num adeus suave. O mundo para de girar por um segundo perfeito. Rowan imagina o que Eve teria dito se ele tivesse conseguido falar o que pensava e que o deixava tão tenso.

— Está bem tranquilo hoje, né?

— Acho que sim — diz Rowan.

— Não há passarinhos nem nada.

Rowan concorda, sabendo que jamais poderá lhe contar que só ouviu o canto de passarinhos online, e que certa vez Clara e ele passaram mais de uma hora assistindo, e quase chorando, a um vídeo dos gorjeios de rouxinóis e de tentilhões.

— Vejo você na escola — diz ela após algum tempo.

— Tá — diz Rowan.

Quando ela se afasta, Rowan a observa. Finalmente, vai até o caixa eletrônico do lado de fora da agência postal e checa seu saldo: £ 353,28.

Um ano trabalhando no Willows Hotel nas tardes de sábado, tolerando seu serviço no que pareceram 48 versões da mesma ébria recepção de casamento, e era aquilo o que havia restado.

Rowan saca o máximo possível e pega o cartão de sua poupança universitária, uma conta na qual seus pais depositam um valor mensal e na qual ele não deve tocar enquanto não for para a faculdade. Esforça-se para lembrar a senha, e, quando enfim consegue, saca o dinheiro do qual precisa.

Ao chegar em casa, coloca cada uma das notas de 20 libras num envelope e escreve nele "Dinheiro do aluguel de Lowfield Close 15B".

Quando alguém caiu de uma bicicleta em 1983

Às 16h os Radley estão comendo o jantar de domingo. Peter, observando a carne de carneiro em seu prato, não está surpreso com a decisão de sua mulher de que tudo deve continuar como sempre foi. Ele sabe que, para Helen, a rotina é uma espécie de terapia. Algo que a ajuda a tapar os buracos. Mas, a julgar pelas mãos trêmulas que se servem das batatas assadas, essa terapia não está funcionando.

Talvez seja Will.

Ele falou durante os últimos cinco minutos e não dá sinais de que irá parar, respondendo a mais perguntas de Clara.

— ... sabe, não preciso manipular os outros para mim mesmo. Estou protegido, não há nada que a polícia possa fazer para me deter. Há uma instituição com base em Manchester chamada Sociedade Sheridan. Um grupo de vampiros praticantes que cuidam uns dos outros. É tipo um sindicato, só que com representantes mais atraentes.

— Quem é Sheridan?

— Ninguém. Sheridan Le Fanu era um antigo escritor vampiro, morto faz tempo. De qualquer modo, a questão é que eles enviam uma lista para a polícia a cada ano e ela não se envolve com as pessoas da lista. E eu quase sempre fico no começo da lista.

— A *polícia*? — pergunta Rowan. — Então a polícia sabe sobre os vampiros?

Will balança a cabeça.

— De um modo geral, não, não sabe. Mas há alguns policiais, em Manchester, que sabem. É tudo muito clandestino.

Rowan parece perturbado com essa informação e empalidece visivelmente. Clara tem outra pergunta.

— Quer dizer que, se entrarmos na lista, a polícia não poderá fazer nada conosco?

Will ri.

— É preciso ser um vampiro praticante regular, com algumas mortes em seu histórico. Mas talvez sim. Posso apresentar vocês às pessoas certas. Mexer uns pauzinhos...

— Não, Will — diz Helen. — Não acho que precisamos desse tipo de ajuda.

Enquanto as vozes crescem e diminuem em volta dele, Peter mastiga um pouco da carne malpassada que continua ridiculamente bem passada. Nota a mão trêmula de sua mulher quando ela enche sua taça de vinho.

— Helen, você está bem? — pergunta.

Ela força um sorriso.

— Estou bem, sério.

Mas ela quase pula da cadeira quando soa a campainha da porta. Peter apanha sua taça de vinho e vai atender, rezando, assim como sua mulher, para não ser outra visita da polícia. E assim, pela primeira vez, a visão de Mark Felt é quase um alívio. Ele segura um largo rolo de papel.

— A planta — explica Mark. — Você sabe. Eu lhe falei a respeito. Do puxado do andar superior.

— Sim, claro. Nós estamos...

— É que vou viajar amanhã à noite, a trabalho, e achei que agora seria uma boa ocasião para darmos uma olha nisso.

Peter está tudo menos empolgado.

— Sim, claro. Entre.

Um minuto depois, ele está preso a Mark, que desenrola as plantas arquitetônicas de seu puxadinho.

Desejando comer mais carneiro.

Desejando todo um rebanho vivo.

Ou uma única gota do sangue de Lorna.

Em sua taça, há uma pequena e triste poça de merlot. Por que ele ainda se importa com aquilo? Beber vinhos é apenas mais uma coisa para fazer com que eles se sintam humanos, quando isso apenas prova o contrário. Helen insiste que bebem pelo sabor, mas ele nem mesmo tem certeza se *gosta* daquilo.

— Estamos tomando um vinho, se você quiser... — oferece atenciosamente para Mark ao apanhar uma das garrafas pela metade deixadas perto da torradeira.

— Aceito — diz Mark. — Obrigado.

Peter serve o vinho, estremecendo ao ouvir a voz rouca de Will que atravessa a sala de estar.

— *...afogando naquilo!*

Peter percebe que Mark também ouviu e que ele parece ter algo a dizer que nada tem a ver com reformas.

— Escute, Peter — começa ele funestamente. — A polícia esteve por aqui mais cedo. Com relação àquele rapaz que sumiu na festa. E surgiu algo sobre Clara.

— É?

— Sim, e me diga se estou sendo inconveniente, mas estive pensando, bem, o que aconteceu com ela naquela noite?

Peter vê sua imagem distorcida na torradeira. Os olhos que o observam do cromado curvo são grandes e monstruosos. Ele deseja, de repente, gritar a verdade. Dizer ao seu vizinho metido a Poirot amador que os Radley são vampiros. Ele se controla a tempo.

— Ela tomou algo que não deveria. Por quê?

Peter vira-se segurando duas taças cheias.

— Olhe, me desculpe — diz Mark. — Estou apenas... Aquele homem da kombi. Quem é ele?

Peter estende o vinho de Mark.

— É meu irmão. Não ficará por muito tempo. É um pouco excêntrico, mas é legal. Família, sabe como é.

Mark assente e pega seu vinho. Quer levar a conversa mais adiante, mas se contém.

— Bem — diz Peter —, vamos dar uma olhada nessa planta.

E Mark começa a falar, mas Peter só capta fragmentos: "... quiser construir... desde o térreo... vem desde a década de 1950... um grande risco... derrubou a parede existente..."

Quando Peter bebe um gole, não ouve mais nada. O gosto não parece com o do vinho que estava tomando. É requintado e encorpado como a vida.

Olha horrorizado para sua taça.

Percebe que Will deixara uma garrafa pela metade sobre o balcão. Imagina nervosamente o que vai dizer para pegar de volta a taça de Mark. Mas é tarde demais. Mark já bebeu um gole e parece ter gostado tanto que entornou o resto de uma só vez.

Mark pousa a taça vazia. Seu rosto converteu-se numa visão de louco abandono.

— Nossa, *delicioso.*

— Sim. Certo, vamos ver a planta — diz Peter curvando-se sobre os retângulos e as medidas na folha de papel.

Mark ignora-o. Vai até a garrafa e lê o rótulo:

— Rosella 2007? Nossa, coisa de qualidade.

Peter concorda como um especialista em vinhos.

— É espanhol. Tipo Rioja. Uma vinícola pequena, desconhecida. A gente encomendou pela internet. — Peter gesticula para a planta. — Vamos?

Mark abana a mão, fazendo um gesto do tipo "esqueça".

— A vida é muito curta. Acho que vou levar Lorna a algum lugar especial. Já faz um tempo que fiz isso.

Levar Lorna a um lugar especial.

— Certo — diz Peter enquanto o ciúme queima como alho dentro dele.

Mark dá um tapinha nas costas do vizinho e, com um enorme sorriso, sai do cômodo a passos largos.

— *Adiós, amigo! Hasta luego!*

Peter vê o papel sobre o móvel torcendo-se para formar novamente um rolo.

— Sua planta — diz ele.

Mas Mark já se foi.

Somos monstros

Eles terminaram o jantar, mas Helen não tira a mesa porque não quer deixar as crianças sozinhas com Will. Portanto, ela fica sentada ali, prisioneira de sua cadeira, sentindo o poder que ele tem sobre ela.

É um poder que sempre teve, é claro. Mas agora há um fato puro e inegável à sua frente, tornado ainda mais forte por ela ter pedido sua ajuda com a polícia, maculando tudo. Ele contamina todo o aposento; cada objeto — seu prato vazio, os copos, o caro abajur que Peter lhe deu no Natal passado — tudo aquilo de repente parece carregado com uma energia negativa. Como armas secretas em uma guerra invisível contra ela, contra todos eles.

— Somos monstros — ela ouve seu filho dizer. — Isso não é certo.

Então Will sorri, como se fosse uma fala que ele quisesse pronunciar. Uma oportunidade de desferir outro golpe em Helen.

— É melhor ser quem você é do que não ser nada. Do que viver tão enterrado numa mentira que seria melhor estar morto.

Ele se recosta na cadeira, após fazer esse pronunciamento, comodamente impregnando-se do olhar desdenhoso de Helen como se fosse uma demonstração de afeto.

— O que é *isso*? — Peter entra na sala, agitando nervosamente uma garrafa no ar. Will finge não saber de nada.

— É alguma charada? Estou por fora, Pete. É um filme? Um livro? — Coça o queixo. — *Sangue negro? Diamante de sangue? Pacto de sangue?*

Helen nunca vira Peter enfrentar o irmão, mas, enquanto a discussão continua, ela reza em silêncio para que ele pare. Cada palavra é mais um passo em uma armadilha.

— Nosso vizinho... um advogado respeitado... acaba de beber uma taça inteira de sangue. Sangue de *vampiro*.

Will solta um vasto rio de gargalhadas. Não parece nem de longe preocupado.

— Isso deve soltar algumas amarras.

Clara dá uma risadinha enquanto Rowan permanece em silêncio, pensando na mão de Eve na sua, em como foi boa a sensação.

— Ah, meu Deus — exclama Helen percebendo o significado do que seu marido acabara de dizer.

O humor de Will azedou ligeiramente.

— Qual é o problema? Ninguém mordeu o cara. Ele não será convertido. Simplesmente vai voltar para casa e fazer a mulher muito feliz.

Essa ideia enfurece Peter.

— Você deveria ir embora, Will. Ele está desconfiado. As pessoas estão começando a desconfiar. A merda do vilarejo todo está se perguntando o que você e a merda da sua kombi estão fazendo aqui.

— *Pai* — diz Clara.

Will está realmente surpreso com a animosidade de Peter.

— Ah, Peter, você está ficando zangado.

Peter bate a garrafa na mesa com força, como se para comprovar o que disse ao irmão.

— Sinto muito, Will. Não adianta. Temos uma vida diferente agora. Chamei você porque era uma emergência. Mas a emergência já passou. Você precisa ir embora. Não precisamos de você. Não queremos você.

Will encara o irmão, magoado.

— Peter, vamos apenas... — diz Helen.

Will agora olha Helen firmemente e sorri.

— Diga-lhe, Helen.

Helen fecha os olhos. Será mais fácil no escuro.

— Ele vai ficar até amanhã — diz ela. Então se levanta e começa a empilhar os pratos.

— Eu pensei que fosse você que...

— Ele irá embora amanhã — repete Helen notando a troca de olhares entre Rowan e Clara.

Peter sai furioso da cozinha, deixando a garrafa sobre a mesa.

— Ótimo. Realmente ótimo.

— Pais, hein? — comenta Will.

E Helen fica junto à mesa, tentando agir como se não tivesse visto o piscar de olhos de Will que pretendia selar a pequena vitória dele.

A noite anterior a Paris

ELES TRANSARAM NA KOMBI, na noite anterior à ida a Paris.

Estavam nus, rindo e sentindo a doce empolgação da vida no contato das peles.

E ele recorda a primeira mordida nela, a intensidade daquilo, a surpresa absoluta ao se dar conta de como ela era saborosa. Foi como uma primeira visita a Roma, ao se caminhar por uma despretensiosa viela, e, subitamente, abismar-se com o esplendor épico do Panteão.

Sim, aquela noite fora perfeita. Uma relação inteira num microcosmo. A luxúria, as descobertas, a prática sutil de beber e ser bebido. Sugar e reabastecer o suprimento de sangue um do outro.

"Me converta", ela sussurrara. "Faça-me melhor."

Will está sentado na varanda olhando a noite sem estrelas. Ele se lembra de tudo — as palavras, os sabores, o êxtase no rosto dela enquanto o sangue pingava da ferida feita em seu pulso, para a garrafa, e ela se alimentava do sangue dele e Will recitava, com risos delirantes, o poema "Christabel", de Coleridge:

* * *

Ó dama fatigada Geraldine,
eu te suplico, beba esse cordial vinho!
É um vinho de poderes virtuosos;
Minha mãe o fez com flores silvestres.

Ele se lembra de tudo isso enquanto fita o jardim iluminado pela lua e a cerca alta de madeira. Seus olhos seguem a cerca até os fundos do jardim, além do pequeno lago no gramado e das silhuetas emplumadas de dois pinheiros. Entre eles, avista o brilho suave da janela de uma cabana, bisbilhotando como um olhar atento.

E ele se dá conta de algo, de algo vivo atrás da cabana. Ouve o barulho de um graveto se quebrando e, segundos depois, capta o cheiro de sangue no ar. Bebe um gole do sangue de Isobel para aguçar seus sentidos e inspira lentamente o ar pelo nariz. O odor funde-se com os cheiros mais verdes, mais naturais, e é impossível dizer se trata-se meramente do sangue de algum mamífero — um texugo, talvez, ou um gato amedrontado — ou de algo maior, de algo humano.

Um segundo depois, Will detecta um sangue que conhece. O de Peter. Ele está abrindo a porta de casa e saindo para a varanda com seu vinho.

Trocam um "oi" e Peter senta-se numa das cadeiras do jardim.

— É, sabe, sinto muito — tenta dizer. — Sobre mais cedo. Eu exagerei.

Will ergue a mão.

— Ei, nada disso, a culpa foi toda minha.

— Foi bom você ter vindo. E ajudou muito hoje com a polícia.

— Tudo bem — diz Will. — Eu estava pensando naquela banda que a gente tinha.

Peter sorri.

Will começa a cantar a única música que fizeram:

— "Você fica linda nesse vestido rubro. Vamos nessa, baby, vamos bagunçar tudo..."

Peter não consegue resistir e o acompanha, rindo do absurdo da letra.

"Vamos deixar nossos pais tomarem suas cervejas, pois quando bebo o seu sangue eu penso em cerejas..."

Deixam a gargalhada morrer lentamente.

— Teria dado um vídeo incrível — diz Peter.

— É, ao menos tínhamos as camisas.

Eles conversam um pouco mais, e Will tenta fazer com que Peter se lembre da tenra infância no barco. Como seus pais faziam tudo para tornar a infância deles especial, como aquela vez em que levaram para casa um recém-assassinado Papai Noel de uma loja de departamentos para a ceia de Natal. Depois conversaram um pouco sobre os anos mais sombrios, naquela casa moderna, na suburbana Surrey, quando jogavam pedras em seu pai adotivo abstêmio enquanto ele regava os tomates na estufa e mordiam os amedrontados porquinhos da Índia que ingenuamente lhes foram dados como animais de estimação.

Falaram sobre os voos para Londres para assistir às bandas punk de vampiros.

— Lembra-se da noite em que fomos a Berlim? — pergunta Will. — Você se lembra disso?

Peter confirma com a cabeça. Eles tinham ido ver Iggy Pop e David Bowie se apresentarem juntos numa boate. De longe ele fora o mais jovem ali.

— 1977 — diz. — Um ano ótimo.

Eles riem ao falar sobre a pornografia vampiresca da década de 1980 a qual costumavam assistir.

— *Vein Man* — diz Peter. — Eu me lembro desse. Sobre o vampiro austríaco que memorizava o grupo sanguíneo de todo mundo.

— E quais eram os outros?

— *Um vampiro da pesada.*

— *Minha presa esquerda.* Esse foi muito subestimado mesmo.

— *Curtindo o sangue adoidado* era engraçado — diz Peter com um sorriso.

Percebendo que aquele poderia ser o momento certo, Will oferece a garrafa de sangue de vampiro.

— Pelos velhos tempos? Esqueça o merlot.

— Acho melhor não, Will.

Talvez se ele explicasse.

— Não é mais como antigamente, Peter. Você consegue sangue de vampiro em qualquer lugar. Aliás, há um lugar em Manchester. Uma boate, a Black Narcisus. Estive lá ontem à noite. Para falar a verdade, muito gótico para o meu gosto, mas serve. E a polícia não aparece lá porque o lugar é dirigido pela Sociedade Sheridan. Por 20 libras você compra uma garrafa com o atendente da recepção. Da melhor qualidade.

Peter reflete a respeito e Will nota o retesamento em seu rosto, como se ele estivesse puxando a corda de um cabo de guerra interior. Finalmente, Peter balança a cabeça.

— É melhor eu ir dormir.

Rascunho abstêmio de casamento

Porém, uma vez na cama, Peter não consegue evitar de pensar no que Will disse.

Sangue de vampiro, acessível e livre de culpa.

Não é preciso ser infiel, roubar nem matar ninguém para conseguir sangue. Basta ir a um lugar em Manchester, comprá-lo, bebê-lo e alcançar novamente a felicidade, se é que felicidade é a palavra.

As coisas mudaram muito desde sua época. Tudo agora parecer mais fácil, com a tal sociedade da qual Will falou e a sua lista de vampiros com os quais a polícia não pode se meter.

Peter fica deitado, pensando nisso e imaginando como Helen consegue ler com tudo o que está acontecendo à sua volta. Bem, ela não virou a página desde que se deitou, portanto é improvável que esteja *realmente* lendo, mas mesmo assim está tentando ler seja lá qual for a chatice anêmica que precisa terminar até a reunião do clube do livro na semana seguinte. No fundo, são toneladas da mesma coisa.

Ele olha para o livro de Helen. Um romance histórico insosso, *Quando canta o último pardal*. O título nada significa para Peter. Em toda a sua vida nunca ouviu um pássaro cantar.

Por que aquilo é tão importante para ela? Seguir em frente como se nada estivesse acontecendo? Se preocupar com o jantar de domingo, o clube do livro, os lixos recicláveis, o café da manhã em família e o café fresco. Como consegue fazer essas coisas com o estresse zunindo ao seu redor como eletricidade em uma torre de alta tensão?

Tudo bem, para disfarçar as rachaduras, mas, com rachaduras daquela largura, para que se preocupar? É um mistério para ele. Como é um mistério o motivo pelo qual mudou de opinião em relação a Will — "ele vai ficar até amanhã". Por quê? Isso o faz borbulhar de raiva, mas não sabe exatamente de quê nem por que as coisas estão incomodando tanto.

Ele decide tocar em alguns dos assuntos, jogá-los no ar, mas é um erro.

— Uma boate? — Helen pousa o livro na cama. — Uma *boate*?

Ele se sente exposto e um pouco ridículo, mas é também um alívio, falar tão abertamente com sua mulher.

— É — continua, o mais cautelosamente possível. — Will diz que dá para comprar na recepção. Acho que talvez isso possa ajudar, sabe, a *nós dois*.

Ah, não, pensa ele. *Fui longe demais.*

As mandíbulas dela se trincam.

Suas narinas dilatam-se.

— Como assim *ajudar*? Ajudar *no quê*?

Agora não dá mais para voltar atrás.

— A nós. Você e eu.

— Não há nada de errado com a gente.

Peter se pergunta se ela está mesmo falando sério.

— Ah, e em que universo isso é verdade?

Helen larga o livro, escorrega pela cama, aterrissa a cabeça no travesseiro e apaga a luz. Ele pode sentir a tensão como estática no escuro.

— Olhe — diz ela com seu tom de voz "Vamos acabar imediatamente com essa bobagem". — Não estou a fim de discutir sua crise da meia-idade. *Boates!*

— Bem, pelo menos poderíamos, de vez em quando, provar o sangue um do outro. Quando foi a última vez que fizemos isso? Toscana? Dordonha? Naquele Natal em que fomos à casa da sua mãe? Ou seja, em que *século*?

Seu coração está disparado e ele está surpreso com o quanto soa raivoso. Como sempre faz numa briga, ele não está facilitando em nada a sua vida.

— Beber sangue — zomba Helen puxando violentamente o edredom. — Você só pensa nisso?

— Sim! Praticamente! — respondeu, rápido demais, e é forçado a encarar o que acabou de dizer. Uma verdade que ecoa de novo, triste. — Sim, é.

Helen não quer brigar com Peter.

No mínimo, falta-lhe energia. E pode imaginar os filhos, em suas camas, ouvindo cada palavra. E Will. Se ele ainda está lá fora, na varanda, também deve estar ouvindo e, sem dúvida, adorando cada segundo.

Ela manda o marido se calar, mas acha que Peter nem mesmo a ouviu. De qualquer modo, o discurso dele continua e, também, sua irritação, sobre a qual — como tudo o que aconteceu durante aquele maldito fim de semana — ela não parece ter nenhum controle.

Portanto Helen fica ali, chateada consigo mesma tanto quanto com Peter, enquanto ele continua jogando sal na ferida aberta que é o casamento deles.

— Não entendo — diz ele agora. — Quero dizer, qual é o sentido? Não bebemos mais o sangue um do outro. Era algo divertido. *Você* era divertida. Mas agora não fazemos mais nada juntos, a não ser ir ao teatro e assistir a peças intermináveis. Mas isso somos nós, Helen! Somos a maldita peça.

Ela não consegue responder, exceto para mencionar a dor latejante na cabeça. Isso parece apenas motivar outra crítica agressiva do marido.

— Dor de cabeça! — exclama ele no volume máximo. — Bem, quer saber? Eu também. Todo nós temos dores de cabeça. E enjoos. E letargias. E ossos cansados, doloridos. E incapacidade total de ver algum sentido para se levantar pela manhã. E não temos permissão para tomar o único remédio que poderia melhorar essa situação.

— Então tome — dispara ela. — Tome! Vá embora com seu irmão e more na maldita kombi dele. E leve Lorna junto!

— Lorna? Lorna Felt? O que ela tem com isso?

Helen não está convencida com a falsa surpresa dele, mas consegue baixar o volume.

— Ah, Peter, sem essa, você flerta com ela. É constrangedor observar você.

Ela prepara uma lista mental, para o caso de ele querer exemplos.

Sexta-feira, no jantar.

Na fila da delicatéssen.

Em cada uma das reuniões de pais.

No churrasco do verão passado.

— Helen, você está sendo simplesmente ridícula. Lorna! — Então, vem o inevitável comentário. — E por que você se importaria?

Ela ouve o rangido de uma tábua do assoalho em algum lugar da casa. Alguns momentos depois, as passadas familiares de seu filho percorrem o corredor.

— É tarde, Peter — cochicha ela. — Vamos dormir.

Ele, porém, está totalmente envolvido na discussão. E Helen acha que nem mesmo a ouviu. Peter simplesmente continua, querendo que todos na casa ouçam cada sílaba.

— Sério — diz ele —, se estamos assim, qual é o sentido de continuarmos juntos? Pense nisso. As crianças já vão para a universidade, e será só nós dois, presos nesse rascunho abstêmio de casamento.

Helen não sabe se ri ou se chora. Se começar uma coisa ou outra, sabe que não conseguirá parar.

Presos?

Foi isso o que ele acabou de dizer?

— Você não sabe de nada, Peter. Não sabe de *nada*!

E, na pequena caverna escura que ela fez com o edredom, seu eu incontrolável anseia profundamente por aquela sensação que tivera anos atrás, quando esquecera todos os seus problemas — trabalho, as visitas desesperadoras ao pai moribundo e a ideia de um casamento que ela não sabia se queria. Criando um novo problema, ainda maior, na traseira de uma maldita kombi. Na ocasião, porém, não parecera um problema. Parecera amor, um amor tão grande que ela quase podia se banhar nele e limpar tudo o queria, saindo para a escuridão pura e reconfortante e vivendo tão livremente como num sonho.

E o pior é que Helen sabe que o sonho está sentado ali fora, na varanda, bebendo sangue e esperando que ela mude de ideia.

— Ah, não sei? — Está dizendo Peter em algum lugar acima do edredom. — *Não* sei? Essa é outra competição que você vence? A competição de se sentir preso?

Ela emerge novamente.

— Pare de agir como criança. — Ao dizer isso, ela está ciente da ironia, ciente, de fato, de que é tão infantil quanto ele, e sabe que agir como adultos nunca será natural para eles. Será sempre a interpretação de um papel, uma armadura cobrindo suas almas infantis desejosas.

— Mas que merda — diz Peter lentamente. — Só estou tentando ser eu mesmo. Há algum crime nisso?

— Há. Muitos.

Ele faz uma espécie de zurro.

— Bem, como podem esperar que eu passe toda a minha vida sem ser eu mesmo?

— Não sei — diz ela sinceramente. — Não sei mesmo.

Milênios

QUANDO SENTE O TOQUE ÁSPERO da barba do marido contra sua coxa, Lorna Felt imagina o que deu nele.

Ali estão eles, debaixo dos cor-de-rosa e amarelos do diagrama tântrico de um pé direito e seus símbolos de esclarecimento.

A pequena concha e o lótus.

Ali estão eles, nus na cama, e Lorna deleita-se com as lambidas, os beijos e as mordiscadas de Mark como ele nunca lambeu, beijou ou mordiscou antes.

Ela tem de manter os olhos abertos para ter certeza de que esse *é* o mesmo homem cuja conversa na cama normalmente se restringe aos aluguéis atrasados de seus inquilinos.

Ele se ergue acima dela. Seus beijos são brutais e primitivos, do jeito que, provavelmente, as pessoas se beijavam milênios atrás, antes de nomes, roupas e desodorantes terem sido inventados.

Ela se sente repentinamente mais desejada, almejada, à medida que o cálido e doce prazer aumenta a cada movimento dele. E agarra-se naquilo — e nele — com uma espécie de desespero, os dedos pressionando suas costas, colando-se à sua pele salgada como se a uma pedra em águas agitadas.

Ela sussurra seu nome, várias e várias vezes, assim como ele sussurra o dela. Então as palavras cessam simultaneamente; ela o envolve com as pernas e os dois deixam de ser Mark e Lorna ou "o casal Felt" e tornam-se algo tão puro e infinito como a noite.

Louco, mau e perigoso

Desidratação é um dos principais sintomas de Rowan, do qual ele sofre agora apesar de ter tomado, antes de se deitar, uma garrafa inteira de suco de maçã. Sua boca está seca. A garganta, grudenta. A língua é um pedaço áspero de argila. E ele sente dificuldade de engolir.

Quando seus pais começaram a discutir, ele se sentou e entornou o que restava do seu remédio para dormir, mas isso não serviu para saciar sua sede mais do que o ajudava a dormir. Por isso ele está no andar de baixo, na cozinha, servindo-se de água.

No corredor Rowan nota que as portas para a varanda estão abertas e se descobre indo até lá em seu pijama. É uma noite agradável e ele não está a fim de voltar para o quarto enquanto seus pais estiverem se atacando. Ele quer conversar com alguém, afastar alguns pensamentos, mesmo que esse alguém seja Will.

— E aí, o que você faz? — pergunta Rowan depois de conversarem um pouco. — Quero dizer, você tem um emprego?

— Sou professor. Literatura romântica. Basicamente, os poetas vampiros. Embora tenha que falar também de Wordsworth.

Rowan concorda, impressionado

— Qual universidade?

— Tenho trabalhado por aí. Cambridge, Londres, Edimburgo. Fiz algumas coisas no exterior. Passei um ano na universidade de Valência. Mas acabei em Manchester. É seguro. para vampiros. Tem uma espécie de rede de apoio.

— Quer dizer que continua lá?

Will balança a cabeça. A tristeza aparece em seus olhos.

— Comecei a misturar trabalho e prazer e acabei ultrapassando os limites com uma estudante. Da pós-graduação. Era casada. Chamava-se Tess. A coisa foi um pouco longe demais. E, embora a universidade nunca tenha descoberto a verdade, decidi sair de lá dois anos atrás. Passei um mês na Sibéria organizando meus pensamentos.

— Sibéria?

— No Festival de Dezembro. É um grande evento de artes e de ingestão de sangue.

— Certo.

Eles olham para a água monótona do lago, enquanto as vozes irritadas continuam acima deles. Will gesticula para o céu, como se a discussão fosse entre deuses distantes.

— Eles sempre fazem isso? Ou é especialmente para mim?

Rowan diz que é raro.

— Normalmente eles guardam para si mesmos.

— Ah, o casamento. — Ele deixa a palavra se demorar um pouco e saboreia um gole de sua bebida. — Sabe o que dizem... se o amor é o vinho, o casamento é o vinagre. Bem, eu digo. Não que eu seja um grande fã de vinho também. — Observa Rowan atentamente. — Você tem namorada?

Rowan pensa em Eve e não consegue ocultar a dor em sua voz.

— Não.

— Isso é um absurdo.

Rowan bebe um gole de sua água antes de revelar a constrangedora verdade.

— As garotas não gostam muito de mim. Sou meio deixado de lado na escola. O garoto pálido e cansado com alergias na pele.

Lembra-se do que Eve lhe disse mais cedo, sobre murmurar seu nome quando adormece, e estremece por dentro.

— Quer dizer que isso é difícil para vocês? — diz Will com o que Rowan percebe ser uma preocupação genuína.

— Bem, Clara parece se sair melhor do que eu.

Will rosna um suspiro.

— Escola. Vou te dizer, é muito cruel.

Ele bebe seu sangue, negro sob aquela luz, e Rowan não consegue evitar de olhar, imaginando. *Foi por isso que ele veio para cá? Por causa de sangue?* Tenta não pensar nisso e continua falando. Diz a Will que a escola não é tão ruim assim (uma mentira) e que já poderia ter saído, mas quer terminar as matérias de sua qualificação e ir para a universidade.

— Para estudar...

— Na verdade, literatura inglesa.

Will sorri afetuosamente para ele.

— Fui para Cambridge. E odiei.

Will continua a contar para Rowan sobre seu curto período no clube dos Ciclistas da Meia-Noite, um nauseante grupo exclusivo de ávidos por sangue, fãs de cachecóis que se reuniam para ouvir obscuras manifestações psicodélicas, discutir poesia *beat*, repetir esquetes do Monty Python e compartilhar sangue uns com os outros.

Talvez ele não seja tão ruim assim, pensa Rowan. *Talvez só mate pessoas que merecem.*

Seu tio parece momentaneamente distraído por algo do outro lado do jardim. Rowan olha para a cabana, mas nada vê. Seja o que for, Will não parece se importar. Ele simplesmente continua falando com uma voz eterna e onisciente.

— É difícil ser diferente. As pessoas têm medo disso. Mas não é nada que não possa ser superado. — Sacode o sangue no copo. — Veja Byron, por exemplo.

Rowan imagina se aquilo não seria uma isca para ele, mas não se lembra de ter contado ao tio sobre seu amor pelos poemas de Byron.

— Byron? — pergunta ele. — Você gosta de Byron?

Will olha-o como se ele fosse um retardado.

— O melhor poeta que já existiu. A primeira real celebridade mundial. Venerado por homens e desejado por mulheres do mundo todo. Nada mau para um gordinho vesgo, baixinho e manco.

— Não — diz Rowan, sorrindo involuntariamente —, nada mau.

— Claro, na escola, eles o torturavam. Foi quando tinha 18 anos, ao ser convertido por um vampiro florentino num bordel, que ele deu a volta por cima.

Will olha para a sua garrafa. Mostra o rótulo a Rowan.

— "O melhor da vida está na intoxicação." Byron teria gostado de Isobel.

Rowan encara a garrafa e sente sua resistência diminuir. Está esquecendo por que é tão importante não sucumbir. Afinal de contas, ele é um vampiro, bebendo sangue ou não. E Clara não matou alguém porque bebeu sangue. No mínimo, foi o oposto. Talvez, se ela bebesse moderadamente sangue de vampiro, nada daquilo teria acontecido.

Will encara-o. Um jogador de pôquer prestes a baixar sua melhor mão.

— Se quiser voar — diz ele —, ela poderá fazer isso por você. Se há uma garota que você deseja, na escola, uma garota especial, apenas prove Isobel e verá o que acontece.

Rowan pensa em Eve. Na sensação de se sentar ao lado dela no banco. E, se ela vai descobrir que ele é um vampiro, é melhor que seja um vampiro atraente e confiante.

— Não sei não... Estou um pouco...

— Vamos lá — pressiona Will, tão sedutor quanto o demônio. — Não odeie o que não conhece. Leve para seu quarto, não precisa beber agora.

Quando ele diz isso, as vozes lá em cima aumentam novamente. Peter fala mais alto.

— *O que isso quer dizer?*

E sua mãe:

— *Você sabe exatamente o que isso quer dizer!*

Rowan estica a mão e apanha a garrafa quase sem pensar.

O orgulho brilha nos olhos de Will.

— Esse é o mundo. É todo seu.

Rowan concorda com a cabeça e levanta-se, subitamente nervoso e sem jeito.

— Tudo bem. Vou levar, sabe, e pensar melhor a respeito.

— Boa-noite, Rowan.

— É, boa-noite.

Pânico e algas

WILL BEBE O ÚLTIMO GOLE do sangue de Isobel em sua taça e fecha os olhos. Peter e Helen pararam de discutir e agora ele realmente nota o silêncio. Pensa em todos os sons que definem sua vida. O ronronar suave da autoestrada. As buzinas dos carros e as britadeiras da cidade. O som rude de guitarras. Os sussurros apaixonados de mulheres que ele acabou de conhecer e seus uivos de excitação e medo. O rugido veloz do ar quando ele sobrevoa o mar à procura de um lugar para largar um corpo.

O silêncio sempre o perturbou. Mesmo lendo poesia, ele precisa de algum ruído de fundo — música, trânsito ou o murmúrio de vozes num bar lotado.

Ruído é vida.

Silêncio é morte.

Mas agora o silêncio não parece tão ruim. É como um fim desejado, um destino, um lugar aonde o ruído quer chegar.

A vida tranquila.

Imagina Helen e ele numa fazenda de criação de porcos em algum lugar e sorri diante da ideia.

Então, quando a brisa muda de direção, Will sente novamente o cheiro do sangue que havia farejado mais cedo. E é lembrado da presença humana atrás da cabana.

Levanta-se e caminha firmemente, passando pelo lago, sentindo o cheiro acentuar-se. *Não é um texugo ou um gato. É um humano.*

Ouvindo outro estalido de um graveto, Will para.

Não está com medo, mas sabe que quem quer que esteja ali está por causa dele.

Will assobia baixinho.

Há um silêncio total, inatural. Um silêncio de tensão e de respiração presa.

Will imagina o que fazer. Ir além dos pinheiros e satisfazer sua curiosidade ou simplesmente voltar para a casa. Ele sente pouco desejo pelo sangue masculino azedo que sente no ar e, finalmente, vira-se e afasta-se. Não demora muito, porém, ouve passadas correndo em sua direção e algo cortando o ar. Abaixa-se rapidamente e vislumbra o machado que o ataca. O homem quase cai por causa do impulso anterior. Will agarra-o, segurando firme em sua camisa de um time de futebol. Sacode-o e vê seu rosto desesperado. O machado continua em sua mão. E Will ergue ambos do solo e atira-os no lago.

Hora de usar o medo.

Ele puxa o homem da água, seu rosto coberto de pânico e algas. Oferece uma amostra das presas e uma pergunta:

— Quem é você?

Não há resposta. Mas há um ruído vindo da casa, o qual somente Will consegue ouvir. Ele vê a luz do quarto de Peter e Helen ser acesa e submerge o homem de volta na água no momento em que a janela se abre e seu irmão aparece.

— Will? O que está fazendo?

— Estou a fim de um sushi. Algo que se agite quando eu o morder.

— Pelo amor de Deus, saia do lago.

— Tudo bem, Petey. Boa-noite.

O homem começa a se agitar e Will precisa afundá-lo ainda mais para evitar movimentos visíveis na água. Ele pressiona o joelho sobre a barriga do homem, prendendo-o ao fundo do lago. Peter fecha a janela e desaparece no interior do quarto, provavelmente preocupado que tal conversa atraísse mais atenção das casas vizinhas.

Will tira o homem de dentro da água.

Ele tosse e bufa, mas não suplica.

Will poderia matá-lo.

Poderia voar com ele dali e matá-lo a centenas de metros acima daquele vilarejo patético, onde ninguém ouviria nada. Mas algo aconteceu. Algo *está* acontecendo. Ali, no jardim de seu irmão e da mulher que ele ama, Will é mais lento. Há um retardamento. Um espaço para pensar antes de agir. Uma ideia se insinua, a de que se você agir terá de arcar com as consequências. Aquele homem está ali por causa de uma ação anterior, alguma decisão espontânea de Will, tomada dias, meses ou anos antes. Matá-lo apenas criaria outra consequência.

Tudo que Will anseia é por uma resposta.

— Quem é você?

Ele já viu aqueles olhos antes. Já sentiu o cheiro de seu sangue, aquela mesma mistura de medo e ódio. Algo relacionado àquele reconhecimento o enfraquece.

Will larga-o, sem conseguir uma resposta, e o homem anônimo recua através da água, então, às pressas, deixa o pequeno lago. Ele recua de modo a não perder Will de vista, formando uma trilha de pingos sobre as pedras do pavimento até o portão. Aí some.

Um segundo depois, Will amaldiçoa sua fraqueza.

Enfia a mão novamente na água fria para sentir o rápido escorregar de um peixe.

Agarra-o.

Tira-o da água.

O animal agita-se e debate-se no ar.

Will pressiona a barriga do peixe contra a boca, fazendo as presas reaparecerem e morde sua carne. Suga o escasso sangue antes de deixá-lo cair na água.

Sai do viveiro e caminha, encharcado, até a kombi, deixando para trás o corpo flutuante do peixe e o machado afundado.

Saturno

QUANDO VOLTOU PARA O SEU QUARTO, Rowan sentou-se na cama com a garrafa de sangue de vampiro nas mãos.

O que aconteceria, pensou, se bebesse apenas um golinho? Se mantivesse os lábios quase fechados e deixasse passar apenas uma gotinha, certamente conseguiria evitar de beber mais.

Ele não ouviu a agitação no jardim, no outro lado da casa, mas ouviu os passos da irmã deixando o quarto. Assim que a ouviu, escondeu rapidamente a garrafa debaixo da cama, ao lado do velho boneco de papel machê, que fez anos atrás, quando sua mãe o obrigava a frequentar o clube de artes da prefeitura nas manhãs de sábado. (Ele decidiu não fazer um boneco de um pirata ou uma princesa como o resto do clube, mas o deus romano Saturno, representado no momento em que devoraria seus filhos. Isso causou um impacto muito forte em Sophie Dewsbury, de 10 anos, que não parava de chorar ao ver o uso imaginativo que Rowan fez da tinta vermelha e do papel crepom. Posteriormente a professora disse a Helen que seria uma boa ideia Rowan encontrar uma nova atividade para as manhãs de sábado.)

Clara abriu a porta e olhou-o de um modo esquisito.

— O que você está fazendo?

— Nada. Estou sentado na minha cama.

Ela entrou no quarto e sentou-se ao lado dele enquanto seus pais continuavam discutindo.

Clara suspirou e olhou para o pôster de Morrissey na parede.

— Queria que eles parassem.

— Eu sei.

— A culpa é minha, não é? — Pela primeira vez, durante todo o fim de semana, ela parecia verdadeiramente preocupada.

— Não — disse ele. — Não estão discutindo por sua causa.

— Eu sei, mas se eu não tivesse matado Harper, eles não estariam desse jeito, certo?

— Talvez não, mas acho que as coisas se acumularam. E eles não deveriam ter mentido para nós, não é?

Ele percebe que suas palavras não são o bastante para a consolar e decide pegar a garrafa. Ela olha abismada para o líquido pela metade.

— É de Will — explica Rowan. — Ele me deu, mas ainda não bebi.

— E vai beber?

Ele encolhe os ombros.

— Não sei.

Rowan passa a garrafa para Clara e há um suspiro de satisfação quando ela retira a rolha. Ele observa Clara sentir o aroma. Ela vira a cabeça para trás, para dar um grande gole, e, quando seu rosto baixa novamente, está livre de preocupações.

— Tem gosto de quê? — pergunta Rowan.

— Do paraíso. — Ela sorri, o sangue manchando seus lábios e seus dentes. — E olhe — diz ela ao devolver a garrafa ao irmão. — Autocontrole. Você vai experimentar?

— Não sei — diz ele.

E, dez minutos após sua irmã ter deixado o quarto, ele ainda não sabe. Saboreia o cheiro, como fez a irmã. Resiste. Põe a garrafa na mesinha de cabeceira e tenta se concentrar em outra coisa. Volta ao poema que está escrevendo sobre Eve, mas esse continua empacado; em vez disso, lê um pouco de Byron.

> Ela caminha em beleza como a noite
> de clima sem nuvens e céu estrelado;
> E toda a perfeição da escuridão e da luz
> encontra-se em seu semblante e em seus olhos.

Sua pele coça enquanto ele se esforça para concentrar-se, os olhos escorregam nas palavras como pés no gelo. Tira a camisa e vê um atlas de manchas vermelhas se espalhando pelo peito e ombros; as áreas de pele com tom normal se retraindo como gelo em um mar vermelho incandescente.

Robin-do-peito-vermelho.

Ele pensa na voz detestável de Toby e em Harper gargalhando como se fosse a coisa mais engraçada do mundo.

Então se lembra de algo que aconteceu no mês passado. Ele caminhava sozinho em direção à sombra e à solidão oferecidas por algumas árvores na extremidade mais distante do campo da escola quando Harper surgiu correndo logo atrás, sem qualquer motivo exceto pular em cima dele e jogá-lo no chão, no que foi bem-sucedido. Rowan lembra-se do enorme corpo desumano apertando-o contra a grama, sufocando-o, seus pulmões prestes a estourar, das risadas abafadas dos outros garotos, incluindo Toby, e do grito animalesco abafando todas elas. "O idiota não consegue respirar!"

E enquanto permanecia ali, esmagado, Rowan nem mesmo quis reagir. Só queria afundar naquela terra dura e nunca mais voltar à superfície.

Ele apanha a garrafa na mesinha.

Ao Harper, pensa ele, e então bebe um gole.

Quando o delicioso sabor inunda sua língua, cada preocupação e tensão desaparece como se flutuasse para longe. As dores e as indisposições que sempre conhecera somem quase que imediatamente e ele se sente desperto.

Totalmente, totalmente desperto.

Como se tivesse dormido por cem anos.

Afastando a garrafa dos lábios, examina seu reflexo e vê que as manchas vermelhas sumiram, assim como o cansaço cinzento debaixo de seus olhos.

Se você quer voar, ela poderá fazer isso por você.

A gravidade é apenas uma lei que pode ser infringida.

Antes que ele perceba, está flutuando, levitando, acima da cama e do *Manual do abstêmio* que se encontra na mesa de cabeceira.

E ele ri, no ar. Não consegue parar de rir, como se toda a sua vida houvesse sido apenas uma longa piada e somente agora, finalmente, ele chegara ao desfecho.

Mas ele não será mais uma piada.

Ele não é Robin-do-peito-vermelho.

Ele é Rowan Radley.

E pode fazer qualquer coisa.

SEGUNDA-FEIRA

Confine sua imaginação. Não se perca em devaneios perigosos. Não fique se imaginando vivendo uma outra vida. Faça algo ativo. Exercite-se. Trabalhe mais. Responda seus e-mails. Preencha seu dia com atividades sociais inofensivas. Ao fazer isso, deixamos de imaginar. E imaginar, para nós, é um carro em alta velocidade seguindo em direção a um precipício.

Manual do abstêmio (segunda edição), p. 83

Senhor "Enciclopédia da Polícia"

YORK. QUARTEL-GENERAL DA POLÍCIA de North Yorkshire. O detetive chefe e superintendente Geoff Hodge está sentado em sua sala desejando ter comido mais no café da manhã. Claro, ele sabe que seria bom perder uns 10 quilos, e sabe que Denise se preocupa com seu nível de colesterol e esse tipo de coisa, mas não dá para começar uma semana de trabalho com uma tigela de cereal de fibras com leite desnatado e a porcaria de uma tangerina minúscula ou sei lá o quê. Ela o proibiu até mesmo de comer manteiga de amendoim.

Manteiga de amendoim!

"Tem muito sal e óleo de palma", disse ela.

Denise sabia tudo sobre óleo de palma por causa de suas reuniões no Vigilantes do Peso. *Do jeito que Denise fala, você acharia que óleo de palma é pior do que crack.*

E agora, olhando aqueles dois policiais inúteis, ele deseja também ter ignorado Denise. Mas, é claro, nunca se consegue ignorar Denise.

— Quer dizer que vocês interrogaram Clara Radley e não anotaram nada?

— Nós estivemos no local... e completamos o nosso inquérito — diz a policial Langford.

Hoje em dia todos falam desse jeito, pensa Geoff. *Todos saem do treinamento da academia falando como pequenos computadores.*

— Completamos nosso inquérito — bufa Geoff. — Caraca! Pelo amor de Deus, meu bem, ela era a pessoa mais importante com quem tinham de falar!

Os dois policiais curvam-se diante da voz dele. *Talvez*, Geoff pensa, *se eu tivesse comigo um pouco do maldito óleo de palma no café da manhã, conseguisse controlar minha irritação. Bem, uns três pastéis de queijo com cebola no almoço darão um jeito nisso.*

— Bem — diz ele dirigindo-se ao outro policial, Henshaw; *um tipo de homem inútil, servil e medroso*, pensa Geoff consigo mesmo.

— Vamos lá, sua vez.

— Simplesmente nada nos chamou a atenção. E creio que não pressionamos muito porque era só uma coisa de rotina. Sabe como é, duas pessoas desaparecem todos os...

— Ok, Senhor "Enciclopédia da Polícia", eu não pedi nenhuma estatística. E posso te dizer que isso já não é mais um caso de rotina.

— Por quê? — pergunta a policial Langford. — Surgiu alguma novidade?

— O corpo do rapaz. Foi isso que surgiu. Na verdade, carregado para o litoral da porcaria do mar do Norte. Acabo de receber um telefonema de East Yorkshire. Ele foi encontrado entre algumas pedras, em Skipsea. É o tal rapaz, Stuart Harper. E está bem acabado.

— Meu Deus — exclamam os dois policiais juntos.

— É — diz Geoff. — Meu Deus *mesmo*!

Controle

ROWAN PASSOU A MAIOR PARTE da noite redigindo o poema sobre Eve com o qual se debatia há semanas. “Eve, uma ode aos milagres de vida e de beleza” tornou-se uma espécie de poema épico, abrigando 17 estrofes e usando cada uma das folhas de sua resma de papel.

Durante o café da manhã, apesar de não ter dormido, Rowan sente-se menos cansado do que o habitual. Senta-se ali, comendo seu presunto e ouvindo rádio.

Enquanto seus pais discutem no corredor, ele cochicha para Clara:

— Eu provei.

— O quê?

— O sangue.

Clara arregala os olhos.

— E?

— Curei meu bloqueio criativo.

— Você se sente diferente?

— Fiz cem flexões. Normalmente não chego a dez. E minhas alergias sumiram, a dor de cabeça também. Meus sentidos estão mais aguçados, como se eu fosse um super-herói ou algo assim.

— Eu sei, é incrível né?

Helen entra no aposento.

— O que é incrível?

— Nada.

— Nada.

Rowan leva a garrafa para a escola e senta-se no ônibus com Clara. Veem Eve passar por eles num táxi. No banco traseiro, ela encolhe os ombros e movimenta a boca para formar as palavras "meu pai".

— Você acha que ele contou para ela? — pergunta Rowan à irmã.

— Contou o quê?

— Você sabe, que somos...

Clara se preocupa que alguém ouça. Ela vira-se no assento.

— O que Toby está tramando?

Rowan vê Toby no banco de trás, conversando com um grupo de alunos do último ano nos bancos à sua volta. Ocasionalmente, ele encara os irmãos Radley.

— Ah, quem se importa?

Clara franze a testa para o irmão.

— Isso é apenas o sangue falando.

— Bem, talvez você devesse tomar outra dose. Parece estar enfraquecendo.

Ele gesticula para sua mochila.

Clara olha para ela, ao mesmo tempo tentada e temerosa. O belo pub, creme, desliza lentamente através da janela. Chegam ao ponto de ônibus em Farley. *O ponto de Harper*. Os poucos alunos que entram parecem agitados com o drama de alguém ter desaparecido.

Rowan notou isso antes, dois anos antes, quando Leo Fawcett morreu de uma crise de asma no campo da escola. O tipo de emoção que envolve as pessoas quando acontece algo arrasador, uma emoção que elas nunca admitem, mas que dança em seus olhos enquanto falam sobre o quanto estão tristes.

— Não — diz Clara. — Claro que não quero mais. Meu Deus, não acredito que você trouxe isso! Temos de tomar cuidado.

— Uau, o que aconteceu com os Radley? — comenta Laura Cooper ao passar. — Eles parecem tão diferentes.

Rowan dá de ombros para a irmã e olha, pela janela, a delicada neblina da manhã através do campo, como uma chuva imóvel, como se a paisagem estivesse atrás de um véu. Ele está feliz, apesar de tudo. Apesar das dúvidas de sua irmã, de Toby e dos outros alunos. Ele está feliz porque sabe que em menos de uma hora verá Eve.

Mas, quando a vê realmente, diante dele, na fila para entrar no auditório, é quase irresistível. Com sentidos mais aguçados, o cheiro do sangue dela é opressivo em suas texturas complexas e infinitas. Bem ali, a uma mordida de distância.

Talvez seja porque o cabelo de Eve esteja preso para cima, com o pescoço à mostra, mas Rowan percebe que não tem exatamente o controle que imaginava ter.

— E essa é a nossa grande esperança — entoa a Sra. Stokes da parte elevada do auditório —, a esperança, que sei que é compartilhada por todos os presentes, de que Stuart Harper volte em segurança para casa...

Ele só consegue sentir o cheiro do sangue de Eve. É tudo o que existe ali. Apenas seu sangue e a promessa de um sabor que superará.

— ... mas, enquanto isso, precisamos rezar por sua segurança e tomar muito cuidado quando estivermos lá fora, após a escola...

Rowan consegue sentir que aos poucos está se inclinando vagamente em direção a Eve, perdido numa espécie de devaneio. Então ouve uma forte tosse e vê sua irmã olhando-o fixamente, arrancando-o do transe.

Os três frascos

Uma das coisas de que Peter mais gostara ao viver numa cidade grande fora a ausência quase total de fofocas dos vizinhos.

Em Londres, era possível dormir o dia inteiro e beber sangue fresco à noite, sem perceber o movimento de uma cortina ou ouvir cochichos na agência dos correios. Ninguém o conhecia na sua rua em Clapham nem se preocupava em saber como ele gastava seu tempo livre.

Em Bishopthorpe, porém, tudo sempre foi diferente. Logo ele descobriu que a fofoca era algo constante, embora, como os passarinhos alegres nas árvores, geralmente silenciasse quando ele estava por perto.

Quando se mudaram para Orchard Lane, antes da gravidez de Helen se tornar evidente, as pessoas quiseram saber por que aquele casal jovem, atraente e sem filhos resolvera mudar-se de Londres para um vilarejo tranquilo no meio do nada.

Obviamente, eles tinham respostas prontas, parcialmente verdadeiras. Estavam ali para ficar mais perto dos pais de Helen, pois seu pai estava muito doente, com vários problemas cardíacos. Achavam que o custo de vida em Londres estava ficando ridiculamente caro. E, principalmente, queriam oferecer aos seus futuros filhos uma infância calma e relativamente rústica.

Pior, porém, eram as perguntas sobre o passado deles, principalmente o de Peter.

Onde estava sua família?

— Ah, meus pais morreram num acidente de carro quando eu era criança.

Você tem irmãos?

— Não.

Por que se interessou por Medicina?

— Não sei, apenas adquiri um gosto por ela, eu acho.

Então você e Helen se conheceram nos anos 1980, quando eram estudantes. Vocês se divertiam muito?

— Não, na verdade éramos meio chatos. Às vezes comíamos comida indiana na sexta-feira à noite ou alugávamos um filme, basicamente isso. Havia um restaurante indiano adorável no final da nossa rua.

Geralmente, Helen e ele conseguiam se livrar com sucesso dessas indagações. E, assim que Rowan nasceu e que Peter provou ser uma excelente aquisição à clínica Bishopthorpe, passaram a ser tratados como pessoas bem-vindas ao vilarejo.

Ele, porém, sempre esteve ciente de que, se os habitantes de Bishopthorpe fofocavam sobre outras pessoas (e faziam isso continuamente: em jantares, no campo de críquete, no ponto de ônibus), poderiam muito bem fofocar sobre os Radley.

De fato, sob muitos aspectos, Peter e Helen se tornaram tão anônimos e neutros quanto possível. Vestiam-se exatamente como as pessoas esperavam que se vestissem. Compravam carros que não sobressairiam em meio aos veículos das outras famílias. E cuidavam para que sua opinião política fosse sempre agradável à comunidade. Quando os filhos eram mais novos, iam à igreja de Bishopthorpe nas vésperas de Natal e nos domingos de Páscoa.

Alguns dias depois de se mudarem, Peter concordou até mesmo com a ideia de Helen de descartar de suas coleções de CDs, livros e vídeos todas as obras de vampiros, fossem eles hereditários ou convertidos, vivos ou mortos, praticantes ou abstêmios.

Assim, ainda que relutante, Peter se despediu das fitas em VHS de seus filmes favoritos da dupla Simpson-Bruckheimer (após assistir, uma última vez, os magníficos pores de sol vermelhos de *Um tira da pesada II*). Teve de dar adeus a Norma Bengell em *O planeta dos vampiros*, Vivien Leigh em *... E o vento levou*, Catherine Deneuve em *A bela da tarde* e Kelly LeBrock em *A dama de vermelho*. E também à sua coleção secreta, que o fazia sentir-se culpado, de filmes clássicos do pós-guerra, de Powell e Pressburger — que todo vampiro sabia não se tratar, em nada, de bailarinas e freiras —, e os melhores faroestes de vampiros de todos os tempos — *Rio vermelho, Onde começa o inferno* e *Jovens demais para morrer*. É desnecessário dizer que teve de jogar fora toda a sua coleção de pornografia vampira, inclusive suas há muito adoradas, porém não mais assistidas, versões em Betamax de *Morda-me se puder* e *Presas de aço*.

Foram igualmente para o lixo, naquele triste dia de 1992, centenas de discos e CDs que foram a música de fundo de inúmeros porres noturnos. Quantos gritos e gemidos deliciosos ele ouvira sobre as versões clandestinas de "Volare" e "Ain't that a bite in the neck" de Dean Martin. Uma perda particularmente dolorosa foram os clássicos viscerais do soul de Grace Jones, Marvin Gaye e Billy Ocean, aquele demônio amoral cujo LP *Oceanos de sangue* continha a versão definitiva de "Get Outta My Dreams, Get Into My Car (Because I'm Helluva Thirsty)". Leitor voraz, ele teve de jogar fora os estudos clandestinos sobre Caravaggio e Goya, vários volumes de poesia romântica, *O príncipe*, de Maquiavel, *O morro dos ventos uivantes*, *Além do bem e do mal*, de Nietzsche e, o pior, *Ânsia de viver*, de Danielle Steel. Em suma, todo o cânone vampiro. Obviamente compraram e seguiram à risca o *Manual do abstêmio*, mas esconderam em segurança debaixo da cama.

Para substituir essas obras de arte cheias de sangue, foram às compras e preencheram tais lacunas com Phil Collins, *Graceland*, de Paul Simon, e *As quatro estações*, de Vivaldi, do qual eles tocavam "Primavera" sempre que recebiam alguém para jantar. E adquiriram livros como *Um ano na Provence* e inúmeras ficções históricas conceituadas as quais não tinham a menor intenção de ler. Nada obviamente vulgar ou elitista demais ocupou suas estantes novamente. E, como tudo em suas vidas, seus paladares permaneceram o mais perto possível do arquétipo da classe média não vampira suburbana.

Entretanto, mesmo com todas as prevenções, certas coisas inevitavelmente chamariam a atenção. Houve a recusa contínua de Peter a entrar para o clube de críquete apesar da insistência incômoda dos vizinhos da Orchard Lane.

E a ocasião em que Margaret, dos correios, foi visitá-los e sentiu-se nauseada ao ver um quadro, pintado por Helen, de uma mulher nua, com as pernas abertas, reclinada sobre um divã. (Após o incidente, Helen colocou suas antigas telas no sótão e passou a pintar aquarelas sobre macieiras.)

Seus filhos, porém, por não saberem de nada, tinham comportamentos mais evidentes. O amor da pobre Clara por animais que a temiam e a preocupação que Rowan fazia surgir em seus professores com suas redações criativas — João e Maria como irmãos incestuosos e assassinos infantis em fuga; as aventuras de Colin, o canibal curioso, e uma autobiografia ficcional, imaginando toda a sua vida preso dentro de um caixão.

Fora doloroso observar seus filhos sofrerem para fazer amigos e, quando outros alunos começaram a implicar com Rowan, eles pensaram seriamente em educá-los em casa. Isso lhes daria uma vida constantemente na sombra e livre de *bulling*. Mas, no final, Helen foi decisivamente contra, lembrando a Peter o apelo do *Manual do abstêmio* para "integrar-se, integrar-se, integrar-se" sempre que possível.

Esse comportamento pode ter funcionado até certo ponto, mas não garantia proteção completa contra fofocas nem a certeza de que nenhum dos estudantes com os quais seus filhos se misturariam não iria tentá-los e atormentá-los até ser devorado.

E exatamente agora, nessa manhã de segunda-feira, a fofoca avança, chegando cada vez mais perto e se tornando mais perigosa. Peter está na recepção da clínica, checando sua agenda de compromissos e a correspondência. Ao fazer isso, ouve Elaine, uma mulher cujo coração pararia sem um pouco de desgraça nas manhãs de segunda-feira. Ela conversa com uma das pacientes de Jeremy Hunt num tom de voz baixo, do tipo "véspera do apocalipse".

— Ah, não é terrível o que aconteceu com aquele garoto de Farley?

— Meu Deus, eu sei. É terrível! Vi no noticiário local essa manhã.

— Ele simplesmente desapareceu.

— Eu sei.

— Eles acham que foi... sabe... *assassinato.*

— É mesmo? O noticiário disse que estão tratando como um caso de desaparecimento...

Elaine interrompe rapidamente.

— Não! Pelo que eu soube, o garoto não tinha motivo para desaparecer. Ele é muito popular, sabe. Atleta. Está no time de rúgbi e tudo o mais. Minha amiga conhece a mãe dele e ela diz que é o garoto mais amável que poderia existir.

— Ah, é terrível! Horrível!

Um silêncio sinistro. Peter ouve o rangido da cadeira de Elaine quando ela gira em sua direção.

— Aposto como seus filhos o conheciam, doutor Radley, não é?

Doutor Radley.

Ele conhece e trabalha com Elaine há mais de uma década, mas continuou sendo o "doutor Radley", apesar das várias vezes que lhe disse que era preferível que ela o chamasse de Peter.

— Não sei — diz ele talvez um pouco rápido demais. — Acho que não.

— Não é terrível, doutor? Quando a gente pensa que foi logo no vilarejo vizinho...

— É, mas tenho certeza de que ele vai aparecer.

Elaine parece não ter ouvido.

— Há todo tipo de maldade por aí, não é? Todo tipo.

— Sim, imagino que sim.

Elaine fita-o de modo estranho. A paciente — uma mulher com cabelos longos e secos, que parece uma Mona Lisa mais velha e com obesidade mórbida, metida num casaco de lã colorido e desbotado — também olha para ele. Peter a reconhece: é Jenny Crowther, a mulher que dirigia a oficina de artes realizada nas manhãs de sábado na prefeitura. Sete anos atrás, ela havia telefonado para sua casa e falado com Helen, em um tom preocupado, sobre o boneco do deus romano feito por Rowan. Desde então, ela nunca dissera "olá" na rua, oferecendo-lhe apenas o mesmo sorriso inexpressivo que lhe dava agora.

— *Todo* tipo de maldade — disse Elaine sublinhando sua questão.

Peter sucumbe a uma súbita claustrofobia e, por algum motivo, pensa em todas as cercas que Helen pintou nos últimos anos. Eles estão presos. É por isso que ela as pinta. Eles estão presos pelos rostos vazios e sorridentes e por todas essas fofocas confusas.

Vira as costas para elas e nota um envelope numa pilha de correspondências a serem enviadas. Uma amostra de sangue.

— Bem, isso faz você querer manter seus filhos trancados a sete chaves, não é, doutor Radley?

— É — diz Peter, mal ouvindo o que Elaine diz —, acho que essas coisas nos deixam um pouco paranoicos...

O telefone toca e Elaine atende enquanto Jenny Crowther se senta em uma das cadeiras de plástico laranja da sala de espera, de costas para ele.

— Não — diz Elaine, com um sorriso autoritário, a um paciente na linha —, sinto muito, mas, se precisa de uma consulta de emergência, tem de nos telefonar entre 8h30 e 9 horas... Receio que terá de esperar até amanhã.

Enquanto Elaine continua falando, Peter se descobre curvado, cheirando o envelope pardo, e nota seu coração acelerar, não em batidas fortes, mas como um suave trem-bala movido a adrenalina.

Olha para Elaine e vê que ela não presta atenção nele. Então enfia o envelope, do modo mais furtivo possível, entre o resto de sua correspondência e leva-o da recepção.

Uma vez lá dentro, verifica as horas.

Cinco minutos até o próximo paciente.

Abre rapidamente o envelope e retira os frascos de plástico, juntamente com o formulário azul-claro da clínica. O formulário confirma o que o seu olfato já lhe dissera: que aquele sangue pertence de fato a Lorna Felt.

Há uma atração magnética, quase gravitacional em direção ao sangue dela.

Não, não sou meu irmão.

Sou forte.

Consigo resistir.

Ele tenta fazer o que faz há vinte anos. Tenta ver o sangue da maneira como um médico vê, como nada mais do que uma mistura de plasma, proteínas e glóbulos vermelhos e brancos.

Pensa nos seus filhos e, de algum modo, consegue devolver os três frascos. Tenta lacrar novamente o envelope, mas esse se abre assim que Peter se senta em sua cadeira. A escura e fina abertura é a entrada para uma caverna que contém um medo inenarrável ou um prazer infinito.

Talvez ambos.

Clube do livro

Na primeira segunda-feira de cada mês, Helen encontra-se com algumas de suas amigas, na casa de uma delas, para uma reunião do seu clube do livro e um lanche destinado a dar um bom início à semana.

Esses encontros, pelo menos desde que Helen se envolveu neles, ocorreram na maior parte do ano e, durante esse tempo, Helen faltou apenas a uma reunião — por estar de férias com o resto da família em Dordonha. Perder a reunião hoje, sem ter avisado antes, pode levantar alguma suspeita, algo que — se não bastasse a terrível kombi estacionada na Orchard Lane — seria melhor evitar.

Portanto, ela se arruma e vai até a casa de Nicola Baxter, na extremidade sul do vilarejo. Os Baxter vivem num enorme celeiro reformado, com um extenso acesso para carros e um jardim repleto de azaleias que parece pertencer a uma época diferente daquela do épico espaço interior com sua cozinha rural futurista e seus sofás longos sem braços.

Quando Helen chega, todas estão sentadas comendo bolo de aveia e tomando café, com seus livros no colo. Elas conversam mais animadamente do que o normal e, para a perplexidade de Helen, fica claro que o tema da conversa não é *Quando canta o último pardal.*

— Ah, Helen, não é terrível? — pergunta-lhe Nicola, oferecendo um solitário pedaço de bolo numa enorme travessa cheia de migalhas. — Essa história do Stuart Harper.

— Sim, sim, é terrível.

Helen sempre gostou muito de Nicola e as duas normalmente compartilham a mesma opinião sobre os livros que leem. Ela foi a única que concordou com Helen que Anna Karênina não tinha controle sobre seus sentimentos pelo conde Vronsky e que o comportamento de Madame Bovary era quase compreensível.

Há algo nela com o que Helen sempre se identificou, como se Nicola também tivesse sufocado parte de si mesma para viver sua vida normal.

De fato, Helen, ao observar Nicola, com sua pele pálida, sorriso trêmulo e olhos tristes, às vezes vê nela muito de si mesma, imaginando se compartilham o mesmo segredo. *Seriam os Baxter vampiros abstêmios como eles?*

Obviamente Helen nunca foi capaz de perguntar diretamente — "E então, Nicola, já mordeu o pescoço de alguém e sugou seu sangue até o coração parar de bater? Aliás, esse bolo está delicioso!" E ela ainda não conhecera as filhas de Nicola, duas meninas que estudavam em um colégio interno em York, ou seu marido, um arquiteto que parecia ter sempre algum grande projeto e que vivia trabalhando fora, em Liverpool, Londres ou qualquer outra parte. Mas, por um longo tempo, houve um grão de esperança de que Nicola poderia um dia dizer a Helen que há vinte anos luta contra seu vício em sangue e que cada dia é um verdadeiro inferno.

Helen sabia que provavelmente essa era apenas uma fantasia reconfortante. Afinal, mesmo nas grandes cidades, os vampiros são uma parcela minúscula da população e a possibilidade de haver um em seu clube do livro era altamente improvável. Mas fora bom acreditar que era possível e Helen agarrou-se a essa possibilidade como se fosse um bilhete de loteria.

Mas, agora que Nicola parece tão chocada quanto as demais sobre o garoto desaparecido, Helen sabe que não terá seu apoio.

— Sim — diz Alice Gummer, de um dos sofás futuristas. — Está na noticiário, você não viu?

— Não — diz Helen.

— Foi essa manhã, no *Olhar do Norte*. Dei uma olhada durante o café da manhã.

— Ah? — faz Helen. No café da manhã, os Radley estavam "ouvindo" o programa *Hoje*, como de costume, e nada fora mencionado.

Então Lucy Bryant diz algo, mas sua boca está tão cheia de bolo que a princípio Helen não a ouve. Algo sobre um sopro? Algo torto?

— Como?

Nicola ajuda, traduzindo a fala de Lucy e, dessa vez, as palavras não poderiam ser mais claras.

— Eles encontraram o corpo.

O pânico, naquele momento, é grande demais para ser ocultado por Helen. Esse a ataca subitamente, vindo de todos os lados, acuando toda a sua esperança.

— O quê?

Alguém responde. Ela nem pensa em a quem pertence a voz: ela apenas está ali, dançando em sua cabeça como um saco de plástico no vento.

— Sim, parece que foi carregado pelo mar ou algo assim. Foi encontrado perto de Whitby.

— Não — diz Helen.

— Você está bem? — A pergunta é feita por pelo menos duas delas.

— Sim, estou bem. É que perdi o lanche.

E as vozes continuam dançando, ecoando e se justapondo no vasto celeiro onde outrora ovelhas baliam.

— Venha, sente-se. Coma seu bolo.

— Quer um pouco de água?

— Você está bem pálida...

Entre tudo isso, ela tenta pensar claramente no que acabara de saber. Um cadáver, coberto com marcas da arcada dentária e do DNA de sua filha, está agora nas mãos da polícia. Como Peter pôde ser tão burro? Anos atrás, quando ele largou outro corpo no mar, esse nunca voltou. Foi jogado longe demais do litoral para terem de se preocupar.

Ela imagina a autópsia, nesse momento, com legistas especializados e o alto escalão da polícia. Nem mesmo Will seria capaz de manipular todos eles.

— Estou bem. Às vezes me sinto um pouco estranha. Mas agora estou bem, juro.

Helen está sentada no sofá olhando para a mesinha de centro transparente e a enorme travessa sobre ela, como se estivesse suspensa no ar.

Enquanto olha, se dá conta de que, naquele instante, não resistiria a provar o sangue de Will. Isso lhe daria a força necessária para aguentar os minutos seguintes. Mas pensar nisso faz com que ela se sinta mais presa.

A prisão é ela mesma.

E o corpo que mistura seu sangue com o dele.

De algum modo, porém, e com nada mais vermelho do que o doce e espesso bolo de aveia para comer, ela consegue se recompor.

Pergunta-se se deve ir embora, fingindo que está doente. Mas, antes que imagine a melhor coisa a fazer, ela se descobre observando e eventualmente participando do debate sobre o livro que não teve tempo de acabar de ler.

Quando canta o último pardal, indicado no ano anterior ao Booker Prize, é um romance passado em meados do século XX na China, contando a história de amor entre a filha de um agricultor amante de aves e um colono analfabeto que trabalha para o programa de Mao de extermínio da população de pardais. Jessica Gutheridge, cujos cartões artesanais Helen sempre compra no Natal e em aniversários, viu o autor em um festival no ano anterior e está ocupada contando a todas como o evento foi incrível — "ah, foi simplesmente maravilhoso e vocês não vão adivinhar quem estava sentado na nossa fila" — enquanto Helen se esforça para parecer normal.

— E então, Helen, o que você acha? — pergunta-lhe alguém em determinado momento. — O que você acha de Li-Hom?

Ela tenta agir como se se importasse.

— Sinto pena dele.

Nicola inclina-se para a frente em seu assento e parece ligeiramente desconcertada por Helen não compartilhar sua opinião.

— O quê? Depois de tudo o que ele fez?

— Eu não... eu acho... — O grupo todo olha para ela esperando que explique aquilo. Helen faz o possível para parar de pensar em autópsias e armas. — Perdão, eu simplesmente não acho que ele foi... — Esquece-se do resto da frase. — Acho que preciso ir ao banheiro.

Levanta-se constrangida, batendo a canela na mesinha e ocultando a dor e tudo o mais enquanto vai até o banheiro do andar de baixo dos Baxter. Nota o fantasma de si mesma numa das paredes espelhadas do banheiro, ao mesmo tempo que tenta controlar sua respiração em meio a pensamentos desesperadores — CORPO! JORNAIS! POLÍCIA! CLARA! WILL!

Helen pega o celular e liga para Peter. Enquanto ouve os fracos sons na linha, observa a esmerada fileira de produtos orgânicos para os cabelos e o corpo e não consegue evitar de imaginar, por um segundo fugaz, os corpos nus que os usam para ocultar seu cheiro natural. Fecha os olhos e tenta esquecer essas fantasias sangrentas, sombrias e cheias de desespero.

Após dez toques, Peter atende.

— Peter?

— Helen, estou com uma paciente.

Então ela lhe diz, num cochicho, com a mão em volta da boca:

— Peter, acharam o corpo.

— O quê?

— Está tudo acabado! Acharam o corpo.

Nada. Então:

— Merda. — Em seguida: — Merda, merda, *merda,* merda. — Um momento depois: — Sinto muito, Sra. Thomas. Más notícias.

— O que vamos fazer? Pensei que você tivesse voado quilômetros dentro do mar.

Ela ouve seu suspiro do outro lado da linha.

— Eu voei.

— Bem, obviamente não o bastante.

— Achei que a culpa seria minha — diz ele. — Certo, Sra. Thomas, já vou aí.

— A culpa *foi* sua.

— *Meu Deus!* Eles a pegarão por isso. De algum modo, pegarão ela.

Helen balança a cabeça, como se ele pudesse vê-la.

— Não, não vão. — E decide ali mesmo que fará qualquer coisa — *qualquer coisa* — para que suas palavras permaneçam verdadeiras.

Evitando um ataque de SAS: Dez dicas úteis

Sede Avassaladora de Sangue (SAS) é o perigo mais comum com o qual se depara o abstêmio. Aqui há dez maneiras comprovadas de evitar um ataque de SAS se você sentir que ele se aproxima.

1. Afaste-se das pessoas. Se estiver perto de humanos ou vampiros, deixe-os imediatamente e procure um lugar tranquilo onde possa ficar só.
2. Acenda as luzes. Um ataque de SAS é mais comum à noite ou no escuro, portanto cuide para que o ambiente fique o mais iluminado possível.
3. Evite estímulos: música, artes plásticas, filmes e livros são conhecidos como desencadeadores de ataques por serem catalizadores da imaginação.
4. Concentre-se na sua respiração. Inspire e expire, contando até cinco, para diminuir seu ritmo cardíaco e acalmar seu corpo.
5. Recite o mantra do abstêmio. Após alguns respiros, diga "eu sou (seu nome) e controlo meus instintos" quantas vezes forem necessárias.
6. Assista a um jogo de golfe. Assistir certos esportes ao ar livre na TV, como golfe e críquete, são formas conhecidas de reduzir a probabilidade de um ataque.
7. Faça algo prático. Troque uma lâmpada, lave a louça, prepare alguns sanduíches. Quanto mais trivial e mundana a tarefa, maiores as chances de você controlar a sua sede de sangue.
8. Coma carne. Manter em sua geladeira estoques de carnes significará que terá algo para comer que ajudará a prevenir ânsias involuntárias.

9. Exercite-se. Compre uma esteira ou um aparelho de musculação para queimar o excesso de adrenalina que geralmente é um sintoma de um ataque de SAS.
10. Nunca seja complacente. Nosso instinto é um inimigo que vive dentro de nós, esperando a oportunidade de um ataque. Quando você dá um passo à frente, em direção à tentação, lembre-se de que é mais fácil andar para a frente do que para trás. O truque é não dar o primeiro passo.

Manual do abstêmio (segunda edição), p. 74

Um pensamento raro numa segunda-feira

PETER ESTÁ SENTADO EM SUA CADEIRA e observa a velha senhora sair lentamente do consultório enquanto pensa no telefonema. Não consegue acreditar que a polícia tenha encontrado o corpo. Foi levado até a praia. Ele voara tão velozmente que ficara convencido de que estava bem longe quando largou o corpo.

Mas admite que já faz algum tempo. Talvez não se lembre da distância que costumava percorrer antes. Está enferrujado. Não é como andar de bicicleta: se você para durante 17 anos, seus pés tendem a ficar um pouco instáveis nos pedais.

— Tchau, Sra. Thomas — despede-se automaticamente, quando ela deixa o consultório.

— Tchau, querido.

Um segundo depois, tira o envelope da gaveta.

Apanha os frascos com sangue e desenrosca as tampas.

Aquilo não é plasma, proteínas e glóbulos vermelhos e brancos.

Aquilo é um escape.

Fareja o fascinante e selvagem sangue de Lorna e visualiza eles dois numa plantação de trigo à luz do luar. Ele está se desfazendo no cheiro dela. Deseja loucamente prová-la e essa ânsia aumenta até não haver mais nada entre ele e o desejo — o homem e o prazer de que ele necessita.

Eu não bebo o sangue de meus pacientes.

Isso agora é inútil.

O desejo é incontrolável.

Ele sabia que no final sucumbiria, e estava certo. Não há absolutamente nada que ele possa fazer para não beber os três frascos, um atrás do outro, como doses de tequila enfileirados em um bar.

Quando termina, sua cabeça permanece para trás. Dá um tapinha na barriga. Nota que a almofada de gordura acumulada durante os anos pode estar recuando.

— Sim — diz para si mesmo, como se fosse o DJ de um programa de rádio da madrugada, prestes a apresentar Duke Ellington. — Eu *adoro* jazz ao vivo.

Ele ainda dá tapinhas na barriga quando Elaine entra com a lista de atendimentos de emergência para aquele dia.

— Você está bem? — pergunta ela.

— Estou, Elaine, estou maravilhoso. Tenho 46 anos, mas estou vivo. E estar vivo é algo incrível, não é? Sabe, saborear a vida e estar ciente de seu sabor.

Ela não está convencida.

— Bem — diz —, devo dizer que esse é um pensamento raro numa segunda-feira.

— Isso é porque essa é uma segunda-feira rara, Elaine.

— Pois é, vai querer um café?

— Não, obrigado. Acabei de tomar algo.

Ela olha para o envelope, mas Peter não acha que ela notou os frascos vazios. De qualquer maneira, ele não se importa.

— Exatamente — diz ela ao se retirar da sala. — Exatamente.

CSI: Transilvânia

O SUPERINTENDENTE GEOFF HODGE está rindo tanto que mal consegue manter na boca o último pedaço semimastigado de seu terceiro pastel de queijo com cebola.

— Desculpa, querida, você terá que repetir isso.

Então ela repete: "ela" é a chefe de uma unidade da polícia de Manchester, Alison Glenny, alguém que ele ainda não conhecia. Aliás, ele nunca tivera contato direto com um policial de Manchester, uma vez que essa cidade fica uns bons 80 quilômetros fora de sua jurisdição.

É verdade que, às vezes, é preciso obter informações de outras regiões, mas, para isso, há o banco de dados. Você não aparece, sem ser anunciado, no escritório de outra autoridade como se tivesse sido enviado por Deus. Mesmo sendo uma maldita de uma chefe de unidade. Ela não é a chefe *dele*.

— Você precisa deixar esse caso de lado — repete ela. — Nós assumiremos daqui por diante.

— Nós? Quem diabos "é *nós*"? A polícia de Manchester? Não vejo por que o corpo de um rapaz de North Yorkshire, que foi parar na costa leste, tem a ver com seu pessoal em

Manchester. A não ser que estejam investigando um *serial killer* à solta e não nos contaram.

Alison Glenny estuda-o com olhos frios e contrai os lábios.

— Trabalho para uma unidade nacional que coordena os recursos de uma seção especial em todo o Reino Unido.

— Olhe, querida, me desculpe, mas não entendo nada do que você está falando.

Ela lhe entrega um formulário verde-limão com a insígnia da polícia no alto e uma porção de letras miúdas.

Formulários. Sempre os malditos formulários.

— Preciso da sua assinatura no retângulo no final da folha. Então poderei lhe contar tudo.

Ele analisa o formulário e lê a linha mais próxima do retângulo para a assinatura. "Declaro, por meio deste, não revelar qualquer informação relacionada à Unidade de Predadores Anônimos."

— Unidade de Predadores Anônimos? Olhe, querida, estou perdido aqui. Estou por fora desse negócio de seção especial, estou mesmo. Para mim, isso é tudo encenação. Você falou com Derek?

— Sim, falei com Derek.

— Bem, você entende que terei de ligar para ele e checar?

— Vá em frente.

Então ele levanta o fone e liga para o ramal de Derek Leckie, seu chefe, para perguntar-lhe sobre aquela mulher.

— Sim, faça o que ela manda — diz-lhe Derek com apenas um vestígio de medo na voz. — Qualquer coisa.

Geoff assina seu nome no retângulo e, ao mesmo tempo, pergunta:

— Bem, se isso é relativo à seção especial, o que tem a ver com o corpo? Aquilo não me pareceu um trabalho antiterrorista.

— Tem razão, não é antiterrorismo. É antivampirismo.

Ele a encara, esperando que um sorriso apareça no seu rosto pétreo. Mas ele não surge.

— Essa é boa, querida, muito boa. Quem armou essa? Aposto que foi Dobson, não foi? É, aposto que ele está se vingando por eu ter estragado o projetor.

Os olhos dela permanecem totalmente neutros.

— Não faço ideia de quem seja "Dobson", mas lhe garanto, superintendente, que isto não é uma brincadeira.

Geoff balança a cabeça e esfrega os olhos. Por um momento, imagina se aquela mulher não é uma alucinação provocada por tantos pastéis. Talvez ele esteja trabalhando demais. Porém, por mais que pisque os olhos, nada torna menos real o rosto sério daquela mulher.

— Que bom, porque pensei que você tinha dito "antivampirismo".

— Eu disse. — Ela abre seu laptop na mesa dele sem pedir permissão. — Creio que não tenha visto as fotos do corpo nem recebido o relatório da autópsia, certo? — pergunta ela, enquanto a tela ganha vida em azul.

Geoff recua, observa a mulher e seu computador e sente um leve enjoo, uma súbita fraqueza física. Percebe a gordura em sua boca, o gosto da cebola e do queijo processado. Talvez Denise tenha razão. Talvez ele deva, de vez em quando, comer uma salada ou uma batata assada.

— Não, não recebi.

— Ótimo. Isso foi brevemente divulgado no noticiário da manhã, mas, de agora em diante, East Yorkshire se calará sobre isso. E você também.

Aquela velha ira profunda irrompe em Geoff.

— Bem, me desculpe, querida, mas estamos sob um verdadeiro holofote por causa disso. Trata-se de um caso de interesse público e não vou deixar de falar com a imprensa só porque uma...

Geoff se desconcentra no momento em que uma foto aparece na tela. Ele vê o corpo nu do rapaz, grande e musculoso, coberto de feridas diferentes de tudo o que já viu. Enormes pedaços de seu pescoço, peito e barriga parecem ter sido devorados; a carne é de um tom rosa desbotado por causa da água salgada. Não são feridas provocadas por meios convencionais... faca, balas ou taco de beisebol.

— Deve ter sido um ataque de cachorros.

— Não, não foram cachorros. Uma pessoa fez isso sozinha.

Parece impossível. É impossível.

— Que tipo de pessoa?

— São mordidas de vampiro, superintendente. Como lhe disse, a Unidade de Predadores Anônimos é um grupo antivampirismo. Agimos em âmbito nacional estabelecendo contato com integrantes das comunidades vampiras. — Ela fala isso no mesmo tom inexpressivo que tem usado desde que entrou naquela sala.

— Comunidades? — pergunta ele, incrédulo.

Ela confirma com a cabeça.

— Cálculos aproximados indicam que há 7 mil deles no Reino Unido. É difícil termos um número exato porque há muita mobilidade entre eles e um intenso tráfego entre várias cidades europeias. Londres, Manchester e Edimburgo têm os maiores índices *per capita* do Reino Unido.

A gargalhada dele agora é mais forçada, soando irregular e amarga.

— Não sei o que colocam no chá de vocês em Manchester, mas desse lado dos Peninos não costumamos caçar zumbis e duendes.

— Eu lhe garanto que nós também não. Lidamos apenas com ameaças que sabemos ser bastante reais.

— Como malditos vampiros?

— Tenho certeza de que você entenderá que esse é um assunto delicado e, por motivos óbvios, não divulgamos nosso trabalho.

No computador, ela finalmente para na imagem de uma mulher nua com, possivelmente, mais de uma centena de mordidas, como profundos sorrisos vermelhos por suas pernas e torso sujos de sangue.

— Meu Deus! — exclama Geoff.

— O que eu faço, com minha equipe, é manter contato com certos integrantes da comunidade vampira, o que pode ser feito em Manchester e em torno da cidade. No passado, vampiros eram exterminados por membros de Manchester e da Scotland Yard treinados em uma seção especial e armados com bestas.

Geoff se afasta da tela do computador, da garota morta. Sente-se muito mal. Precisa urgentemente se livrar daquele gosto na boca. Apanha a lata de refrigerante que trouxe com os pastéis, abre-a e bebe, enquanto Alison Glenny continua falando.

— Agora lidamos diretamente com a comunidade. — Ela para rapidamente, aparentemente para checar se suas palavras estão sendo compreendidas. — Falamos com eles. Negociamos. Estabelecemos relações de confiança e obtemos informações.

Geoff vê Derek passar pela vidraça e corre até a porta, refrigerante na mão.

— Derek? *Derek?*

Seu chefe continua caminhando pelo corredor. Vira-se brevemente para repetir o que dissera ao telefone e há um inquestionável medo em seus normalmente tranquilos olhos azuis.

— Faça o que ela manda, Geoff. — Então ele se vira novamente e restava apenas seus cabelos grisalhos e o uniforme negro antes de ele desaparecer em outro corredor.

— Bem, o que quer que façamos? — pergunta Geoff ao voltar para sua sala. — Encher nossas pistolas com água benta?

— Não — diz ela fechando o laptop e colocando-o em sua pasta. — Já reduzimos quase à metade incidentes como esse. E fizemos isso estabelecendo regras mútuas e respeito. — Ela lhe conta sobre a Sociedade Sheridan e sua lista de intocáveis.

— Tudo bem, querida, deixe eu ver se entendi: você vem aqui, fala como se estivéssemos em um episódio de *CSI: Transilvânia*, espera que eu acredite na existência de um enxame de Dráculas vivendo por aí, e depois diz que não há nada que possamos fazer para detê-los?

Alison Glenny suspira.

— Nós fazemos muito para detê-los, superintendente. Um vampiro hoje tem menos chances de se manter impune por um assassinato do que em qualquer época. Simplesmente preferimos soluções através de terceiros. Vampiros contra vampiros. Sabe, temos de pensar no bem maior. Nosso objetivo principal é cuidar disso sem que a população saiba.

— Tudo bem, e se eu decidisse *fazer* com que a população saiba?

— Seria demitido e declarado louco. Nunca mais trabalharia para a polícia.

Geoff bebe o último gole de seu refrigerante, mantendo o líquido gasoso na boca antes de o engolir. A mulher está terrivelmente séria.

— Bem, o que quer que eu faça?

— Preciso de tudo o que tem até agora sobre o caso Stuart Harper. Tudo, entendeu?

Ele absorve a pergunta enquanto observa as migalhas e o pequeno círculo de gordura no saco de papel.

— Sim, entendi.

O dia da transformação dos Radley

No intervalo do almoço, no pátio, os alunos da escola Rosewood se dividem, inconscientemente, por sexo. Os meninos são ativos, jogam futebol, fazem embaixadinhas, se dedicam a lutas simuladas ou verdadeiras, socam os braços uns dos outros até ficarem dormentes ou giram uns aos outros pelas mochilas. As meninas conversam, sentadas em bancos ou na grama, em grupos de três ou quatro. Quando notam os meninos, é mais com confusão ou pena do que com admiração, como se não fossem apenas de um gênero diferente, mas de outra espécie. Gatos sensatos e orgulhosos lambendo suas patas e olhando com desdém para os spaniels desengonçados e superexcitados e os pitbulls agressivos tentando demarcar um território que nunca será deles.

O único fator comum, nessa tarde ensolarada, é que tanto as meninas quanto os meninos querem se afastar dos velhos prédios vitorianos da escola e ficar longe das sombras. E em qualquer dia como aquele, Clara Radley seguiria suas amigas em direção à luz dourada e faria o possível para disfarçar a enxaqueca e o enjoo.

Hoje é diferente. Hoje, embora esteja com Eve e Lorelei Andrews — uma menina de quem ninguém gosta, mas que é capaz de dominar qualquer situação social da qual faça parte — é Clara quem as conduz a um banco na sombra.

Ela se senta. Eve senta-se de um lado e Lorelei, do outro, passando a mão nos cabelos de Clara.

— É incrível — diz Lorelei. — Tipo, *o que aconteceu*?

Clara olha para as grossas veias azuis no pulso de Lorelei e capta o cheiro de seu sangue delirantemente rico. Ela teme a facilidade de, naquele momento, fechar os olhos e se perder em seus instintos.

— Não sei — consegue dizer. — Mudei minha dieta. E meu pai me deu vários suplementos.

— De repente, você ficou, tipo, *linda*. Qual base está usando? É Mac? Deve ser Chanel ou algo caro assim.

— Não estou usando base.

— Está me sacaneando?

— Não, não estou.

— Mas mudou as lentes de contato?

— Não.

— Não?

— E ela também não sente mais enjoos — acrescenta Eve. Clara nota que ela parece chateada com o súbito interesse de Lorelei em ser sua amiga. — Isso é o principal.

— Parece que eu estava com uma deficiência de vitamina A. Foi o que meu pai disse. E estou comendo um pouco de carne.

Eve está confusa; Clara se lembra por quê. Ela não tinha contado a Eve algo sobre um vírus? Clara imagina se o pai de Eve já lhe contara a verdade sobre os Radley. Se já contou, ela obviamente não acreditou nele, mas talvez uma dúvida esteja se instalando.

Clara também tem outras preocupações...

As palavras da Sra. Stokes sobre Stuart Harper naquela manhã.

Os garotos de Farley conversando no ônibus.

Seus pais brigando na noite anterior.

Rowan bebendo sangue.

E a simples e inegável verdade de que ela matou alguém. Não importa o que ela faça ou diga em sua vida, nada mudará esse simples fato.

Ela é uma assassina.

E, o tempo todo, há a velha e superficial Lorelei. Lorelei alisando seus cabelos e falando sem parar, alguém que seria capaz de se unir a Hitler se ele tirasse o bigode, tivesse um corte de cabelo mais moderno e usasse jeans apertados. Lorelei, a garota que passou fome durante semanas após ser recusada num teste para um programa de TV chamado *Beldades adolescentes do Reino Unido — 2ª temporada: Patricinhas versus Nerds.*

— Você está tão bonita... — diz ela.

Enquanto Lorelei continua alisando seus cabelos, Clara percebe alguém caminhando na direção delas. Um garoto alto, com uma pele perfeita, que ela demora um segundo para lembrar que é o seu irmão.

— Ah, meu Deus, hoje é o dia da transformação dos Radley ou o quê? — comenta Lorelei.

Clara recua e encosta-se na parede da escola enquanto seu novo — e melhorado — irmão para diante delas encarando Eve com uma inquietante confiança.

— Eve, quero lhe falar uma coisa — diz ele, sem gaguejar.

— Para mim? — pergunta Eve preocupada. — O quê?

Então Clara ouve o irmão fazer o que ela lhe dissera que deveria fazer. Agora, porém, ela implora com os olhos para que ele pare de falar. Ele não para.

— Eve, você se lembra que disse ontem... no banco... que se eu tivesse algo para lhe dizer que eu simplesmente dissesse?

Eve confirma com a cabeça.

— Bem, só quero lhe dizer que, de todas as maneiras possíveis, você é a garota mais bonita que já conheci em toda a minha vida.

Lorelei, diante disso, abafa uma risadinha, mas nenhum rubor surge na face de Rowan.

— E, antes de você se mudar para cá — continua —, eu não entendia realmente o que era a beleza, a completude dela... e, se eu passar toda a minha vida sem fazer isso, provavelmente acabarei engolindo tudo o mais até me descobrir, daqui a vinte anos, me matando num emprego mais ou menos, vivendo com uma mulher que não é você, com uma casa e uma hipoteca e um sofá e uma TV com canais suficientes para evitar que eu pense no desastre que é a minha vida porque, aos 17 anos, não atravessei o pátio da escola até a mais linda, encantadora e cativante pessoa do mundo e perguntei se ela queria sair comigo. Para ir ao cinema. Hoje à noite.

Estão todas aturdidas. Lorelei é incapaz de rir. Clara se pergunta o quanto de sangue Rowan deve ter ingerido. E Eve se pergunta sobre aquele calor dentro dela enquanto encara os olhos confiantes e ansiosos de Rowan.

— Hoje à noite? — consegue perguntar ela após cerca de um minuto.

— Eu quero levar você ao cinema.

— Mas... mas... é segunda-feira.

Rowan não estremece.

— Pensei em sermos diferentes.

Eve reflete. Ela se dá conta de que realmente quer ir com ele, mas a razão fala mais alto. Ela se lembra de algo.

— É... hã... meu pai... ele...

— Eu cuidarei de você — diz Rowan. — Seu pai não precisa...

Uma voz quebra o momento. Um grito agressivo vindo do campo.

— Ei, babaca!

É Toby, correndo na direção deles, o rosto contraído de ódio.

— Fique longe da minha namorada, freak!

Eve olha-o com raiva.

— Não sou sua namorada.

Toby, porém, continua.

— Se manda, Robin. Merda, dá o fora daqui.

O coração de Clara dispara.

Algo vai acontecer.

Toby olha para ela cheio de ódio.

— E você — diz ele —, sua putinha desgraçada, o que você fez com Harper?

— Ela não fez nada com Harper — diz Eve. — Deixe ela em paz.

— Ela sabe de alguma coisa! Vocês, Radley, sabem de alguma coisa!

— Deixe a minha irmã em paz.

Rowan está na frente de Toby e os outros alunos começam a notar a confusão.

— Rowan — diz Clara sem saber o que falar diante daquelas pessoas.

É tarde demais para acalmar as coisas. Toby está empurrando o irmão dela pelo pátio. Suas mãos pressionam o peito dele, tentando provocar uma retaliação.

— Vamos, câmera lenta. Vamos lá, idiota. O que tem a oferecer? Vamos, impressione sua nova namorada. Ah, que piada! Como se ela fosse tocar num freak como você!

— Uau! — diz Lorelei. — Briga.

Clara observa o rosto de seu irmão o tempo todo, sabendo que, a qualquer momento, ele poderá mudar e estragar tudo.

Toby empurra-o uma última vez e Rowan cai no chão.

— Toby, pare com isso — diz Eve. Ela se aproxima, mas Clara está à sua frente.

Alcança o irmão e ajoelha-se à sua frente. Os olhos dele ainda estão fechados, mas ela percebe os dentes aparecerem por trás dos lábios. Um sutil movimento da pele. Ela sabe o que isso significa.

— Não — cochicha enquanto Toby continua implicando. — Rowan, me escute. Não. *Não*. Por favor, ele realmente não vale a pena.

Clara aperta sua mão.

— Não, Rowan.

As pessoas os observam e riem. Clara não liga, pois sabe que, naquele momento, bastaria ele abrir a boca para tudo estar acabado.

— Não, Rowan, não. Seja forte, seja forte, seja forte...

E ele a atende, ou parece atender, pois abre os olhos e assente, sabendo que precisa proteger sua irmã e não revelar nada.

— Estou bem — diz a ela. — Estou bem.

Eles caminham de volta para as aulas da tarde e Clara fica bastante aliviada quando Eve recusa o convite de Rowan o mais delicadamente possível.

— Então, e sobre hoje à noite?

— Vou pensar sobre isso — diz ela enquanto seguem pelos antigos corredores. — Tudo bem?

Ele concorda com a cabeça e Clara sente pena dele, sem saber que, uma hora depois, durante a leitura de Otelo na aula de literatura — que Rowan fez — sem gaguejar —, Eve lhe passaria um bilhete com uma pergunta: "Qual filme vamos ver?"

Classe

— VOCÊ CONVERSOU COM CLARA RADLEY?

Geoff está inclinado para fora da janela, fumando seu cigarro do meio da tarde, quando Alison Glenny chega com a pergunta. Ele se livra do cigarro com um peteleco levando-o a fazer um grande arco na direção da rua. Entra e fecha a janela.

— Dois guardas conversaram.

— E? As declarações estão em branco. Não há nada escrito. O que aconteceu quando foram procurá-la? Radley é um antigo nome vampiro e um dos mais notórios vampiros de Manchester é um Radley, portanto estou simplesmente buscando alguma ligação.

— Eles foram lá e falaram com ela, mas não surgiu nada significativo.

— Nada?

— Não. — Suspira. — Conversaram e ela explicou que não sabia de nada, foi isso.

Alison pensa por um momento.

— Eles não conseguem se lembrar, não é?

— O quê? Sei lá, foi apenas ontem. Parece...

Ela balança a cabeça.

— Não precisa defendê-los, superintendente. Não estou criticando ninguém. É bastante possível que eles tenham sido manipulados.

— Manipulados?

— Certos vampiros têm talentos específicos. Geralmente os mais amorais e perigosos. Bebem tanto sangue que isso amplia seus poderes físicos e mentais.

Ele solta uma risada abafada.

— Desculpe, minha querida, ainda preciso me acostumar com isso.

Algo quase parecido com cordialidade passa pelos olhos dela.

— Eu entendo, não é o mundo em que acreditávamos viver.

— Realmente não é.

Alison caminha pela sala. Ao ficar de costas, Geoff avalia sua silhueta. É magra, magra demais para seu gosto, mas tem postura, como uma professora de balé. Ela tem *classe*, esse é o adjetivo principal. É o tipo de mulher diante do qual Denise sempre murcha e seca, quando, ocasionalmente, conhecem alguém assim em casamentos ou em cruzeiros marítimos mais caros.

— De qualquer modo — diz ela —, tive uma ideia. Você poderia conseguir uma lista de todos que vivem em Bishopthorpe?

— Posso, sem problema. Por quê? O que está procurando?

— Alguém chamado Copeland — diz ela numa voz que, de repente, soa triste e distante. — Jared Copeland.

O arado

Will está novamente na sua canoa, remando no conhecido lago vermelho. Dessa vez, porém, Helen está no barco com ele e tem nos braços um bebê de cabelos escuros, para quem canta.

> Reme, reme, reme seu barco,
> gentilmente, rio abaixo.
> Alegre, alegre, alegre,
> a vida é apenas um sonho.

Will rema em direção à margem rochosa, observando a mulher que ama cantar suavemente. Enquanto canta, ela sorri para ele. É um sorriso amoroso, simples. Ele não imagina o que acontecerá assim que chegarem à margem, mas sabe que os dois terão um ao outro e que serão felizes.

> Reme, reme, reme seu barco,
> gentilmente, não deixe de remar.
> Se encontrar um crocodilo,
> não se esqueça de gritar.

No entanto, ele está apreensivo. Tudo é perfeito demais. Sente que alguém o observa, das rochas; alguém junto a Alison Glenny. É o homem que tentou atacá-lo na noite anterior. E ele segura algo no alto, para Will ver.

Uma cabeça, com sangue pingando do pescoço e caindo no lago.

Ele para de remar, mas a canoa continua avançando em direção ao homem, chegando suficientemente perto da margem para Will perceber que a cabeça decepada é a sua.

O rosto olha-o fixamente como uma máscara, a boca aberta em estado de horror.

Em pânico, Will busca o próprio pescoço e percebe que está intacto.

— Quem sou eu? — pergunta interrompendo a canção de ninar de Helen.

Ela parece confusa, como se fosse a pergunta mais idiota que já tivesse ouvido.

— Você sabe quem você é — diz ela afetuosamente. — Você é um homem maravilhoso e muito gentil.

— Mas quem?

— Você é quem sempre foi. Você é o homem com quem me casei. Você é Peter.

Então ela grita ao ver o homem e a cabeça decepada. E o bebê Rowan chora. Um pranto terrível e inconsolável.

Will acorda com um sobressalto e ouve um estranho e indistinto som agudo. Seu rádio está mastigando uma de suas fitas para dormir: *Psychocandy*, da banda Jesus and Mary Chain. Um vampiro mais fraco veria isso como um presságio.

Ele olha para o terrível dia ensolarado. E para um homem que se afasta.

É *ele*.

— O homem do machado se vai — murmura Will e decide segui-lo.

Pega seus óculos escuros e sai para a luminosa luz do dia, seguindo o homem até o pub da esquina com seu banner do canal de televisão Sky Sports e sua imagem campestre de uma Inglaterra antiga sob a qual está o nome do pub: O arado.

Logo depois de parar de ver Helen, ele escrevera um poema bobo em um dos seus diários, "O Prado Vermelho", intitulado em homenagem ao seu sobrenome.

Are o prado vermelho,
até nada dele restar.
Are a terra seca
para suas veias alimentar.

O arado é um pub no qual Will nunca sonharia em entrar. Um lugar banal que oferece entretenimento para pessoas que mal percebem que estão vivas e que encaram inexpressivamente as telas de TV e seus programas de esportes.

Quando chega, o homem já está com a sua bebida, uísque, sentado no canto mais afastado possível. Will anda em sua direção e senta-se diante dele.

— Dizem que o pub é uma instituição moribunda — diz ele pensando naqueles humanos que encaram a vasta extensão do mar antes de mergulharem de um penhasco. — Não é compatível com a vida do século XXI. Não existe mais o senso de comunidade, tudo é individualizado. Sabe, as pessoas vivem em bolhas invisíveis. É terrivelmente triste... mas ainda há ocasiões em que dois estranhos podem se sentar e conversar um pouco. — Will para e estuda o rosto devastado, assombrado do homem. — E é claro que não somos estranhos.

— Quem sou eu? — pergunta o homem encobrindo com a voz quaisquer que sejam as forças em seu interior.

A pergunta é um eco do sonho de Will. Ele olha para o uísque do homem.

— Quem é qualquer um de nós? Pessoas que não conseguem esquecer.

— O quê?

Will suspira.

— O passado. Conversas cara a cara. O Jardim do Éden.

O homem nada diz. Apenas continua sentado, encarando Will com um ódio que contamina o ar entre eles. A tensão permanece mesmo quando uma garçonete se aproxima da mesa.

— Querem ver o cardápio do almoço? — pergunta ela.

Will admira sua silhueta roliça. *Um banquete móvel.*

— Não — diz o homem sem sequer erguer a vista.

Will faz contato visual com a mulher e o mantém.

— Estou vendo o que comerei.

A garçonete vai embora e os homens permanecem num silêncio tenso mas vinculativo.

— Posso lhe perguntar algo? — pergunta Will após um tempo.

O homem bebe um gole do seu uísque em vez de responder.

Will, de qualquer maneira, continua.

— Você já se apaixonou?

O homem pousa o copo e encara Will com um olhar duro como aço. A reação esperada.

— Uma vez — responde ele em palavras como sussurros vindos do fundo da garganta.

Will concorda.

— É sempre uma vez, não é? As outras... são apenas ecos.

O homem sacode a cabeça.

— Ecos.

— Sabe, eu amo alguém, mas não posso tê-la. Ela interpreta o papel de boa esposa no casamento de outra pessoa. É uma longa produção. — Will inclina-se para a frente com um humor maníaco nos olhos. — *A mulher do meu irmão*. Tivemos algo tempos atrás. — Ele para e ergue a mão num pedido de desculpa. — Foi mal, eu não deveria estar te dizendo isso. Mas é fácil conversar com você. Você deveria ter sido um padre. Bem... sua vez. Quem foi a sua?

O homem inclina-se para a frente; o rosto se contraindo de minuto em minuto pela raiva reprimida. Em algum outro lugar do pub, um caça-níqueis despeja moedas.

— Minha mulher — diz o homem. — A mãe da minha filha. Seu nome era Tess. Tess Copeland.

Subitamente Will perde o controle. Por um segundo, está de volta àquela canoa. O nome Tess Copeland é uma dolorosa pontada do seu passado. Recorda-se daquela noite, bebendo com ela no bar da universidade e discutindo alegremente sobre o filósofo francês Michel Foucault, cujas teorias sobre sexo e loucura se alastravam bizarramente por quase todas as páginas da sua dissertação. ("Portanto, de que modo, *exatamente*, Wordsworth era... deixe-me repetir... um pedagogo genealogicamente confuso, desindividualizado e empírico-transcendental?") Ela quisera voltar para seu marido e não sabia o que estava fazendo tão tarde com seu orientador.

— Ah... eu... — diz Will, realmente se esforçando para encontrar palavras.

Ação.

Consequência.

No final, tudo se equilibra.

— Apenas outro eco para você, suponho. Sabe, eu vi vocês. Vi você voar com ela.

Will lembra-se daquela noite, um pouco mais tarde. Matando-a no campus. Ouvindo alguém correr ali perto.

O grito.

Era ele.

Will tenta se concentrar.

Já matei centenas. Isso é apenas um grão na areia. Esse homem negligenciou sua mulher. Esse homem fracassou em mantê-la em segurança. Ele me odeia porque sua culpa faz com que me odeie.

E se Will não tivesse aparecido, ele agora odiaria sua mulher. Ela teria completado seu mestrado, falaria sem parar sobre Foucault, Leonard Cohen e poemas que ele nunca lera e implicaria com ele por assistir ao futebol.

É essa a estupidez em todos os relacionamentos dos humanos. Eles dependem de as pessoas continuarem as mesmas, permanecerem no mesmo lugar onde estavam uma década atrás, quando se conheceram. Certamente a verdade é que os vínculos entre as pessoas não são permanentes, mas fugazes e fortuitos como um eclipse solar ou como nuvens se encontrando no céu. Existem em um universo constantemente em movimento, cheio de objetos que se transformam incessantemente. E, em pouco tempo, esse homem perceberia que sua mulher pensava o mesmo que muitas das que ele mordeu. Ela pensaria: *Posso conseguir alguém melhor.*

A aparência do homem é terrível. Esgotado, arrasado, acabado. E Will pode perceber, pelo cheiro ácido de seu sangue, que ele nem sempre foi assim. Outrora, era um homem diferente, mas se destruiu, tornou-se amargo.

— Jared, não é? Você era da polícia — recorda Will.

— Sim.

— Mas, antes daquela noite... você não sabia. De gente como eu.

— Não.

— Você sabe que eu poderia tê-lo matado ontem à noite? — pergunta Will.

Jared dá de ombros, como se sua vida não fosse grande coisa para se perder, antes que Will faça um discurso que todo o pub pode ouvir.

— Um machado? Para me decapitar? — diz ele enquanto a garçonete passa por perto, levando pratos feitos para o terraço. — A tradição diz que é melhor enfiar algo no coração, uma estaca ou coisa assim. Existem os que insistem em madeira de espinheiro, mas a verdade é que qualquer coisa forte e comprida o bastante fará bem o serviço. É claro que terá de se aproximar muito rápido. Mas, isso nunca vai acontecer, não é? Vampiros matam vampiros. Pessoas, não. Isso não acontece. — Seu rosto torna-se sério. — Agora, se não sair do meu caminho, terei de baixar o meu padrão e beber o seu sangue alcoolizado e amargo.

O celular de Jared toca. Ele o ignora. Aliás, ele mal o ouve. Pensa em Eve. Em como o simples fato de estar ali e ter aquela conversa pode colocar sua vida ainda mais em risco. O medo percorre seu corpo como uma torrente e ele se levanta, com o coração batendo tão depressa e tão forte como naquela noite dois anos atrás. Afasta-se, tenso, e segue para o suave ar da tarde; de imediato, não percebe que seu telefone está tocando novamente.

Will deixa-o ir embora. Após algum tempo, levanta-se para analisar a seleção de músicas oferecida pela *jukebox* marrom, pendurada na parede como uma velha máquina de cigarros. "Under My Thumb", dos Rolling Stones, é o melhor ali. Então, ele a coloca para tocar e deita-se no banco em que esteve sentado.

As pessoas notam, mas ninguém diz nada.

Ele simplesmente fica ali, enquanto a música toca, pensando que tudo agora está claro.

"And it's down to me, the way she talks when she's spoken to..."

[Agora sou eu quem determina o modo como ela responde quando lhe falam...]

Ele não se importa mais com Manchester.

Não se importa com Isobel, com o Black Narcisus, com a Sociedade Sheridan ou com qualquer desses grupos exclusivos ligados pelo sangue.

Ele permanecerá em Bishopthorpe, com Helen, e esperará por um segundo eclipse do sol.

Pavimento

JARED TREME AO PENSAR que pode ter estragado tudo.

"Número Restrito."

Ele atende.

— Jared, é Alison Glenny.

Uma voz que ele nunca esperou ouvir novamente. Lembra-se da última vez que a ouviu, na sala dela, quando recebeu um alerta final. "Eu entendo a sua dor, mas, se insistir, se divulgar isso, colocará centenas de vidas em perigo", disse ela sem reconhecer a ironia de a mulher dele ter morrido porque isso não foi tornado público. "Não terei escolha, detetive, a não ser dispensá-lo, alegando insanidade mental, e cuidar para que seja expulso da polícia."

Dois meses num hospital psiquiátrico enquanto sua filha teve de viver com a avó, uma doente terminal irascível. E lá estava ele, recebendo tranquilizantes superpotentes receitados por médicos que ganhavam ridículos bônus do governo para garantir que tivessem sempre em mente o "bem maior" que faziam pela sociedade.

— Como conseguiu esse número? — pergunta ele percebendo que deve haver alguma ligação entre o fato de Will estar ali e aquele telefonema.

— Você não mudou seu nome, não foi muito difícil.

— Não tenho nada a esconder. Não fiz nada de errado.

Ela suspira.

— Jared, não precisa ficar na defensiva. Tenho boas notícias. Quero lhe falar algo, sobre Will Radley.

Ele nada diz. O que ela teria para lhe dizer que ele já não soubesse?

Após um longo momento, ela lhe diz:

— Estamos livres para caçá-lo.

— O quê?

— Pressionamos nos lugares certos. A Sociedade Sheridan quer se livrar dele tanto quanto nós. Ele tem sido muito errático recentemente.

A palavra irrita Jared.

— Mais *errático* do que quando matou a mulher de um policial num campus universitário?

— Apenas pensei que você gostaria de saber. Faremos tudo em nosso poder para pegá-lo. É por isso que estou ligando. Ele está aí? Quero dizer, é por isso que você se mudou para Bishopthorpe? — Faz uma pausa, sentindo sua relutância em lhe dar qualquer informação. — Olhe, se nos disser que ele está aí, faremos todo o possível. Eu lhe prometo. Você poderá seguir com a sua vida, é isso o que quer, não é?

Jared continua caminhando apressadamente. O pub está muito distante; sua placa não passa de um pequeno quadrado marrom. Ele lembra-se do que Will lhe disse poucos momentos atrás: "Isso nunca vai acontecer, não é?"

— Sim — consegue dizer Jared —, ele está aqui.

— Ótimo. Certo, mais uma coisa: O que você sabe sobre o relacionamento dele com os outros Radley? Há algo que possamos usar? Qualquer coisa?

Jared lembra-se do que Will lhe disse no pub. "É a mulher do meu irmão."

— Sim, há algo.

Se sangue é a resposta, você está
fazendo a pergunta errada.

Manual do abstêmio (segunda edição), p. 101

Uma conversa sobre sanguessugas

Will lembra-se da primeira noite em que Peter levou Helen ao apartamento deles em Clapham. Ele sabia que teria de se comportar muito bem e não dar bandeira.

Nada de piadas sobre Drácula, nada de olhares desejosos para o pescoço dela, nada de revelações desnecessárias sobre luz solar ou alho. Peter lhe dissera que tinha sentimentos sérios por Helen, uma colega da faculdade de medicina, e não a trataria como apenas outra mulher para "morder e sugar". Não a morderia de forma alguma, por enquanto. Peter até mesmo falou em conversões e disse que pensava em lhe contar a verdade, toda a verdade, e nada além da verdade, e, com sorte, convencê-la de uma conversão voluntária.

— Você *está* brincando — dissera Will.

— Não, não estou. Acho que estou apaixonado por ela.

— Mas *conversão*? É um passo enorme, Petey.

— Eu sei, mas acho que ela é a mulher certa.

— *Zut alors!* Fala mesmo sério, não é?

— Sim.

Will deu um baixo e demorado assobio.

— Bem, o funeral é seu.

Para Will, a conversão sempre fora um conceito hipotético.

Ele sabia que era algo fisicamente possível e que realmente acontecia bastante, bastava perceber o rápido crescimento da população vampira adulta; mas, por que alguém desejaria fazer isso ainda era um mistério para ele.

Afinal, a conversão tem consequências significativas tanto para aquele que converte quanto para o convertido. Fazer-se sangrar em tal quantidade e tão rapidamente, após provar o sangue de outra pessoa, enfraquecia emocionalmente e criava uma ligação quase tão profunda quanto a do convertido em relação àquele que o converteu.

— Por que eu desejaria fazer isso comigo mesmo? — diz Will sempre que era perguntado sobre isso.

Mas os problemas de Peter eram os problemas de Peter, e Will era libertino demais para impedi-lo ou julgá-lo. Contudo, ficou curioso para ver quem fora capaz de conquistar o coração de um Radley sanguinário.

Ele se lembra exatamente do que sentiu no momento em que a viu.

Absolutamente nada.

A princípio.

Ela era apenas outra humana atraente num mundo de humanas atraentes. Mas, durante aquela primeira noite, ele se deu conta do quão incrivelmente sensual ela era — seus olhos, a curvatura suave do nariz, a maneira clínica como falava sobre a anatomia humana e vários procedimentos cirúrgicos ("e então você corta através da artéria pulmonar direita...")

Ela adorava artes plásticas. Às terças-feiras à noite, frequentava aulas de desenho com modelos vivos e possuía um gosto eclético. Adorava Matisse, Edward Hopper e elementos da Renascença. Adorava Paolo Veronese e parecia não ter a menor ideia de que ele foi um dos vampiros venezianos mais devassos a deixar manchas de sangue numa gôndola.

E eles também conversaram sobre sanguessugas. Ela sabia muito sobre elas.

— Sanguessugas são muito subestimadas — disse Helen.

— Concordo.

— Uma sanguessuga é algo espantoso.

— Tenho certeza.

— Tecnicamente, elas são anelídeos, como as minhocas. Mas são muito, muito mais avançadas. Sanguessugas têm 34 cérebros, podem prever tempestades e têm sido usadas na medicina desde os astecas.

— Você conhece mesmo sanguessugas.

— Pesquisei elas para me formar, sobre como podem ser usadas para aliviar a osteoartrite. Mas ainda é uma teoria polêmica.

— Há outra cura para os ossos, sabe... — dissera Will antes de Peter tossir para ele se mancar.

Ela ganhou todas as partidas de black-jack que jogaram naquela noite porque sabia quando parar. Além disso, seu cheiro não a distraía do jogo, como certamente acontecia com Will e Peter. Esse odor era tão complexo, havia tantas essências no seu sangue, que eles poderiam se sentar em silêncio por horas, tentando decifrar todas elas.

Posteriormente, a versão de Helen sobre os acontecimentos seria de que Will somente a quis porque ela estava com seu irmão. Will, porém, se lembra de tentar desesperadamente *não* gostar dela. Ele nunca quis sentir algo por uma mulher exceto o simples e franco desejo de satisfazer sua sede. “Para mim, emoções são apenas as corredeiras que levam precipitadamente à cachoeira da conversão”, ele escreveu em seu diário. “Eu quis permanecer nas águas rasas do prazer fácil.”

Ele quis que Peter largasse Helen e que ambos a esquecessem. Mas Peter e Helen estavam completamente apaixonados. Eram muito felizes e Will não suportava ficar perto da felicidade. Não sem planejar destruí-la.

— Eu a amo — disse Peter a seu irmão. — Vou convertê-la e dizer-lhe quem sou.

— Não, não faça isso.

— Por quê? Pensei que tivesse dito que seria meu funeral, que caberia a mim decidir.

— Estou lhe dizendo para esperar um pouco. Uns dois anos. Você pode viver até os 200 anos. Pense nisso: dois anos é apenas 1% de sua vida.

— Mas...

— E, depois desse tempo, se você ainda gostar dela, *aí sim*, diga-lhe o que você faz, quando ela está dormindo. Se ela ainda gostar de você, case-se com ela e a converta na noite de núpcias.

— Não sei se posso resistir por tanto tempo.

— Se você a *ama*, conseguirá esperar.

Quando dissera isso, Will duvidou que Peter teria paciência. Enjoaria de Helen e voltaria a se divertir com Will; certamente noite após noite de sexo sem sangue acabariam com ele. Peter teria um ataque e a morderia na cama ou a deixaria.

Mas não.

Após dois anos de idas ao cinema e passeios no parque, Peter continuava decidido. Nesse tempo, Will era professor em Londres, mas raramente estava lá. Vivia fora, viajando pelo mundo. Certa noite, pediu que Peter o encontrasse em Praga para irem à Nekropolis, uma das boates de vampiros que surgiram em volta da praça de São Venceslau depois da Revolução de Veludo.

— Ainda não desistiu? — perguntou ele sobre o alto som da música techno.

— Não — respondeu Peter. — Nunca me senti mais feliz. Juro. Ela é divertida e me faz rir. Uma noite, quando cheguei em casa, ela...

— Bem, não apresse nada.

Nas raras ocasiões em que via Helen nesse período, Will sentia uma estranha agitação no estômago, a qual tentava atribuir à privação de sangue ou a ter saído antes de escurecer. Sempre sentia a necessidade de ir buscar sangue depois de a ver. Geralmente ia até Manchester, onde o cenário vampiresco começava a florescer, e se fartava em um pescoço interessado — ou relutante — que se interessava por ele.

Então aconteceu.

Em 13 de março de 1992, Peter revelou ao irmão que contara tudo a Helen.

— *Tudo?*

Peter fez que sim e tomou mais um pouco de sangue, direto da jarra.

— Ela sabe quem sou e aceita isso.

— O que está me dizendo?

— Bem... vamos nos casar em junho. Já reservamos a data no cartório. Ela quer que eu a converta na nossa lua de mel.

Will sentiu e, subsequentemente, lutou contra um forte desejo de enfiar um garfo no olho do irmão.

— Ah — disse ele —, estou muito feliz por você.

— Eu sabia que ficaria. Afinal, estou seguindo o seu conselho.

— Pois é. É mesmo verdade, Pete. Você aguentou muito tempo, e contou para ela.

Will estava em queda livre.

Sorria sem desejar, o que nunca fizera antes. Por toda a cozinha havia vestígios dela — um livro de receitas sobre o balcão, um quadro do esboço de um nu pendurado na parede, uma taça suja de vinho da noite anterior — e ele precisava sair dali. Foi o que fez, roçando em um dos casacos dela ao sair.

Somente no dia seguinte, quando ela lhe surgiu num sonho iluminado e disposto como um quadro de Veronese, ele se deu conta da verdade. Helen estava numa espécie de banquete de casamento veneziano do século XVI e um criado anão despejava vinho na taça dourada que ela segurava. Enquanto todas as outras mulheres majestosamente atraentes estavam vestidas com seda magenta e sedutores vestidos de contos de fadas, Helen estava exatamente como na primeira vez em que ele a vira. Uma camisa polo simples, nenhuma maquiagem aparente, os cabelos penteados naturalmente. Mesmo assim, ninguém naquele afresco vivo em seu sonho se comparava a ela ou interessava minimamente a Will.

Ao flutuar, se aproximando cada vez mais daquela infinitamente larga mesa, Will notou o homem ao lado de Helen. Ele tinha uma coroa de louros na cabeça e estava vestido como um príncipe da Renascença. Sussurrava palavras ao ouvido de Helen e a fazia sorrir. Somente quando esse homem se levantou, Will percebeu que era Peter.

Peter bateu em sua taça com um garfo dourado. Todos, até mesmo os macacos, pararam para ouvi-lo. “Obrigado,

obrigado, lordes, duques, pigmeus, anões, malabaristas de um braço só, primatas inferiores, senhoras e senhores. Estou muito feliz por todos vocês estarem aqui neste dia especial. Minha vida está completa agora que Helen é minha esposa..." Helen observava a carne de flamingo em seu prato e sorria com modesta graça. "... e tudo o que me resta é consumar nosso vínculo especial." E Will observou, horrorizado, Peter abaixar a gola da blusa dela e morder seu pescoço. Seu horror aumentou com a imagem de Helen gemendo de prazer.

Will nunca gostara de casamentos, mas nenhum jamais o afetou como aquele. Enquanto observava Peter despejar a taça de vinho de Helen pelo pescoço dela, Will percebeu que não era vinho, mas o sangue de seu irmão. Ele correu, gritando "não!", enquanto cem macacos saltaram sobre ele e o sufocaram na escuridão. Quando acordou, suando frio, Will entendeu que o impossível acontecera.

Will Radley era refém de algo que parecia, em cada pedaço selvagem e terrível, o amor.

Duas semanas antes do casamento, ele estava de volta a Londres em uma kombi que roubara de um rastafári branco em Camdem. Certa noite, ele se aproximou, sabendo que seu irmão estava fora, e não conseguiu se conter.

— Helen, eu amo você.

Ela desviou a atenção do noticiário da TV — mais combates na Iugoslávia — para olhá-lo, recostando-se em sua cadeira de balanço de segunda mão.

— O quê?

Ele encarou seu olhar, sem sorrir, e fixou-se atentamente em seu sangue.

— Sei que eu não deveria dizer isso, já que Peter é meu irmão e tudo o mais, mas eu adoro você.

— Ah, Will, não seja ridículo.

— Pode me ridicularizar, se quiser, mas cada palavra minha é sincera. Não posso olhar para você, não posso ouvir sua voz ou sentir seu cheiro sem desejar tomá-la nos meus braços e voar para bem longe.

— Will, por favor — pediu ela. Helen claramente não estava interessada nele daquela maneira. — Peter é seu irmão.

Ele não concordou nem discordou. Manteve-se imóvel o quanto pôde enquanto cuidava para que dividissem o mesmo olhar. Lá fora a sirene da polícia soava sua subida pela Clapham High Street.

— Você tem razão, Helen. A maioria das verdades sérias é inapropriada. Mas, sendo brutalmente honesto, sem dizer a verdade qual é a merda do sentido? Pode me dizer, por favor?

— Peter chegará a qualquer momento. Você precisa parar de falar sobre isso.

— Eu pararia, Helen; é claro que pararia. Se, honestamente, se eu não soubesse que você sente exatamente o mesmo.

Ela colocou a mão sobre os olhos, impedindo que ele a encarasse.

— Will...

— Você sabe que quer que eu a converta, Helen.

— Como poderia fazer isso? Com seu irmão?

— Acho bastante fácil.

Ela se levantou e deixou o cômodo. Ele a seguiu pelo corredor; viu todos os casacos como uma fila de costas viradas para eles. Ele a manipulou com todos os seus poderes.

— Você sabe que não quer que seja Peter. Você sabe disso. Vamos, não seja fraca, Helen. Você tem apenas uma vida. É melhor usá-la para saborear o que deseja saborear. Se esperar mais duas semanas, estará tudo acabado: você será dele e não haverá chance para nós, Helen. Você a terá liquidado. E eu a odiarei quase tanto quanto você odiará a si mesma.

Ela estava confusa. Não imaginava que ele não falava com ela, mas com seu sangue.

— Mas eu amo Peter...

— Amanhã ele terá o plantão da noite. Nós poderíamos voar juntos até Paris. Poderíamos nos divertir como nunca. Você e eu, voando acima da Torre Eiffel.

— Will, por favor...

Ela estava na porta. Ele tinha apenas mais uma chance. Will fechou os olhos e captou todo um universo no aroma do sangue dela. Pensou naquele velho sábio francês, um abstêmio apaixonado por sangue, Jean Genet, e o citou: "Quem nunca experimentou o êxtase da traição, nunca conheceu o êxtase." Então lhe disse várias coisas para aniquilar seu verdadeiro eu.

Will estendeu a mão. E, num fatídico momento de fraqueza, ela a segurou.

— Venha — disse ele sentindo a profunda alegria que sempre o atingia quando liquidava a felicidade alheia. — Vamos lá fora.

Uma proposta

QUASE DUAS DÉCADAS DEPOIS dessa conversa com Will, Helen está conduzindo uma policial feminina à sala de estar de sua casa e sua cabeça e o pescoço formigam com uma energia nervosa.

— Gostaria de um café, Alison? — pergunta ela. — É Alison, certo?

— Sim, é. Mas não, obrigado, não quero café.

A voz de Alison é fria e oficial e Helen se pergunta se ela está ali para algo mais do que algumas perguntas de rotina.

— Clara está na escola — diz Helen.

— Não estou aqui para falar com a sua filha.

— Pensei que você tivesse dito que isso era sobre Clara.

Alison concorda com a cabeça.

— Quero falar *sobre* ela, não *com* ela, Sra. Radley.

Duas horas atrás, Helen voltara para casa para assistir ao noticiário, mas não vira nada sobre a descoberta do corpo do rapaz. Sentira-se aliviada. Talvez suas amigas do clube do livro tivessem se enganado. Todo o alívio desapareceu com a afirmação de Alison.

— O corpo de Stuart Harper foi encontrado — diz ela. — Nós sabemos que sua filha o matou.

A boca de Helen se abre e se fecha, mas nenhuma palavra sai dela. Sua garganta está seca e as palmas de suas mãos subitamente formigam e suam.

— O quê? Clara? Matou alguém? Não seja... isso é tão...

— Inacreditável?

— Bem, sim.

— Sra. Radley, sabemos o que e como ela fez. Todas as provas estão no corpo do rapaz.

Helen tenta se consolar com a ideia de que Alison está blefando. Afinal, como todas as provas podem estar lá? Nem mesmo colheram amostras do DNA de Clara. *Sabemos o que e como ela fez.* Não, ela não fala sério. Não parece ser uma mulher que acreditaria em vampiros ou em que uma estudante de 15 anos poderia matar um rapaz com os dentes.

— Sinto muito — diz Helen —, mas acho que você está enganada.

Alison ergue as sobrancelhas, como se esperasse que Helen dissesse aquilo.

— Não, Sra. Radley, garanto-lhe que todos as pistas levam à sua filha. Ela está seriamente encrencada.

Incapaz de pensar claramente, com tantos indícios de pânico inundando seu cérebro, Helen resolve fazer o mesmo do dia anterior.

— Com licença — diz ela. — Só um instante. Preciso fazer uma coisa.

Antes de sair da sala, ouve Alison perguntar.

— Aonde vai?

Helen para, olhando para a sua sombra pálida no carpete.

— Ouvi a máquina de lavar. Está apitando.

— Não, não está, Sra. Radley. Por favor, eu lhe asseguro que é de seu maior interesse voltar e se sentar. Tenho uma proposta para você.

Helen continua caminhando, desafiando a policial. Will é tudo do que ela precisa. Ele pode dominá-la e fazer tudo desaparecer.

— Sra. Radley? Volte, por favor.

Mas ela já está fora da casa, caminhando em direção à kombi. Pela segunda vez naquele fim de semana, Helen se sente agradecida por Will estar ali e sente que talvez a ameaça que ele representa para ela seja menor do que as ameaças que ele é capaz de deter. As ameaças à sua filha, à sua família, a tudo.

Ela bate na porta da kombi.

— Will?

Não há resposta.

Ouve passos sobre o cascalho. Alison Glenny caminha em sua direção, calma e sem semicerrar os olhos apesar da intensa claridade. Provavelmente pode encarar o sol e nem mesmo piscar.

— Will? Por favor, preciso de você. Por favor.

Bate novamente. Um tap-tap-tap nervoso que, novamente, encontra o silêncio. Ela pensa em abrir a porta, pois sabe que Will nunca se importou com travas, mas não tem a chance.

— Ora, Sra. Radley, que lugar esquisito para manter a sua lavadora de roupas.

Helen consegue sorrir.

— Não, é que... meu cunhado é advogado. Ele poderia me dar uma orientação legal. — Ela olha para a Kombi e percebe que nunca viu um veículo menos adequado a um advogado. — Quero dizer, ele entende de leis. Ele andou... viajando.

Alison está quase sorrindo; Helen percebe.

— Um advogado. Interessante.

— Sim, eu me sentiria mais à vontade falando com você se ele estivesse aqui.

— Aposto que sim. Mas ele está no pub.

Helen se choca, diante disso.

— No pub? Como você...

— Conheço o seu cunhado — diz Alison — e, pelo que sei, ele não é advogado.

— Olhe... — diz Helen observando de relance a rua. As sombras dos troncos das árvores listram o asfalto em um interminável padrão de zebra. — Olhe... olhe...

— E sabemos tudo sobre a manipulação que ele faz, Sra. Radley.

— O quê? — Helen se sente tonta.

Alison se aproxima dela e baixa a voz em tom e em volume.

— Sei que você tenta ser uma boa pessoa, Sra. Radley. Sei que se comporta há muito tempo e que se preocupa com a sua família, entendo isso. Mas sua filha matou uma pessoa.

O medo de Helen se torna raiva. Por um momento, esquece onde está e com quem fala.

— A culpa não foi dela. Não foi! O rapaz a atacou. Ele a pressionou e Clara nem soube o que estava fazendo.

— Sinto muito, Helen, mas tenho certeza de que sabe muito bem o que acontecia com vampiros que se expunham.

Novamente Helen imagina sua filha com uma flecha atravessando seu coração.

Alison continua.

— Mas as coisas evoluíram um pouco desde as décadas de 1980 e de 1990. Temos uma abordagem mais inteligente.

Se quer salvar a vida de sua filha, pode fazer isso. Eu dirijo a Unidade de Predadores Anônimos. E isso quer dizer que estou encarregada de encontrar soluções dentro da comunidade vampira, de negociar.

A comunidade. Helen entende que, para Alison, ela é igual a qualquer outro vampiro da Inglaterra.

— Uma proposta?

— Não estou diminuindo o que sua filha fez àquele rapaz mas, para ser perfeitamente franca, Sra. Radley, meu trabalho se baseia muito em estatísticas. Vampiros que matam uma única pessoa em toda a sua existência não são tão preocupantes quanto os que matam duas vezes por semana. Sei que, para um vampiro, isso parece um tanto utilitário e prosaico, mas é uma situação eticamente delicada e transformá-la em simples números a torna mais fácil. E há uma forma de você mudar o número de assassinatos de sua filha de um para zero. Aos olhos da polícia, é claro.

Helen sente que estão lhe oferecendo uma espécie de ajuda, mas se pergunta o que Alison tem em mente.

— Olhe, tudo o que me importa é Clara. Farei qualquer coisa para protegê-la. Minha família é tudo para mim.

Alison a estuda por um momento, calculando algo.

— Bem, em termos de números, há um vampiro que gostaríamos muito de ver fora das ruas de Manchester. Bem, para ser honesta, fora de qualquer rua. Ele é um monstro. É um *serial killer* que matou centenas, senão milhares.

Helen começa a ver aonde aquilo está indo.

— O que quer que eu faça?

— Bem, se quiser ter certeza de que Stuart Harper continuará sendo apenas mais uma pessoa desaparecida, você só tem uma opção.

— Qual é?

— Precisamos que mate Will Radley.

Helen fecha os olhos e, na escuridão avermelhada, ouve o resto da proposta de Alison.

— Contanto que permaneça abstêmia, sua filha estará a salvo. Mas precisaremos de uma confirmação física sem margem para dúvidas de que seu cunhado está morto.

Helen tenta raciocinar.

— Por que eu? Não poderia ser outra pessoa? Peter não pode me ajudar?

Alison balança a cabeça.

— Não, e não poderá envolvê-lo. Não queremos que conte isso a ninguém. Novamente, trata-se de números, Sra. Radley. Um é mais seguro do que dois. Se contar ao seu marido, haverá sérias consequências. Não podemos lidar com um fratricídio.

— Você não entende, isso é...

Alison balança a cabeça.

— Ah, e mais um detalhe: sabemos do seu relacionamento com Will Radley.

— O quê?

Alison confirma com a cabeça.

— Sabemos que teve "algo" com ele. E seu marido também saberá, se você não aceitar essa proposta.

Helen está vermelha de vergonha.

— Não.

— Essa é a proposta, Sra. Radley. E teremos pessoas vigiando você o tempo todo. Asseguro-lhe que qualquer tentativa de fugir às regras ou buscar outra saída fracassará.

— Quando? Quero dizer, quando devo...

Helen ouve um lento inspirar.

— Você tem até a meia-noite.

Meia-noite.

— Dessa noite?

Quando Helen abre os olhos, Alison Glenny está indo embora, entrando e saindo das sombras enquanto sobe a Orchard Lane. Helen observa-a entrar num carro no qual há um homem gordo no assento do passageiro.

A brisa carrega alertas intraduzíveis. Helen olha para a kombi, onde sua vida mudou tantos anos atrás. É como olhar para uma sepultura, embora ela ainda não tenha certeza de quem ou do que é o luto.

A repressão está nas nossas veias

QUANDO EVE LHE CONTA, no ônibus de volta para casa, que decidiu sair com Rowan, Clara não sabe o que dizer. E sua amiga está obviamente confusa com esse estranho silêncio, pois, desde que Eve chegou ali, Clara lhe fala do seu irmão.

— Ah, Clara, pensei que você quisesse que eu lhe desse uma chance — diz Eve, encarando-a.

Uma chance. Uma chance de quê?

— É — diz Clara, olhando pela janela ao passarem por campos verdes —, eu queria. Mas...

— O quê?

Clara capta o cheiro doce do sangue dela. Se ela consegue resistir a Eve, talvez Rowan também consiga.

— Nada, esqueça.

— Tudo bem — diz Eve acostumada ao cada vez mais estranho comportamento de Clara. — Está esquecido.

Mais tarde, andando do ponto do ônibus para casa, Clara diz ao irmão que aquilo é um erro.

— Ficarei bem. Vou pedir a Will um pouco mais de sangue antes de sair e levarei comigo na mochila. Se eu tiver algum impulso, tomarei um gole. Vai dar tudo certo, confie em mim.

Mundo da Fantasia: HERE COMES THE SUN. Bonecos sem feições com perucas do estilo disco.

O Hungry Gannet. Carnes dispostas no refrigerador.

O estômago de Clara ronca.

— O quê? Bebeu toda a garrafa que ele lhe deu? — pergunta ela ao irmão.

— Não era uma garrafa cheia. Afinal, aonde quer chegar?

— Quero dizer que Will vai embora hoje. *Vai se mandar*. Tipo, para sempre. E levará as garrafas de sangue com ele. Aí teremos toda a vontade e nenhum sangue. O que vamos fazer?

— Nos controlar, como sempre fizemos.

— Mas agora é diferente, já sabemos como é. Não podemos desfazer isso. É como tentar desinventar o fogo ou algo assim.

Rowan pensa a respeito enquanto passam pela clínica onde o pai deles trabalha.

— Poderíamos simplesmente buscar sangue vampiro. Deve haver uma forma de se conseguir isso. E, eticamente, talvez seja melhor do que comer carne de porco. Sabe como é, não há morte envolvida.

— Mas, e se não for o suficiente? E se sentirmos desejo por alguém... E se hoje quando você estiver com Eve...

Clara está irritando Rowan.

— Posso me controlar, pelo amor de Deus. Olhe para todo mundo. As pessoas reprimem tudo. Você acha que qualquer um desses humanos "normais" faz exatamente o que quer o tempo todo? É claro que não. É a mesma coisa. Somos ingleses de classe média: a repressão está nas nossas veias.

— Bem, não sei se sou boa nisso — diz Clara pensando no episódio na Topshop.

Caminham um pouco em silêncio. Viram na Orchard Lane. Abaixam-se para passar sob as flores de um pé de laburno e Clara percebe que seu irmão quer lhe dizer algo. Ele baixa a voz para um volume incapaz de atravessar as paredes das casas ao redor.

— O que aconteceu com Harper... não foi uma situação normal. Não deve se arrepender. Qualquer garota com presas à sua disposição teria feito o mesmo.

— Mas fui uma idiota completa o fim de semana todo — diz Clara.

— Olhe, você foi de absolutamente nada para uma quantidade absurda de sangue. Deve haver um meio-termo. E está se sentindo assim porque os efeitos estão passando... De qualquer modo, foi o sangue de *Harper*. Devemos ir atrás de pessoas melhores. Pessoas que trabalham para instituições de caridade. Podíamos ir atrás *dela*.

Gesticula com a cabeça em direção a uma mulher que recolhe envelopes com doações, parada na porta da casa número 9. Clara não acha isso engraçado. Vinte e quatro horas atrás, Rowan jamais teria dito isso. Por outro lado, 24 horas atrás ela provavelmente não teria ficado ofendida.

— Brincadeira — diz Rowan.

— Você devia trabalhar mais seu senso de humor — diz ela. Mas, assim que diz isso, lembra-se da mão de Harper sobre sua boca e do medo que sentiu naquele momento, antes de tudo ter mudado e do poder a ter dominado.

Não, Rowan tem razão. Ela não consegue se arrepender, por mais que tente.

Depois dá um sorriso diabólico

PETER CAMINHA PARA CASA, leve e feliz, flutuando com os efeitos do sangue de Lorna.

Ele está tão feliz que cantarola, embora a princípio não perceba a canção. Então se dá conta que é a primeira e a única canção dos Emo Globinas. Lembra-se da apresentação solitária que fizeram numa boate jovem em Crawley. Conseguiram esticar a apresentação para três músicas, acrescentando canções de outros grupos — "Anarchy in the UK" e "Paint It Black", que rebatizaram de "Paint It Red" para aquela noite. Foi quando viram pela primeira vez Chantal Feuillade, dançando punk diante da multidão, com sua camisa da banda Joy Division e sua pele alpina fresca.

Bons tempos, não pôde evitar de pensar. *Sim, bons tempos.*

É claro, ele fora egoísta naquela época, mas talvez um pouco de egoísmo seja necessário para fazer o mundo o que é. Certa vez, ele lera um livro de um cientista não vampiro que defendia a teoria de que o egoísmo é uma característica biológica essencial a cada criatura e de que cada ato aparentemente filantrópico tem uma raiz egoísta.

A beleza é egoísta. O amor é egoísta. O sangue é egoísta.

É nisso que ele pensa ao passar pelas flores amarelas do laburno, sem se abaixar como faz habitualmente. Então avista a jovial e egoísta Lorna saindo para passear seu cachorro chato e egoísta.

— Lorna — chama ele em um tom de voz alto e exultante.

Ela para, confusa.

— Olá.

— Lorna, estive pensando — diz ele com mais apelo do que desejava. — Eu gosto de jazz. Aliás, gosto muito. Sabe, Miles Davis, Charlie "Bird", esse tipo de coisa. É tipo... *uau*. É completamente livre, não é? Não se fixam numa melodia por obrigação. Rompem-na, improvisam, fazem o que querem... não é?

O cachorro rosna.

Charlie "Bird"?

— Bom, acho que sim — diz Lorna.

Peter confirma com a cabeça e descobre, para sua surpresa, que está imitando alguém tocando piano.

— Exatamente! Sim! Então... se você ainda estiver a fim de ir ao Fox and Crow ouvir jazz, eu adoraria ir. Adoraria mesmo!

Lorna hesita.

— Bem, não sei — diz Lorna. — As coisas agora... melhoraram.

— Certo.

— Entre mim e Mark.

— Sim.

— E Toby está numa fase difícil.

— É mesmo?

— Acho que está um pouco preocupado com o amigo dele.

— Ah... — diz Peter decepcionado.

Então surge uma mudança no rosto de Lorna. Ela está pensando em algo. Depois dá um sorriso diabólico.

— Não, tudo bem. Só se vive uma vez. Vamos, sim.

E logo que ela diz isso, a felicidade de Peter começa a se esvair e ele sente o terror real e culpado da tentação.

Caixa de sapatos

ROWAN ESTÁ PRONTO PARA SAIR.

Ele tomou banho, trocou a roupa da escola e colocou na mochila o poema que fez para Eve. Faltava apenas uma garrafa nova de sangue. Rowan apanha a mochila, coloca a carteira no bolso, checa o cabelo no espelho e segue pelo corredor. Ouve alguém no chuveiro, o que é estranho para essa hora de segunda-feira. Ao passar pela porta do banheiro, ouve a voz de seu pai sobre o barulho da água do chuveiro. Ele está cantando, com uma voz vergonhosamente inadequada, uma música que Rowan não reconhece. "Você fica linda nesse vestido rubro..." é tudo o que Rowan consegue entender antes de Clara aparecer no corredor.

— Aonde você vai? — pergunta ela ao irmão.

— Ao cinema.

— É um pouco cedo, não é?

Ele baixa a voz para se certificar de que o pai — agora uivando um refrão terrível — não conseguirá ouvir.

— Quero conseguir algum sangue antes. Sabe, como medida de segurança.

Ela concorda com a cabeça. Rowan espera que Clara fique zangada, mas isso não acontece.

— Tudo bem — diz ela —, mas tome cuidado.

Rowan segue para o andar de baixo. Percebe que a mãe está na cozinha, mas não pensa em perguntar por que ela está de pé, parada, encarando a gaveta cheia de facas.

Ele tem outras coisas na cabeça.

Rowan bate na kombi de Will, mas ele não está. Sabendo que também não está na casa, ele tenta abrir a porta. Entra na Kombi e procura uma garrafa de sangue de vampiro, mas não encontra nenhuma. Há uma, mas está vazia. Levanta o colchão; não há nada exceto alguns diários encadernados em couro que não saciarão nenhuma sede. Vê um saco de dormir enrolado, com uma garrafa fechada dentro e o agarra; ao fazer isso, abre a tampa de uma caixa de sapato, que cai e revela um número de telefone. O número deles.

Dentro da caixa, há um maço de fotos presas com um elástico. A primeira é bem antiga, de um bebê, dormindo tranquilo em uma manta de pele de carneiro.

Ele conhece aquele bebê.

É ele.

Tira o elástico e olha as outras fotos. Seus primeiros anos de vida vão passando. Torna-se uma criancinha, depois um aluno do jardim de infância.

Por quê? As fotos terminam quando ele tem 5 ou 6 anos.

É seu aniversário.

Seu rosto está coberto por erupções, que sua mãe lhe dissera ser sarampo alemão. Subitamente, ele quer saber o que aquelas fotos estão fazendo ali. Talvez as cartas contenham pistas. Começa a ler a primeira, do topo da pilha, e percebe que a caligrafia é de sua mãe.

* * *

17 de setembro de 1998

Querido Will,

Não imagino como começar esta carta, exceto dizendo que será a última.

Não sei se ficará chateado com isso ou sentirá falta das fotos de Rowan, mas realmente acho que, agora que ele começou na escola, está na hora de seguirmos com as nossas vidas, senão por ele por nós mesmos.

Sabe, sinto-me quase normal novamente. Uma "não vampira", como costumávamos dizer cinicamente. Em algumas manhãs, quando estou ocupada cuidando das crianças — vestindo-os, trocando a fralda de Clara, esfregando gel dental numa gengiva dolorida ou dando a Rowan outra dose de seu remédio — quase consigo esquecer de mim mesma, e de você, completamente.

A verdade é que isso não deverá ser tão difícil para você. Você nunca me quis, se estar comigo significasse viver como um parceiro fiel e abrir mão da emoção de novos sangues. Ainda me lembro do seu rosto, quando lhe disse que estava grávida. Você ficou apavorado. Apavorei alguém que eu nunca soube que poderia ser apavorado. Portanto, de um modo esquisito, talvez eu lhe esteja fazendo um favor.

Você detesta ter responsabilidades tanto quanto eu necessito delas. E, de agora em diante, você não terá nem mesmo a responsabilidade de ler essas cartas ou de olhar as fotos dele. Talvez nem esteja recebendo elas. Talvez tenha mudado novamente de emprego e essas cartas estão simplesmente jogadas em alguma caixa de correspondência na universidade.

Espero que um dia você consiga parar o que está fazendo e acalmar-se. Seria bom pensar que o pai do meu filho finalmente encontrou algum princípio moral em si mesmo.

Provavelmente é um desejo idiota. Rowan se parece mais com você a cada dia, e isso me amedronta. Seu temperamento, porém, é diferente. "Maçãs não caem muito longe do pé." Suponho que caiam, se pousarem em um terreno inclinado. Como mãe, sei que é meu trabalho tentar tornar esse terreno bastante íngreme.

Portanto, adeus, Will. E cuide para não perder esse último fragmento de respeito que tenho por você tentando me ver, ou a ele. Fizemos uma promessa e precisamos cumpri-la, para o bem de todos.

É como cortar fora um braço, mas precisa ser feito.

Cuide-se. Sentirei sua falta.

Helen

É muito para absorver. Rowan sabe apenas que deseja apagar o que acabou de descobrir, esquecer isso tudo; portanto, deixa a carta cair sem se importar onde ela pouse, tira a garrafa de sangue do saco de dormir e a enfia em sua mochila. Sai cambaleante da kombi e sobe a Orchard Lane.

Alguém caminha em sua direção. A princípio, não consegue ver seu rosto, oculto pelas folhas do laburno que se precipita do jardim da frente da casa número 3. Por um momento, é apenas uma capa de chuva, jeans e botas. Logo Rowan percebe quem é e vê seu rosto, o rosto do seu *pai*, e seu coração percebe bate forte como nunca, como se alguém dentro dele tentasse bater a poeira de um tapete.

— E aí, Lorde B. — diz Will com os lábios torcidos num sorriso de lado. — Como vai?

Rowan não responde.

— É mesmo? Bem assim? — diz Will, mas Rowan nada responde.

Rowan não conseguiria falar mesmo se quisesse. Cerra o ódio dentro de si como uma moeda num punho e caminha em direção ao ponto do ônibus.

Em direção a Eve e à esperança de esquecer.

Alho desidratado

EVE PLANEJA CONTAR AO PAI que sairá naquela noite. O que ele pode fazer? Arrastá-la para dentro de seu quarto e pregar tábuas atravessadas na porta?

Não, ela fingirá que tem de volta seu velho pai, pré-psicótico, e agirá como uma adolescente de 17 anos numa sociedade livre. Vai até a cozinha, onde seu pai enfia colheradas de alguma coisa na boca. Somente quando se aproxima, e lê o rótulo do frasco, ela percebe que é alho desidratado e que ele já comeu quase tudo. Talvez ele precise voltar para o hospital.

— Pai, isso é realmente nojento.

Ele se sente enjoado, mas engole outra porção.

— Vou sair — anuncia ele antes que Eve tenha chance de dizer o mesmo.

— Aonde vai? Se é um encontro, eu recomendaria um antisséptico bucal.

Ele nem mesmo percebe que se trata de uma piada.

— Eve, preciso lhe contar algo.

Ela não gosta de como aquilo soou e imagina o que seu pai lhe confessará.

— O quê?

Ele inspira fundo.

— Sua mãe não está desaparecida.

A princípio, as palavras não são absorvidas; Eve está acostumada a ignorar as falas incoerentes do pai. Um segundo depois, porém, ela assimila o que ele disse.

— Pai, do que está falando?

— Ela não está desaparecida, Eve. — Segura as mãos da filha. — Ela está morta.

Eve fecha os olhos, tentando apagá-lo. O cheiro de alho é avassalador. Ela solta suas mãos, como se já tivesse ouvido tudo isso antes.

— Pai, por favor.

— Tenho de lhe dizer a verdade, Eve. Eu vi. Eu estava lá.

Ela reage, apesar de sua apatia.

— Você a viu?

Ele pousa a colher e fala com a voz de um adulto racional.

— Olhe, o que eu tentei lhe dizer, no hospital... não foi um delírio. Ela foi assassinada no campus da universidade, no gramado do Departamento de Língua Inglesa. Ela foi assassinada. Eu vi acontecer. Corri e gritei, mas não havia ninguém ali. Eu fui buscá-la. Ela estava trabalhando até tarde na biblioteca. Bom, pelo menos foi o que ela me disse; portanto fui à biblioteca, mas ela não estava lá. Procurei em todos os lugares até vê-los do outro lado daquele lago feio e enorme. Corri através dele e o vi mordê-la, matá-la e levá-la e...

— *Mordê-la?*

— Ele não era normal, Eve. Era outra criatura.

Ela balança a cabeça. É o mesmo pesadelo de sempre.

— Pai, isso não é justo. Por favor, você não deveria estar tomando aqueles comprimidos.

Seu pai já havia lhe contado a história do vampiro, mas apenas quando estava no hospital. Depois disso, somente quando estava bêbado deixava algo escapar. E sempre se depreciava posteriormente e negava tudo, achando que assim a protegia.

— Sua mãe foi assassinada pelo orientador dela — continua ele. — E o orientador dela era um monstro. Um vampiro. Ele a mordeu, sugou seu sangue e saiu voando com ela. E agora esse monstro está aqui, Eve. Veio para cá. Para Bishopthorpe. E pode ser que ele já esteja morto, mas preciso ter certeza.

Houve um momento, poucos segundos atrás, quando Eve quase acreditou nele. Agora, porém, ela está profundamente magoada por ele tentar bagunçar sua cabeça daquela forma.

Ele põe a mão sobre seu braço.

— Você precisa ficar aqui até eu voltar. Está entendendo? Fique em casa.

Eve o encara e a fúria em seus olhos parece funcionar, porque ele lhe diz:

— A polícia. Vão apanhá-lo. Falei com a mulher que me demitiu por eu falar a verdade, Alison Glenny. Ela está aqui e contei tudo. Eu o vi hoje no pub, o homem que...

— No pub? Você foi ao pub? Pensei que estivéssemos duros, pai.

Ela não se sente hipócrita dizendo isso. Afinal, Rowan insistiu em pagar seu ingresso essa noite.

— Não tenho tempo para isso. — Ele engole a última colherada do alho e apanha o casaco. Seu olhar está transtornado. — Lembre-se, fique aqui. Por favor, Eve, você precisa ficar em casa.

Ele sai pela porta da frente antes que Eve consiga responder.

A garota vai para a sala e senta-se. Na TV, um anúncio da L'Oréal mostra o rosto de uma mulher em várias idades. Vinte e cinco. Trinta e cinco. Quarenta e cinco. Cinquenta e cinco.

Olha para a foto em cima do televisor. Sua mãe, com 39 anos, nas últimas férias em família. Maiorca, três anos atrás. Ela deseja que sua mãe estivesse ali, envelhecendo normalmente, e não conservada para sempre em fotografias.

— Posso sair esta noite, mãe? — sussurra imaginando uma conversa.

Aonde você vai?

— Ao cinema. Com um garoto da escola. Ele me convidou.

Eve, é segunda-feira.

— Eu sei, mas gosto muito dele. E voltarei às 22h. A gente pega o ônibus.

E ele, como é?

— Não é exatamente o meu tipo. É um menino legal. Escreve poemas. Você aprovaria ele.

Então está bem, querida. Espero que você se divirta.

— Vou sim, mãe.

Tchau, meu bem.

— Eu te amo.

Eu também te amo.

Molho curry

O CHEIRO DE MOLHO CURRY envolve Alison Glenny enquanto ela permanece sentada ao lado de Geoff olhando-o comer batatas fritas mergulhadas no tempero.

— Eles fazem batatas ótimas aqui — informa a ela. Então lhe oferece a bandeja de isopor com as batatas moles, gordurosas e afogadas em glutamato monossódico.

— Não, obrigada. Já comi.

Geoff olha com certo desdém para o pequeno saco de papel amassado sobre o painel, no qual havia um quiche sem glúten que Alison comprara na deli da rua principal cerca de uma hora atrás.

— Então basta ficarmos sentados aqui e esperarmos um vampiro — diz Geoff. — É essa a ideia?

— É — responde ela. — Ficamos sentados aqui.

Geoff olha frustrado para a kombi estacionada do outro lado da casa número 17.

— Ainda acho que é uma armação, sabia?

— Bem, não estou forçando você a ficar. Mas, se sair e falar com alguém sobre isso, já deixei bem claro o que acontecerá.

Geoff espeta seu garfo de madeira em uma das últimas batatas. — Para ser honesto, não vi nada, vi, querida? — Morde a batata e metade dela cai no seu colo. — E, se ele não está na kombi, por que não a estamos revistando, atrás de provas?

— Faremos isso.

— Quando?

Ela suspira, farta das perguntas intermináveis.

— Quando ele for eliminado.

— Eliminado! — Geoff sacode a cabeça com uma risadinha. — *Eliminado!*

Poucos minutos depois, ela observa ele pegar o celular e digitar uma mensagem para sua mulher. "Volto tarde", lê Alison, checando para ver se ele não está revelando muita coisa. "Até aqui com papelada. Bjs."

Alison se surpreende com os "Bjs". Ele não parece ser desse tipo. Ela pensa em Chris, o homem com quem quase se casou dez anos atrás, projeto sempre adiado pelos seus contínuos serões, trabalhos nos fins de semana e sua incapacidade de dizer a ele qualquer coisa sobre seu serviço.

Chris era um cara legal. Um macho "beta", professor de história de Middlesbrough, que tinha uma voz macia, adorava fazer trilhas nas montanhas e a fazia rir de forma suficientemente regular para ela imaginar que havia uma ligação entre eles. Afinal, nunca fora particularmente fácil fazê-la rir.

Mas não era amor. O louco e estonteante amor expresso em poemas e em canções populares era algo que ela nunca realmente entendeu, nem mesmo quando adolescente. Companheirismo, porém, era algo que ela sempre desejou, alguém para estar lá e tornar sua grande casa um pouco mais aconchegante.

Ela volta a se concentrar quando vê sua equipe de apoio estacionar uma van camuflada como um veículo de entregas de uma floricultura.

Já era tempo, pensa ela, tranquilizada por saber que cinco membros da sua equipe se encontram na traseira da van, armados e vestindo roupas protetoras para o caso de Will tentar atacá-la.

Geoff nem desconfia da van.

— Uma bela rua, não?

— É — diz ela notando o tom desejoso da voz dele.

— Aposto como uma casa aqui custa uma nota.

Ele termina de comer as batatas e, para desgosto de Alison, joga no chão a embalagem suja em vez de tentar encontrar uma lixeira. Ficam sentados em silêncio por algum tempo, antes de, finalmente, verem algo interessante. Rowan Radley deixando a casa e seguindo para a kombi.

— Então, aquele garoto é um vampiro?

— Tecnicamente sim.

Geoff solta uma risada.

— Bem, acho que um bronzeado lhe cairia bem.

Observam-no entrar na kombi e sair algum tempo depois.

— Ele não parece muito contente — comenta Geoff.

Alison observa, em seu espelho retrovisor, Rowan Radley subir a rua, e vê alguém, que estava oculto pelo pé de laburno, vir em sua direção. Então ela vê o rosto.

— Ok, é ele — diz ela.

— O que foi?

— É Will Radley.

Ela o vira uma vez, a distância, entrando no Black Narcisus. Mas o reconhece imediatamente e seu coração acelera quando ele se aproxima do carro. É estranho. Alison está tão acostumada a lidar com vampiros notórios que raramente sofre tal descarga de adrenalina, mas por causa do medo ou de outra emoção — uma que ela não reconhece — seu coração dispara dentro dela como um trem desgovernado.

— Que *figura* — diz Geoff baixinho quando Will passa pelo carro.

Will não presta atenção no carro, nem em coisa alguma, enquanto caminha com firme determinação em direção à casa.

— Você acha mesmo que aquela mulher conseguirá matá-lo?

Alison prende a respiração e nem mesmo se importa de dizer a Geoff que o sexo desempenha um papel irrisório na força física de um vampiro. Talvez se sinta preocupada, de repente, com aquilo que armou. Um abstêmio contra um vampiro plenamente praticante é sempre um confronto arriscado, mesmo quando o abstêmio tem a seu favor o elemento surpresa, a premeditação e a pressão policial. Mas não é exatamente isso que a preocupa. É a expressão nos olhos de Helen, uma espécie de imperturbável desesperança, como se ela não tivesse qualquer controle sobre seus atos ou desejos.

Eles observam Will entrar na casa e esperam que algo aconteça, num silêncio quebrado apenas pelo barulho da respiração de Geoff.

Uma imitação da vida

HELEN CORTA VIGOROSAMENTE uma fatia do pão integral para preparar sanduíches para o almoço do seu marido no dia seguinte. Ela precisa apenas fazer algo para se acalmar diante da impossível missão que a aguarda. Está tão absorta em seus pensamentos, torturada pela voz fria e neutra de Alison Glenny que se repete sem parar em sua cabeça, que não percebe que Will está na cozinha, observando-a.

Ela conseguiria fazer aquilo? Conseguiria realmente fazer o que lhe foi pedido?

— O pão integral nosso, de cada dia, nos dai hoje — diz ele quando Helen coloca outra fatia na pilha. — E perdoai nossos sanduíches, assim como nós perdoamos aqueles que sanduícham contra nós...

Helen está agitada demais para se controlar. Está furiosa por ele estar ali, dando-lhe a oportunidade de seguir as ordens de Alison. *Mas talvez haja outra maneira. Talvez Alison estivesse mentindo.*

— É segunda-feira, Will. É segunda-feira.

— É mesmo? — diz ele fingindo estar chocado. — Uau! Não consigo acompanhar o ritmo desse lugar. Segunda-feira!

— O dia em que você vai embora.

— Ah, sobre isso...

— Está indo embora, lembra-se? — diz ela mal se concentrando no que diz e segura com força o cabo da faca. — Você tem de ir embora. É segunda-feira, você prometeu.

— Ah, eu prometi. Isso não é estranho?

Ela tenta olhá-lo nos olhos, mas é mais difícil do que imaginava.

— Por favor, Clara está lá em cima.

— Ah, apenas Clara? Quer dizer que seus homens a deixaram?

Helen fita a faca entre as fatias de pão e capta seu rosto distorcido na lâmina reluzente. Conseguirá fazer aquilo? Conseguirá arriscar, tendo sua filha em casa? *Precisa haver outro jeito.*

— Rowan foi ao cinema. Peter está numa reunião.

— Não sabia que Bishopthorpe tinha cinema. Esse lugar é uma verdadeira Las Vegas em miniatura.

— Fica em Thirsk. — Depois de sua resposta, ela ouve Will conter uma risada.

— Thirsk — diz ele esticando a longa sílaba. — Adoro esse nome.

— Você precisa ir. As pessoas já sabem sobre você. Está colocando tudo em perigo.

Ela volta ao pão, cortando uma fatia desnecessária.

— Está bem — diz Will com falsa preocupação. — Vou embora, não se preocupe. Assim que você esclarecer tudo, irei embora.

— O quê? Esclarecer o quê?

— Você sabe, com a família.

— O quê?

— As verdades do lar — diz ele com uma voz delicada, como se cada palavra fosse um bibelô precioso. — Você dirá a Peter e a Rowan qual é a verdade. Então eu desapareço. Com ou sem você. A decisão é sua. O que vai pesar mais?

Aponta o dedo para a cabeça dela e deixa a ponta pousar em sua testa.

— Ou...

Ele aponta para o coração dela.

Helen está enfraquecida pelo desespero. Basta seu toque, basta apenas aquele pequeno pedaço de pele pressionando a sua, para trazer tudo de volta. A sensação de estar com ele, de ser tudo o que ele deseja. Isso só a deixa mais frustrada.

— O que você está fazendo?

— Estou salvando a sua vida.

— O quê?

Will fica surpreso por ela perguntar.

— Peter tinha razão. É uma peça. Você está numa peça. É uma encenação. Uma imitação da vida. Não quer sentir a verdade novamente, Helen? Não quer que aquela magnífica cortina vermelha caia?

Suas palavras nadam na cabeça de Helen e ela não sabe o que está fazendo. Fatia sem parar. A faca escorrega pelo pão e corta seu dedo. Ele segura o punho dela. Helen resiste apenas por um momento enquanto ele coloca o dedo dela na boca e suga o sangue. Ela fecha os olhos.

Ser desejada por ele.

Aquele que a converteu.

Uma sensação terrível e maravilhosa.

Ela sucumbe momentaneamente, esquecendo-se de Clara, esquecendo-se de tudo, menos dele. O único que nunca conseguiu deixar de desejar.

Mas seus olhos se abrem e ela está novamente em sua cozinha, numa tarde de segunda-feira, cercada por todos aqueles objetos. O filtro, a torradeira, a cafeteira. Coisas triviais que são parte do seu mundo e não do dele. Um mundo que, até meia-noite, ela pode perder ou salvar. Ela empurra Will, fazendo com que ele pare de brincar e fique sério.

— Você me deseja, Helen. Enquanto eu estiver vivo, você me desejará. — Ela ouve-o inspirar profundamente. — Você não entende, não é?

— Entendo o quê? — pergunta ela olhando abaixo para a tábua onde está o pão. Para as migalhas mapeando uma galáxia desconhecida. Elas se camuflam na madeira da tábua.

Helen tem lágrimas nos olhos.

— Você e eu — diz ele. — Fizemos um ao outro. — Bate com a mão no peito. — Você acha que eu quero ser *isso*? Você não me deu escolha.

— Por favor... — diz ela.

Mas ele a ignora.

— Por 17 anos, persegui aquela mesma noite em Paris. Eu teria voltado, mas nunca fui convidado. E, de qualquer modo, não queria ter o segundo lugar. Não novamente. Mas custou muito, sabe, me manter distante. Muito sangue. Muitos pescoços jovens e esguios. Mas nunca foram suficientes. Não consigo te esquecer. Eu *sou* você. Você é as uvas e eu, sou o vinho.

Ela controla sua respiração e tenta reunir forças.

— Eu sei — diz ela apertando com mais força o cabo da faca. — Sinto muito. E é verdade. Eu quero... que sangre para mim. Falo sério, quero experimentar você novamente. Você tem razão, eu te desejo.

Ele parece aturdido; depois, estranhamente vulnerável. Como um cachorro raivoso que não percebe que está para ser abatido.

— Você tem certeza? — pergunta ele.

Helen não tem certeza. Mas se fará isso, não quer adiar mais. Esse é o momento.

— Tenho certeza.

O beijo

O SANGUE COBRE O PULSO DE WILL e desce pelo antebraço, pingando no chão bege da cozinha. Helen sabe que nunca viu nada tão belo. Ela ficaria de quatro e lamberia o sangue no chão, mas não precisa fazer isso porque o sangue que sai do braço dele está agora à sua frente. Acima de seu rosto e caindo em sua boca, saciando mais do que uma fonte de água fresca num dia escaldante.

Ela suga com força, sabendo que o ferimento já começa a sarar. E beber esse sangue é um enorme alívio, como se a represa que construíra ao longo dos anos para protegê-la das próprias emoções se rompesse totalmente e o prazer jorrasse através dela como uma torrente. Ao sucumbir, percebe o que sempre soube: ela o quer. Quer o êxtase que somente ele consegue lhe dar e quer senti-lo desfrutando o mesmo; por isso, para e beija-o loucamente, e sente suas presas arranharem a língua dele ao mesmo tempo que as dele cortam a sua e o sangue escorre das bocas unidas. Helen sabe que a qualquer momento Clara pode descer e vê-los juntos, mas não quer apressar aquele prazer e continua beijando aquele delicioso e monstruoso homem que foi parte dela todos aqueles anos, circulando por cada veia do seu corpo.

Sente a mão dele tocar a pele sob sua blusa e ele está certo; ela sabe que ele está certo.

Ela é ele e ele é ela.

Pele sobre pele.

Sangue no sangue.

O beijo termina, ele segue para o pescoço e morde-a. O prazer continua a percorrer todo o seu corpo, preenchendo o recipiente vazio que ela tem sido, e ela sabe que isso está chegando ao fim. É impossível melhorar. E o prazer tem uma espécie de tristeza ofegante e mortal. A tristeza de uma lembrança que se esvai. A tristeza de uma fotografia antiga. Ela abre os olhos, alcança a faca do pão e coloca-a num ângulo horizontal atrás do pescoço dele.

Aproxima a faca cada vez mais, como o arco de um violino, mas ela não consegue fazer aquilo. Seria capaz de matar-se um milhão de vezes antes de conseguir matá-lo, pois cada partícula do ódio que sente por ele parece apenas alimentar aquele amor mais profundo, uma incandescente rocha derretida que corre nas suas profundezas.

Mas eu preciso...

Eu preciso...

Eu...

Sua mão se rende, amolece, desobedece a ordem que vem do cérebro. A faca cai no chão.

Ele se afasta do seu pescoço; o sangue dela suja o rosto dele como uma pintura de guerra. Quando ele olha para a faca, o coração dela martela com raiva e com uma espécie de medo de não apenas ter traído a ele mas a si mesma.

Ela quer que ele fale.

Ela quer que ele a insulte.

É disso que ela precisa, que o sangue dela precisa.

Ele parece magoado. Seus olhos de repente são os de uma criança perdida e abandonada. Ele sabe exatamente o que ela tentava fazer.

— Fui chantageada. A polícia... — diz ela, desesperada para ouvir algo dele.

Mas Will nada diz e deixa a casa.

Helen quer ir atrás dele, mas sabe que precisa limpar aquela sujeira antes que alguém veja.

Apanha o rolo de papel-toalha debaixo da pia e arranca várias folhas. Cobre o chão com elas e o sangue as colore e as amolece. Ela chora violentamente e as lágrimas escorrem pelo seu rosto.

Ao mesmo tempo, Will está na traseira da kombi procurando desesperadamente seu bem mais precioso.

O sonho completo e perfeito daquela noite.

Ele necessita, mais do que tudo, prová-la *como ela era então*. Antes de anos de mentiras e de hipocrisia terem mudado seu sabor.

Com grande alívio, vê o saco de dormir e o alcança. O alívio, porém, cessa rapidamente quando enfia a mão nele e sente apenas o macio enchimento de algodão.

Arrasta-se em volta, procurando loucamente.

A caixa de sapatos está aberta. Um carta está jogada no chão, como se tivesse caído da mão de alguém. Uma fotografia também. Rowan.

Ele apanha a foto e estuda os olhos de Rowan. Outras pessoas poderiam ver inocência, mas Will Radley não a reconheceria.

Não; quando encara os olhos do Rowan, com 4 anos de idade, Will Radley vê um moleque mimado, um filhinho de mamãe usando seu adorável sorriso como mais uma outra arma para conquistar o amor de sua mãe.

Bem, você agora é mesmo o filhinho da mamãe.

Ele ri, fora de si, mas, antes que a gargalhada acabe, a piada já se tornou azeda.

Naquele momento, Rowan pode estar saboreando um sonho que não lhe pertence.

Como um cachorro, Will anda para fora de sua kombi. Sobe correndo a Orchard Lane, passando por um poste e nem sequer se importando com o cheiro do sangue de Jared Copeland em algum lugar próximo. Salta no ar e vê a própria sombra se estender sobre um telhado antes de disparar em direção a Thirsk.

O Fox and Crown

PETER ESTÁ TRANCADO EM SEU CARRO, apenas sentado ali, vendo casais entrarem no Fox and Crown. Todos muito felizes com suas vidas, preenchendo seu tempo com eventos culturais, e caminhadas no campo e noites de jazz. Se ao menos ele fosse um ser humano normal e pudesse parar de desejar ter mais.

Ele sabe que ela estará lá dentro, sentada sozinha numa mesa, balançando a cabeça ao som de músicos amadores que começam a ficar carecas, imaginando se ele virá.

O som de trompetes enche o ar fazendo com que ele se sinta estranho.

Sou casado, amo minha mulher. Sou casado, amo minha mulher...

— Helen — dissera Peter à sua mulher antes de deixar a casa —, vou sair.

Ela mal pareceu ouvir. Estava de pé, de costas para ele, olhando para a gaveta das facas. Peter ficara aliviado por ela não ter se virado, pois estava usando sua melhor camisa.

— Ah, está bem — disse ela com uma voz distante.

— Aquela coisa com a Secretaria de Saúde de que lhe falei.

— Ah, sim — dissera ela após uma demora. — Claro.

— Devo voltar lá pelas 22 horas.

Ela nada disse e ele ficou quase decepcionado com sua falta de desconfiança.

— Te amo — disse, culpado.

— Sim, tchau.

O "Te amo", como sempre, ficou sem resposta.

Mas, certa vez, ela o amara. Estavam tão apaixonados que transformaram Clapham, em seus dias pré-enobrecimento, no lugar mais romântico da terra. Aquelas ruas monótonas e chuvosas do sul de Londres cantarolaram baixinho apaixonadas. Nunca precisaram de Veneza ou de Paris. Mas algo aconteceu. Ela perdera alguma coisa. Peter sabia disso, mas não sabia como trazer isso de volta.

Um carro entra no estacionamento do pub, trazendo outro casal. Peter acha que reconhece a mulher como uma conhecida de Helen. Jessica Gutheridge, a designer de cartões. E tem certeza de que ela participa do clube do livro de Helen. Ele nunca foi apresentado a ela. Tempos atrás, Helen a mostrara para ele numa feira de Natal em York. É improvável que ela o reconheça, mas é mais uma preocupação que torna a noite mais arriscada do que deveria ser. Ele se afunda ligeiramente no seu assento enquanto os Gutheridge saltam do carro. Não viram em sua direção ao seguirem para o pub.

Farley fica muito perto, reflete Peter. Deveriam ter escolhido um lugar mais distante.

Ele se sente enjoado com tudo aquilo. A felicidade vertiginosa que sentira ao beber o sangue de Lorna desaparecera por completo. Só restou a tentação destituída da sua reluzente embalagem.

O problema é que ele *ama* Helen. Sempre amou. E, se achasse que ela o amava também, não estaria ali, com ou sem sangue.

Ela, porém, não o ama. Portanto, Peter entrará e conversará com Lorna; eles rirão e ouvirão a péssima música e, após alguns drinques, se perguntarão se aquilo chegará a algum lugar. E há uma possibilidade sincera de que chegue e numa noite dessas, talvez naquela mesma noite, agarrem-se desajeitadamente, como adolescentes, em seu carro, num motel ou até mesmo no número 19, onde ele se defrontará com a perspectiva da nudez dela.

O pensamento o deixa em pânico. Alcança no painel do carro a edição do *Manual do abstêmio* que ele pegara no quarto de Rowan sem pedir.

Acha o capítulo que procurava: "Sexo sem sangue: o que está do lado de fora é que interessa." Lê sobre técnicas de respiração e de concentração na pele e sobre vários métodos para não desejar o sangue. "Se sentir as mudanças começarem, enquanto está envolvido nas preliminares ou no sexo, feche os olhos e respire pela boca, limitando, desse modo, os estímulos imaginativos e sensoriais... Se tudo o mais falhar, afaste-se inteiramente do ato e diga em voz alta o mantra do abstêmio, que foi exposto no capítulo anterior: "Eu sou (SEU NOME) e controlo os meus instintos."

Novamente ele encara a rua. Outro carro encosta e, um ou dois minutos depois, passa um ônibus. Ele tem certeza de ter visto o rosto desamparado do seu filho olhando pela janela. Será que Rowan o viu? Sua aparência era terrível. Será que ele sabe de algo? O pensamento o apavora e ocorre uma mudança no seu interior. O prazer fluido se transforma em dever sólido. Liga o carro e segue para casa.

— Eu sou Peter Radley — murmura consumido — e controlo os meus instintos.

Thirsk

Rowan e Eve estão no cinema em Thirsk, a 10 quilômetros de casa. Rowan tem a garrafa de sangue na sua mochila, mas ainda não bebeu. Quase bebeu no ponto do ônibus, após ver mais pichações sobre ele: ROWAN RADLEY É UM FREAK. (Com o mesmo estilo da que está na porta da agência dos correios, a letra também é a de Toby, embora ele tenha dedicado mais tempo a essa, fazendo letras tridimensionais). Mas então Eve apareceu e o ônibus chegou trazendo-os até aqui. Ele só precisa ficar sentado, imóvel, sabendo quem é seu pai e tendo todas as mentiras da sua mãe dentro dele.

O filme ao qual estão assistindo não faz sentido para Rowan. Ele está feliz olhando para Eve, sua pele reluzindo em amarelo, laranja e vermelho enquanto explosões se espalham por toda a tela.

Enquanto a observa, a revelação da carta da sua mãe começa a sumir e não existe mais nada a não ser a visão e o cheiro de Eve. Ele fita a sombra escura ao longo do tendão de seu pescoço e imagina o sabor do que flui abaixo da pele.

Ele se inclina mais e mais. Seus dentes se transformam enquanto ele fecha os olhos e se prepara para mergulhar em sua carne. Ela o vê aproximando-se e sorri, sacudindo o balde de pipocas para ele.

— Não, obrigado — diz ele cobrindo a boca.

Ele se levanta, para sair.

— Rowan?

— Preciso ir ao banheiro — diz passando rapidamente pelos assentos vazios na fila deles.

Naquele momento, ele sabe que nunca mais deve vê-la. Estava tão perto, tão fora de controle.

Sou um monstro. Um monstro gerado por um monstro.

Ele precisa satisfazer a sede intensa em seu interior.

No banheiro dos homens, Rowan tira a garrafa de dentro da mochila e arranca a rolha. Imediatamente, o cheiro de urina desaparece e ele se perde em puro prazer.

O aroma parece intensamente exótico e profundamente familiar, embora não imagine como pode saber disso. Bebe um gole. Fecha os olhos e aprecia o êxtase do sabor. Cada maravilha existente no mundo está em sua língua. Mas aquela estranha familiaridade está ali também, como se ele retornasse a um lar de cuja existência se esquecera.

Somente ao parar para respirar e limpar a boca, ele analisa o rótulo. Em vez do nome de Will, está escrito O ETERNO - 1992.

Lentamente, começa a entender.

O eterno.

E o ano em que ele nasceu.

Ela está em sua boca e em sua garganta.

A garrafa treme em suas mãos; o resultado inevitável do terremoto de horror e de ira que ocorre dentro dele.

Joga a garrafa contra a parede e o sangue escorre pelos azulejos criando uma poça no chão. Uma poça vermelha que avança em sua direção como uma língua invasiva.

Antes que aquilo o alcance, ele o contorna, esmagando um caco de vidro ao seguir para a porta. No saguão, não há ninguém a não ser o homem atrás da mesa da bilheteria, mascando chiclete e lendo uma revista.

Olha desconfiado para Rowan. Ele deve ter ouvido o estrondo da garrafa, mas volta a estudar a revista, ou finge fazê-lo, ligeiramente atento à expressão no rosto de Rowan.

Do lado de fora, na escada, Rowan inspira longa e profundamente. Faz um pouco de frio. Há uma secura no ar e um silêncio total e opressor que precisa ser rompido. Ele grita para o céu da noite.

Uma lua crescente está velada por uma nuvem fina.

Estrelas enviam sinais luminosos de milênios passados.

Após o grito, ele corre pela escada e pela rua.

Ele segue cada vez mais depressa, até a corrida se tornar algo mais e não haver chão ou qualquer outra coisa sob seus pés.

Átomo

Mutantes do gelo 3: O renascer não é o melhor filme que Eve já assistiu. O enredo é algo sobre embriões de extraterrestres congelados nas calotas polares desde a última Era do Gelo que, agora, devido ao aquecimento global, estão se desenvolvendo e tornando-se aliens subaquáticos assassinos que dizimam submarinos, traineiras, mergulhadores e ambientalistas antes de serem feitos em pedaços pela Marinha americana.

Cerca de vinte minutos depois, porém, deixa de ser uma história e passa a ser uma sequência de explosões cada vez mais extravagantes e de ridículos polvos alienígenas feitos em computador. Mas isso não importava, pois ela estivera sentada ao lado de Rowan e começava a perceber que talvez não houvesse nada de que gostasse mais do que se sentar ao lado dele. Mesmo que isso significasse assistir a uma porcaria como aquela. Embora, para ser justa com Rowan, aquele fosse o único filme em cartaz. Afinal, o Cinema Palace de Thirsk não é exatamente um multiplex. Mas Rowan saiu da sala e ela está sentada ali, sozinha, há — consulta o relógio no brilho da explosão de mais aliens — *quase 30 minutos* e começa a imaginar aonde ele foi.

Ela coloca o balde de pipoca no chão e vai procurá-lo. Após o constrangimento de passar por alguns jovens casais e por grupos de nerds obcecados por explosões e tecnologia, ela chega ao saguão.

Não há sinal dele nem de ninguém, exceto um funcionário atrás da pequena bilheteria que não parece prestar atenção em nada a não ser na revista que está lendo. Ela vai até os toaletes, ligeiramente fora de vista do saguão.

Aproxima-se da porta do banheiro dos homens.

— Rowan?

Nenhuma resposta, mas sente que há alguém lá dentro.

— *Rowan?*

Ela suspira. Sua habitual insegurança se instala. Talvez tenha feito algo que ele não gostara. Talvez tenha falado demais sobre seu pai. Talvez o quilinho extra que a balança lhe mostrou naquela manhã. Talvez seja seu mau hálito. (Lambe a mão e cheira, mas não sente qualquer odor, apenas o insosso e suave aroma de saliva sobre a pele.)

Talvez seja a camisa do grupo Airborne Toxic Event que está usando. Garotos têm a tendência de ser controladores em relação a essas coisas. Eve recorda uma noite, em Sale, quando fez o reconhecidamente durão Tristan Wood chorar — *chorar* — após afirmar que preferia Noah and the Whale a Fall Out Boy.

Talvez ela tenha exagerado na maquiagem. Talvez a sombra maçã verde nos olhos seja demais para uma segunda-feira. Talvez porque ela seja uma pobre dickensiana cujo psicótico pai lixeiro não consegue pagar o aluguel. Ou talvez, apenas talvez, ele tenha chegado perto o bastante para sentir a melancolia na sua essência, normalmente bem escondida por uma máscara superficial de sarcasmo alegre.

Ou talvez simplesmente seja porque ela começara a gostar dele também.

Terceira tentativa.

— Rowan?

Ela olha para o ponto onde o carpete encontra a porta.

É um carpete feio, velho e gasto, com o tipo de padrão que você não consegue encarar por muito tempo sem perder o equilíbrio. Não é, porém, o padrão que a perturba. É a umidade escura que devagar se arrasta sobre ele, vinda de trás da porta. Uma umidade que, ela lentamente percebe, pode muito bem ser sangue.

Empurra a porta, receosa, preparando-se para o pior. Rowan caído ao chão em meio a uma poça de sangue.

— Rowan? Você está aí?

Antes que a porta se abra por completo, ela vê a poça de sangue, mas não como havia imaginado. Há cacos de vidro, parecidos com os de uma garrafa de vinho, mas aquilo é espesso demais para ser vinho.

Uma sensação de mais alguém.

Uma sombra.

Algo se move. Rápido demais para ela reconhecer e, antes que perceba, a mão de alguém está em seu braço, puxando-a, com força ilimitada, para dentro do banheiro.

O choque tira o ar de seus pulmões e Eve demora um ou dois segundos para reunir a capacidade e a noção necessárias para gritar. Nesse momento, vê o rosto do homem, mas nada consegue distinguir a não ser seus dentes, que não são de modo algum parecidos com dentes humanos.

E, naquele segundo em que foi arrastada para ele, apenas um pensamento horrendo agitou-se sobre seu pânico: *Meu pai tinha razão.*

O grito chega, mas é tarde demais.

Ele está com o braço em volta de Eve e ela sabe que aqueles dentes bizarros estão se aproximando. Luta e se debate com cada partícula da inútil força que possui, chutando as canelas dele, arranhando o rosto que não consegue ver, contorcendo seu corpo como um peixe desesperado num anzol.

— *Foi pega* — bafeja no ouvido dela. — *Exatamente como a sua mãe.*

Ela grita novamente, olhando em desespero para as portas abertas e os cubículos vazios. Sente-o em sua pele, perfurando seu pescoço, e luta, com cada átomo do seu ser, para não ter o mesmo destino da mãe.

Pena

WILL LEVARA MENOS DE UM MINUTO para voar de Bishopthorpe a Thirsk e não fora difícil encontrar o cinema naquele lugar pequeno e sem vida.

Ele pousara no último degrau da escada e entrara, pensando em ir direto para a sala de cinema. Mas, no saguão, sentira no ar o cheiro do sangue de Helen e o seguiu até o banheiro.

Lá, presenciara seu pior pesadelo. O sonho completo e perfeito daquela noite em 1992, a mais agradável e pura de toda a sua vida, despedaçado e espalhado num chão sujo de um banheiro. Aquilo fora demais. Ele ficou ali, olhando os pequenos pedaços de vidro quebrado em meio ao sangue de Helen, tentando absorver essa visão.

Então a garota entrou. A garota Copeland. Com a aparência que sua mãe deveria ter tido naquela idade e o mesmo medo nos olhos.

Ele a agarrara porque não havia motivo para não agarrá-la. E agora ele a morde enquanto encara o sangue no chão, antes de fechar os olhos.

Ele nada naquele lago de sangue, sem uma canoa dessa vez. Simplesmente nada debaixo da água.

Debaixo do sangue.

Mas, ao sugar a vida de Eve, ele tem novamente aquela constatação terrível. A que tivera na noite anterior, com Isobel, no Black Narcisus.

Não é o suficiente.

Sequer se aproxima do suficiente.

Não é o suficiente porque não é Helen.

Ainda mais perturbador é o fato de que Eve tem quase o mesmo sabor que sua mãe e, quando ele provara Tess, se divertira muito e sequer pensara na mulher na qual está pensando agora.

Não.

Não gosto desse sabor.

Não gosto de nenhum sabor além do de Helen.

E, enquanto essa verdade se torna mais clara, o sangue que desce pela sua garganta se torna cada vez mais repulsivo. Ele se vê emergindo na superfície do lago, ofegando, buscando o ar.

Percebe que largou Eve antes mesmo de ela estar morta.

Não me importo, pensa consigo, com a clareza teimosa de uma criança.

Ele não quer seu sangue.

Quer o sangue de Helen.

Eve ainda não morreu, mas morrerá. Ele a observa segurar o pescoço enquanto o sangue escorre entre seus dedos até sua camisa — de uma banda da qual nunca ouviu falar — e nunca se sentiu tão vazio. Olha para o chão e se dá conta de que ele é a própria garrafa e que tudo o que lhe importa foi perdido.

Ela está apoiada nos azulejos, caindo, olhando-o com medo e exaustão.

Todas essas coisas que acontecem nos rostos dos humanos! Todos esses sinais inúteis para fazer você sentir... o quê? Remorso? Vergonha? Pena?

Pena.

Ele não sentia pena desde que fora, com outros três peregrinos, ver lorde Byron morrer sozinho naquela caverna em Ibiza. O poeta, com séculos de vida, estava pálido, magro e velho — quase um fantasma de si mesmo —, deitado naquele barco a remo com uma vela na mão. E, mesmo naquela ocasião, sentira realmente pena ou medo do próprio destino?

Não, pensa ele.

Pena é somente outra força enfraquecedora, como a gravidade. Algo destinado a manter os humanos e abstêmios no chão, em seus pequenos papéis.

O bilhete

Jared estava, há mais de uma hora, escondido entre os arbustos da Orchard Lane à espera de alguma confirmação de que o que Alison Glenny lhe dissera era verdade, que Will Radley seria morto pela sua cunhada. Por algum tempo, ele não viu nada, embora se consolasse ao ver uma BMW desconhecida estacionada no início da rua. O carro de Glenny, deduziu. Mas suas esperanças foram destruídas, quando viu alguém deixar a casa.

Will Radley. Vivo.

Ao vê-lo desaparecer no interior da kombi e, logo depois, sair voando, ele sentiu o estômago embrulhar-se. Por um momento, achou que realmente vomitaria, devido à quantidade de alho que consumira mais cedo, mas o ar frio da noite ajudara a deter a náusea.

— Não — disse ele às folhas verdes à sua volta. — Não, não, *não*!

Jared desenredou-se dos arbustos e seguiu para casa. Ao passar pelo carro de Alison Glenny, deu um tapinha na janela.

— Seu planinho não funcionou.

Havia mais alguém no carro. Um detetive gordo, como um urso tosquiado, que ele nunca vira e que olhava incrédulo para o céu através do vidro.

— Nós lhe demos até a meia-noite — disse Alison numa voz gelada. — Continuaremos lhe dando até a meia-noite.

A janela fora fechada e Jared nada teve a fazer senão seguir caminhando para casa.

"Provar a existência de vampiros nada mais é do que provar a sua própria loucura", explicara-lhe Alison certa vez. A mesma mulher que lhe dissera que, se mencionasse a alguém qualquer coisa sobre quem ele pensava ter matado sua mulher — até mesmo à sua filha —, seria mandado de volta ao hospital psiquiátrico e mantido lá pelo resto da sua vida.

Ele suspirou, sabendo que Will Radley continuaria vivo até meia-noite.

Era tudo em vão.

Jared estava no mesmo vilarejo que Will Radley mas não havia nada que pudesse fazer. Continuou andando, passou pelo pub, pela agência postal e pela delicatéssen que vendia entradas para jantares, as quais não poderia pagar mesmo se as desejasse. Uma lousa com moldura de madeira apoiada na parte interna da vitrine iluminada anunciava presunto de Parma, azeitonas selecionadas, alcachofras grelhadas e cuscuz marroquino.

Não pertenço a esse lugar.

O pensamento levou-o a outro.

Tenho sido injusto com minha filha.

Ele tomou uma decisão: iria para casa e se desculparia com Eve. Deve ter sido muito difícil para ela tolerar seu comportamento estranho e as regras rigorosas. Eles se mudariam para algum lugar longe dali, se ela quisesse, e ele lhe daria toda a liberdade que uma adolescente sensata de 17 anos merece.

Lembrou-se das corridas nas manhãs de domingo, com Eve, quando tivera tempo e energia para tais atividades. Ela atingira a adolescência e, de repente, se tornara fanática por exercícios durante mais ou menos um ano. Mas ele gostara daquilo, do pequeno tempo particular dos dois, longe da mãe, quando corriam ao longo do canal ou pela antiga linha férrea abandonada de Sale. Eram realmente unidos quando ele era capaz de cuidar dela sem sufocá-la.

Sim, já basta.

Acabou.

Se ele, ou alguém, matasse Will Radley, isso faria com que se sentisse melhor? Provavelmente sim, mas tudo o que ele realmente sabia era que aquilo já se prolongara demais, que Eve já sofrera muito e que era preciso parar.

E esse pensamento continua com ele enquanto gira a chave no número 15 da Lowfield Close, entra e sobe penosamente a escada. Antes mesmo de entrar no apartamento, sente que há algo errado. Parece muito quieto.

— Eve? — chama, colocando as chaves sobre uma estante no corredor, junto a uma cobrança da empresa de água de Yorkshire.

Não há resposta.

— Eve?

Segue para seu quarto, mas ela não está. Estão lá seus pôsteres de bandas, sua cama estreita, seu armário aberto. Todas as roupas familiares em cabides, como fantasmas dela.

Há maquiagem na sua cômoda e o cheiro químico e doce de seu creme para os cabelos pende no ar.

Ela saiu. Numa noite de segunda-feira.

Onde diabos ela está?

Corre para o telefone. Liga para seu celular. Não atende. Então avista o bilhete sobre a mesa da sala.

Papai,

Fui ao cinema com Rowan Radley. Duvido sinceramente que ele seja um vampiro.

Eve

Ah, meu Deus, pensa ele.

O pânico o domina por todos os lados. O bilhete cai e, antes que atinja o carpete, Jared tem as chaves do carro em uma das mãos e, com a outra, checa no pescoço a pequena cruz de ouro com Jesus.

Lá fora chove.

A janela do carro está quebrada. Eve lhe dissera que precisava ajeitá-la, mas ele não lhe dera ouvidos.

Agora, porém, ele não tem escolha nem tempo a perder.

Abre a porta do carro. Entra sem retirar os pequenos pedaços de vidro sobre seu assento e segue a toda para Thirsk.

Um mundo perdido que outrora pertenceu a ela

A DOR dá lugar a uma espécie de dissolução. Como se ela perdesse lentamente sua solidez e se tornasse líquida. Eve olha em volta, para as pias e os espelhos, para os cubículos e suas portas abertas, para a garrafa quebrada e a poça do sangue de alguém. Seus olhos estão pesados, ela quer dormir, mas há um barulho. A descarga automática dos mictórios desperta-a novamente e ela percebe onde está e o que aconteceu.

Ele já se foi e Eve percebe que precisa sair dali e buscar ajuda.

Tenta levantar-se, mas é difícil; nunca sentiu tamanha gravidade puxando-a para baixo.

Ela é uma mergulhadora analisando os vestígios de uma civilização naufragada. Um mundo perdido que outrora foi seu. Alcança a porta. Puxa-a com toda a sua força e pisa no carpete. Seu padrão rodopia abaixo dela como uma centena de redemoinhos e, do outro lado do saguão, está o funcionário do cinema. Por um estranho momento, pergunta-se por que ele a olha com tal horror.

Sua mão escorrega do ferimento.

Então há uma estranha e medonha escuridão, como se um navio estivesse passando por cima dela, submersa no mar, e ela sabe que é algo terrível. Sabe que, em um ou dois segundos, não saberá de nada.

Está sendo absorvida pela escuridão.

Como sal na água.

Cada grão de vida dissolvendo-se lentamente em outra coisa.

Me ajude.

Ela tenta dar voz ao pensamento desesperado, mas não tem certeza de que consegue. Enfraquece-se a cada passo.

Por favor, me ajude.

Ela ouve uma voz chamar seu nome.

É a voz de seu pai, percebe, quando a escuridão deixa de estar na periferia de sua visão e espalha-se, desabando sobre ela como uma onda. Eve sucumbe a tal peso e a única coisa que compreende é a vaga percepção de que está desabando sobre o carpete.

Bebê

Jared Copeland teve de correr para o cinema em seu carro, com o vento e a chuva açoitando-o através da janela quebrada e pequenos grãos de vidro se movimentando no banco do passageiro. A meio caminho, pouco antes do pub Fox and Crown, em Farley, ele passara pelo veículo dos Radley, que Peter dirigia.

Vê-lo fez com que Jared se apressasse mais, imaginando que Peter acabara de deixar seu filho no cinema. Chegando lá, largou o carro na calçada, subiu correndo os degraus e passou pela porta.

E ali está ele, no saguão. Vê um homem de camisa branca, um funcionário, gritando ao telefone e gesticulando.

— Alô... precisamos de uma ambulância urgente... sim... uma garota foi atacada ou algo assim... está sangrando.

Então Jared vê a filha, seu sangue e entende. Ela foi mordida pelo filho dos Radley. O horror agiliza seu pensamento e ele consegue voltar a ser, por um momento, como era antes, superando o pânico com uma espécie de hipercalma ao se abaixar para checar o pulso da filha. Em cada momento dos últimos dois anos, ele achou que aquilo aconteceria e, agora, precisa fazer o melhor para salvá-la. Dois anos atrás, ele entrara em pânico e gritara, fazendo Will Radley voar com sua mulher pelo céu. Agora ele deve ser eficiente e rápido. *Não posso ferrar dessa vez.*

Ele ouve o funcionário falar enquanto o pulso de sua filha lateja levemente contra seu dedo.

— O Cinema Palace, em Thirsk. Ela está inconsciente. Precisam vir logo!

Jared verifica o ferimento e o sangue que escoa sem parar. Ele sabe que ainda nem começou a coagular. Ele sabe que nenhum hospital no país saberá o que fazer com ela. Se ele tentar seguir qualquer procedimento normal de emergência, sabe que ela morrerá.

O funcionário já largou o telefone.

— Quem é você? — pergunta a Jared.

Jared ignora-o e levanta sua filha do chão. A mesma filha que segurara no colo quando ela era um bebê recém-nascido com quase 3 quilos, a quem dera mamadeiras nas noites em que Tess estava exausta, para quem cantara "American Pie", noite após noite, para fazê-la dormir.

Os olhos dela se abrem momentaneamente. Ela volta a si o suficiente para lhe dizer "Desculpe" e então mergulha novamente na inconsciência.

O funcionário tenta bloqueá-lo.

— O que está fazendo com ela?

— É minha filha. Por favor, segure a porta. — O funcionário olha para ele e para o sangue pingando no carpete. Põe-se na frente de Jared.

— Não posso deixar que a leve, amigo. Sinto muito.

— Saia do meu caminho — diz Jared reforçando o pedido com o olhar. — Saia da merda do meu caminho.

E o bilheteiro se afasta, deixando Jared passar pela porta ao mesmo tempo que diz para a filha e para si:

— Está tudo bem. Está tudo bem. Está tudo bem.

Alto, alto e mais alto

TOBY DEIXA A LANCHONETE MILLER com uma refeição para viagem embrulhada em papel branco e começa a pedalar para casa. Sorri pensando em todo o dinheiro que ainda resta em seu bolso e em como Rowan é um idiota por ter colocado o dinheiro na caixa do correio. Enquanto isso, não imagina que está sendo seguido de cima.

Dobra à esquerda e pega a trilha, através do campo cheio de cavalos, um atalho para Orchard Lane.

Os cavalos afastam-se galopando, aterrorizados, não por causa do garoto na bicicleta, mas daquele acima, que baixa cada vez mais.

E Rowan conclui, ao descer, que está tudo acabado.

Ele não pode ter Eve.

Ele é um *freak*.

Totalmente sozinho num mundo de mentirosos.

Filho de seu pai.

É Rowan Radley. Um monstro, voando pela noite.

Toby olha para cima e não acredita no que vê. O lanche escorrega do seu braço para o chão, caindo da embalagem.

Seu rosto é puro medo.

— Não — diz ele. — O que...?

Pedala com mais força e passa veloz pelo caminho usado nos domingos pelos mais velhos e lentos.

E Rowan voa adiante, agora menos zangado; sua mente está clara e calma como a de um falcão, mergulhando e observando o pânico no rosto de Toby enquanto ele tenta frear e virar. Mas não há tempo. Rowan agarrou a parte de trás de sua jaqueta e, com facilidade, puxa-o cada vez mais alto no ar apesar de Toby agarrar-se ao guidão, trazendo a bicicleta com eles.

— Você tem razão — diz Rowan com suas presas à mostra enquanto os cavalos se tornam pontos distantes deles. — Sou um *freak*.

Toby poderia gritar, mas o medo o silenciou. Larga a bicicleta, que aterrissa na rua lá embaixo. O plano de Rowan é matá-lo. Para provar a si mesmo que é um monstro. Se for um monstro, não sentirá dor. Não sentirá nada. Simplesmente continuará matando para sempre, indo de um lugar para outro, como seu pai. Um caminho de aventuras sem culpa e sem emoções humanas.

Sobe mais com Toby.

Alto, alto e mais alto.

Toby se esforça para falar mesmo com sua urina escorrendo morna pernas abaixo.

— Desculpe — consegue dizer.

Rowan olha o rosto do seu vizinho enquanto continuam subindo rapidamente no ar.

Um rosto amedrontado, vulnerável.

O rosto de uma vítima.

Não.

Ele não consegue. Se é um monstro, é de um tipo diferente do de seu pai.

Ele grita na direção contrária ao vento.

— Se falar qualquer coisa sobre a minha família ou Eve, eu te mato. *Qualquer coisa*, entendeu?

Toby confirma com a cabeça, esforçando-se contra a gravidade.

— E você morrerá se ao menos *pensar* que isso realmente aconteceu, entendeu?

— Sim — choraminga ele. — Por favor...

De qualquer maneira é um risco. Matá-lo. Não matá-lo. Mas Rowan não desperdiçará o que restou de bom dentro dele apenas para provar o sangue amargo de Toby.

Leva-o de volta para baixo e larga-o a poucos centímetros do chão.

— Vá embora — diz Rowan enquanto Toby tenta se pôr de pé. — Vá embora e me deixe em paz.

Rowan pousa e observa Toby fugir. Atrás dele, alguém bate palmas.

Will.

Há uma mancha de sangue em volta de sua boca, curvando-a para baixo, como se tivesse pintado uma máscara de teatro trágica em seu rosto.

— Muito bem, Pinóquio — diz Will ainda aplaudindo. — Tem a alma de um verdadeiro garoto humano.

O garoto não vira Will no ar. Ele o teria observado o tempo todo? Rowan imagina de quem é aquele sangue no seu rosto.

Will aproxima-se.

— Exceto, devo dizer, que a sua consciência tomou outro caminho na kombi.

Ele está perto o bastante para Rowan sentir um cheiro em sua respiração, embora demore um momento para se dar conta do que exatamente Will está cheirando.

— *Furto* — diz Will. — Foi um passo e tanto. Mas não se preocupe, eu acertei as coisas. Você roubou meu sangue, eu roubei o seu. É yin e yang, meu filho. — O olhar de Will é perturbador. Os olhos de um monstro. — Eu não sou como você. Parei de ouvir a minha consciência muito tempo atrás. Era apenas um ruído. Apenas uma cantiga de um grilo falante em meu ouvido.

Rowan tenta entender o que ele quer dizer. Reconhece o cheiro do sangue e isso é como um soco no estômago.

— Fiz apenas o que você quis fazer — diz Will lendo os pensamentos do filho. — Peguei-a, mordi-a e provei seu sangue. Então... — Ele sorri, dizendo qualquer coisa para levar Rowan à violência. — ... eu a matei. Eu matei Eve.

Rowan pensa em Eve lhe passando, de manhã, o bilhete na aula. Pensa no pequeno sorriso que ela lhe deu e essa lembrança o deixa ainda mais fraco, quase o nocauteia. A culpa é dele. Abandonou Eve e deixou que aquilo acontecesse.

Uma brisa fria acaricia seu rosto. O respirar de fantasmas.

— Onde... está...?

Will encolhe os ombros, como se tivessem lhe perguntado as horas.

— Ah, sei lá. Umas 7 milhas mar adentro. Agora já quase no fundo, creio eu, assustando os peixes. Embora o vermelho seja a cor que primeiro desaparece na água. Você sabia disso? Interessante, não é? Pobres peixes idiotas. Presos num mundo azul.

Rowan não consegue raciocinar. A devastação em sua mente é tão imediata e total que ele nada pode fazer exceto deitar no chão, enroscado em posição fetal. *Eve está morta.*

Will, por outro lado, nunca se sentiu menos enfraquecido pela moralidade do que agora, com o filho caído ali como uma marionete sem cordões. Uma imagem patética, repulsiva.

Inclina-se em sua direção e revela-lhe a pura verdade.

— Aquele não era simplesmente o sangue de sua mãe, Rowan. Era um sonho de como as coisas poderiam ter sido se você não tivesse nascido. Sabe, a verdade é que eu nunca quis você. Sou *alérgico* a responsabilidade. Apenas a ideia disso tem um sabor podre. Como alho. Sério, me dá coceira, e você sabe muito bem o que é isso. Ficar desconfortável na própria pele. — Ele para, inspira fundo e diz o que realmente sente. — Eu queria Helen, mas não com aquela *bagagem* extra.

Rowan herdou a fraqueza da mãe, deduz Will, ao observar o rapaz balbuciar para si mesmo. *Ela o fez assim com aquelas mentiras o tempo todo. Como o garoto poderia entender suas prioridades no meio de toda aquela baboseira?*

— Ela esqueceu-se de quem é — diz-lhe Will. — Esqueceu o quanto me quer. Mas eu não sou igual a ela ou a você. Eu luto pelo que quero. E, se não me derem, simplesmente tomo.

Will assente para si mesmo. Tudo está tão claro para ele ao saber que não resta nenhuma moralidade ou fraqueza para detê-lo. *Sou puro. Sou de uma raça superior. Estou acima de todos esses humanos, abstêmios e almas tímidas e mentirosas que vivem por aí.*

Sim, pensa rindo.

Sou lorde Byron.

Sou Caravaggio.

Sou Jimi Hendrix.

Sou cada vampiro descendente de Caim que já respirou o ar desse planeta.

Sou a verdade.

— É, eu simplesmente tomo.

Deixa o filho no chão, rendido à gravidade e a todas as suas forças associadas. Voa rápido e baixo através de um campo, vendo a Terra na velocidade em que ela realmente se movimenta.

Uma respiração depois, ele está diante da porta da casa 17 da Orchard Lane. Tira sua faca do bolso interno da capa de chuva. O dedo da outra mão desenha um pequeno círculo no ar, acima da campainha, como a espada de um esgrimista antes de golpear e apertar a campainha três vezes.

Eu.

Simplesmente.

Tomo.

Longe do ar úmido e escuro

Clara está online há horas. Começou a pesquisar na Wikipédia, buscando fatos sobre a cultura vampira, mas não descobriu muito; afinal, contribuir em enciclopédias online é um passatempo quase que exclusivo dos humanos.

Ela, porém, conseguiu encontrar nas profundezas do Google um interessante clone do Facebook chamado Neckbook. Parecia repleto de adolescentes inteligentes, artísticos e bonitos, ainda que muito pálidos, que se comunicavam quase que exclusivamente por gírias obscuras, acrônimos e *smileys* que ela nunca vira antes.

Clara viu um garoto particularmente deslumbrante, com um sorriso travesso e cabelos tão negros que quase pareciam brilhar. Em seu perfil, debaixo de sua foto, ela leu:

> Garoto da meia-noite — Irma Vap em horário integral, procura não-Sirrei vertigo/longolance *chica/o* para mordid'amor, caçar s., e litros de SV.

Clara sentiu-se frustrada. Era vampira, mas toda a comunidade sugadora de sangue lhe parecia estranha. Resolveu desistir e perambulou pelo You Tube buscando clipes de alguns dos filmes dos quais Will havia lhe falado. Trechos de *Os vampiros*, *Drácula* (a versão de 1931 — "É a única dirigida por um vampiro de *verdade*", dissera ele), *Quando chega a escuridão*, *Fome de viver* e, de longe o melhor, *Os garotos perdidos*. Mas, subitamente, enquanto na tela fios de macarrão se tornam larvas, ela sente que há algo errado. É uma sensação estranha no estômago e na pele, como se seu corpo percebesse algo antes da sua mente.

Então começa.

A campainha toca e sua mãe atende.

Clara ouve a voz de seu tio, mas não entende o que ele diz.

Sua mãe grita.

Clara desce a escada correndo e encontra Will pressionando uma faca no pescoço de Helen.

— O que você está fazendo?

Ele gesticula para a aquarela na parede.

— Parece que a macieira tem raízes podres. Está na hora de derrubá-la.

Clara não tem medo. Nenhum medo. Ela não pensa em nada além da faca.

— Largue ela. — Ela avança um passo.

— Hã-hã — faz ele balançando a cabeça e forçando a lâmina contra a pele de Helen.

Helen olha apenas para a filha.

— Não, Clara. Vá embora.

Will assente.

— Sua mãe tem razão. Dê o fora de uma vez. — Há uma loucura completa em seu olhar, mostrando que ele pode ir a qualquer lugar, fazer qualquer coisa.

— Não entendo.

— Você não é nada, Clara. Não passa de uma garotinha ingênua. Acha que vim aqui para ajudar vocês? Não seja burra, você pouco me importa. Acorda.

— Por favor, Will — pede Helen quando a lâmina roça seu queixo. — Foi a polícia. Eles me obrigaram...

Will a ignora e continua falando com Clara no mesmo tom cruel.

— Você é um erro — diz-lhe. — O produto triste e pequeno de duas pessoas fracas demais para perceberem que não deveriam estar juntas. O resultado dos instintos frustrados e da autoaversão de seus pais... Vá, garotinha, volte a tentar salvar as baleias.

Ele puxa Helen para trás, para fora da casa e, num rápido e frenético borrão, os dois desaparecem. Clara engole em seco ao perceber o que acabara de acontecer. Ele voara com sua mãe.

Clara corre para o andar de cima, abre a janela do seu quarto e se inclina sob a chuva. Consegue vê-los voando, cada vez mais distantes, exatamente acima dela e lentamente dissolvendo-se na noite. Ela tenta imaginar como resolver aquilo. Somente uma ideia lhe ocorre. Ela pega a garrafa vazia de sangue de vampiro caída debaixo da cama e a vira sobre seus lábios. Uma gota alcança sua boca, mas ela não sabe se será o suficiente.

Sabendo que aquela é sua última chance de salvar sua mãe, ela empurra o corpo para fora da janela, dobra os joelhos e mergulha adiante para o ar chuvoso.

— Vamos para Paris, Helen. Vamos reviver aquela velha mágica... ou simplesmente tentar alcançar a lua.

Ele a arrasta para cima numa trajetória quase vertical. Helen olha apavorada a casa diminuir abaixo dela. Pressiona seu pescoço contra a lâmina da faca o suficiente para sangrar.

Toca no sangue.

Prova-o. Ela e ele juntos.

Em seguida, reage.

Luta contra o sabor e às lembranças e, acima de tudo, luta contra ele, afastando a faca e empurrando-o de volta para baixo.

Em meio a essa luta, ela vê a filha voando através da chuva em direção a eles.

— Pegue a faca — grita Helen para ela.

Clara alcança-os e tenta desarmar seu tio, mas ele a afasta com uma cotovelada e a faca cai no telhado dos Felt.

Acabou, pensa Helen ao combater a força inexorável de Will. *Ele finalmente vencerá.*

A casa é apenas mais um pequeno quadrado preto na Orchard Lane, que já se tornou um risco fino na escuridão abaixo deles.

— Por favor, Will, me deixe— implora ela. — Deixe-me ficar com a minha família.

— Não, Helen, sinto muito. Isso não é *você*.

— Por favor...

O vilarejo já não é nada. É apenas um pedaço de céu, invertido, um espaço escuro com pontinhos brancos afastando-se velozmente.

Eu amo Peter, ela compreende. *Sempre amei Peter. Essa é a realidade.* Ela se lembra de caminhar de mãos dadas com seu futuro marido pela Clapham High Street num dia cinzento, tonta de amor, quando ele a ajudava a comprar materiais de pintura.

— Se você preferir outro lugar — grita Will em seu ouvido acima do ruído do vento —, sabe como é, é só dizer. Valência, Dubrovnik, Roma, Nova York. Seattle tem um bom cenário. Estou a fim de uma viagem longa... Ei, nunca fomos a Veneza, fomos? Podíamos ir lá e curtir uns Veroneses...

— Will, não podemos ficar juntos.

— Tem razão, não podemos. Mas podemos ter uma noite, Helen. E, na manhã, me doerá enormemente ter de cortar o seu...

Antes que ele termine a ameaça, Helen ouve um barulho. Uma voz conhecida, urrando na direção deles. De repente, seu corpo é empurrado em outra direção; tudo fica silencioso, e ela percebe que está caindo. O vilarejo, a rua e a casa deles avançam em sua direção rapidamente e ela ouve a voz da sua filha gritando.

— Voe, mãe! Você pode voar!

Sim, pensa ela. *Sim, posso mesmo.*

Ela reduz sua velocidade no ar e deixa de acreditar na força da gravidade enquanto sua filha voa ali perto.

— É Rowan — diz Clara apontando para silhuetas distantes, numa luta acima de suas cabeças, corpo a corpo. — Ele está lutando contra Will.

O rosto de seu pai

ROWAN OUVIRA SUA MÃE GRITAR.

O som o despertara do seu desespero e ele conseguira enxergar uma forma no céu que sabia ser sua mãe e Will. Transformou seu desespero em raiva e voou para salvá-la. E agora, enquanto empurra Will cada vez mais para baixo, percebe que é capaz de qualquer coisa.

— Por que Eve? — grita ele, empurrando-o para baixo com crescente facilidade.

Will nada diz. Seus olhos estão repletos de um orgulho triste.

Para baixo, cada vez mais baixo.

— Olhe, Rowan — diz Will, sua capa de chuva agitando-se como uma vela de barco solta diante deles. — Você é como eu. Não percebe isso? Você é meu filho, meu sangue. Poderíamos viajar juntos pelo mundo. Eu lhe mostraria tudo, como realmente *viver*.

Rowan o ignora enquanto se aproxima do telhado de sua casa. As costas de Will raspam no telhado e soltam as telhas mais altas. Um piscar de olhos depois, estão sobre o jardim e Rowan pressiona Will para baixo com mais força, descendo rapidamente em direção ao pequeno lago.

Lá, Rowan segura Will sob a água fria, imobilizando-o com ambas as mãos, uma no rosto e a outra no pescoço. Rowan usa toda a sua raiva e a sua força para mantê-lo ali, no leito do lago, e deter a força incansável de Will, que tenta se erguer.

Rowan percebe que não terá tempo. Uma vida inteira bebendo sangue impunemente deu a seu pai um poder e um vigor que Rowan não possui. Tudo o que ele tem é a raiva, mas isso não será suficiente.

Ele fecha os olhos. Tenta manter vivo o ódio enquanto as mãos de Will o pressionam com cada vez mais força, incansavelmente, até Will irromper a superfície da água com uma terrível energia vulcânica que joga Rowan para trás no lago. Ele se apoia no leito do lago para levantar-se e sente algo.

Não é peixe, não é planta.

Metal.

Will está em cima dele, prestes a afogar o filho.

Desesperado, Rowan segura o metal.

Dor.

Um corte ao tocar na lâmina afiada.

— Demora muito para afogar um vampiro — diz Will com as presas à mostra e as mãos forçando Rowan para trás —, mas a noite é uma criança.

— Largue ele!

São Clara e sua mãe aproximando-se rapidamente do jardim. Will olha para elas, enquanto Rowan segura algo debaixo do metal. Algo de madeira. Um cabo.

Will ri como um maníaco. A risada de um condenado. Volta sua atenção para Rowan, mas não a tempo de ver a lâmina molhada do machado, como a cauda de um golfinho, sair da água e atingir sua garganta com tal velocidade que ele mal registra o rugido primitivo, de sobrevivência de Rowan, quando a balança se inclina uma última vez a favor de seu filho. Will, tateando a torrente de sangue que sai de seu pescoço, é lançado de volta na água. Rowan o mantém no fundo enquanto nuvens escuras de sangue surgem na água.

Assim que sua mãe e sua irmã pousam na grama, ele sente a cabeça de Will reagir e começar a se erguer, mas Rowan tem as duas mãos no machado e o mantém firme. Quando Will levanta a cabeça, a lâmina atravessa o resto do seu pescoço, e seu corpo, finalmente, deixa de viver. Rowan consegue ver o rosto sombrio — o rosto de seu pai — fitando-o. Calmo. Até mesmo agradecido. Como se aquela fosse a única maneira de ele encontrar alguma paz: a separação eterna entre o corpo instintivo e a mente pensante, ambos submersos na neblina líquida do seu sangue.

Rowan fica a seu lado por um momento, observando as gotas de chuva alcançarem o lago. Leva algum tempo para se lembrar de que sua mãe e sua irmã estão ali, testemunhas silenciosas a poucos metros de distância.

— Vocês estão bem?

Helen encara o lago.

— Sim — diz ela. Sua voz parece mais calma e, de algum modo, mais natural do que normalmente. — Estamos todos bem.

Com os sentidos aguçados, Rowan ouve passos vindos de dentro da casa. Seu pai — ou o homem que ele sempre achou que fosse seu pai — chega ao jardim. Tem nas mãos as chaves do carro e o casaco, pois acabara de chegar. Olha para todos. Finalmente seu olhar se fixa no lago e, enquanto caminha em sua direção, Rowan vê seu rosto congelar ao perceber o que aconteceu.

— Ah, meu Deus — diz Peter curvando-se sobre a água. Mal se ouve sua voz. — Ah, meu Deus, meu Deus, meu Deus...

— Ele tentou matar mamãe — explica Clara. — Rowan a salvou.

Peter finalmente para de murmurar e encara seu irmão na água escura e enevoada de sangue.

Quando sai de cima do corpo de Will, Rowan lembra-se de Eve e, novamente, sente pânico.

— Onde está Eve? — pergunta para Clara e para sua mãe. — O que ele fez com ela?

Elas dão de ombros.

E Rowan desaba por dentro ao imaginar o corpo de Eve afundando no mar.

Mudança

EM TODO O CAMINHO PARA BISHOPTHORPE, Jared não para de falar com sua filha e a observa pelo retrovisor. Ela está deitada no banco traseiro com o casaco dele apertado à sua volta. O vento agita seus cabelos no ar e a chuva cai sobre sua pele e se mistura com seu sangue enquanto ele corre a 140 quilômetros por hora pela estrada sinuosa.

— Eve — diz-lhe quase gritando para ser ouvido apesar do vento e da chuva. — Eve, por favor, fique acordada. — Jared pensa no sarcasmo da filha mais cedo e na frustração e na raiva que ele vê em seus olhos há dois anos. — Vai ficar tudo bem. Eu vou mudar, tudo vai mudar. Prometo.

Os olhos de Eve continuam fechados e ele tem certeza de que é tarde demais. Árvores e placas correm pela janela. Poucos minutos depois de ter deixado Thirsk ele chega, a toda a velocidade, na rua principal de Bishopthorpe. A entrada para Lowfield Close passa à sua direita, mas ele continua avançando. Um homem que sai do pub para e observa o Corolla com a vidraça quebrada correndo a mais do dobro do limite de velocidade. A lanchonete, a farmácia, a delicatéssen, tudo passa rápido como pensamentos fugazes. Ele diminui ao se aproximar da Orchard Lane.

Ao chegar à casa dos Radley, espera alguns segundos no carro para ter certeza absoluta do que está fazendo. Tenta novamente falar com Eve.

— Eve? Por favor, você pode me ouvir?

O sangue ainda escorre. Sua camisa está escura e molhada e ele sabe que não tem muito tempo para se decidir. Um minuto, talvez, ou menos. Do lado de fora, todas as belas casas estão calmas e alheias ao que acontece, e ele sente a dura indiferença em relação à vida da sua filha.

O tempo avança, tornando a decisão mais urgente. Ter Eve como uma outra coisa, algo medonho, algo capaz de matar, ou simplesmente deixar que ela se vá e se torne tão inofensiva quanto todos os outros mortos?

— Eve?

Os olhos dela tremulam ligeiramente, mas não se abrem.

Ele sai do carro e abre a porta traseira. Tão delicadamente quanto consegue, tira a filha do banco traseiro e carrega-a através da rua.

Não, diz a si mesmo. *Não. O que você está fazendo? Não pode...*

Imagina sua mulher em algum lugar. Observando-o. Julgando-o, como somente as almas podem julgar.

— Sinto muito, Tess. Sinto muito.

Segue até a entrada para a casa dos Radley, com Eve pendendo fraca em seus braços. Finalmente, chuta, com firmeza mas não com muita força, a porta.

— Socorro — diz claramente. Então mais alto: — Socorro!

É Peter quem atende a porta. Olha para Jared, depois para Eve em seus braços. E para todo o sangue sobre ambos.

Jared engole em seco e diz o que sabe que precisa dizer.

— Salve-a, por favor. Sei o que vocês são, mas, por favor, *salve-a*.

Na escuridão

ESTÃO TODOS EM VOLTA DELA, observando como pastores numa macabra cena natalina. Rowan ainda está molhado com a água do lago, mas treme por causa do que vê, não por causa do frio: Eve no sofá, seu sangue escorrendo pelo tecido enquanto Peter checa seu pulso.

— Vai ficar tudo bem — diz Clara ao irmão apertando sua mão. — Papai sabe o que faz.

Jared está ajoelhado na extremidade do sofá, alisando delicadamente a cabeça de sua filha enquanto ela entra e sai de um estado de consciência. Quando os olhos de Eve voltam a se abrir, eles encontram os de Rowan.

— Me ajude — diz ela.

Rowan não pode fazer nada.

— Está tudo bem, Eve... Pai, dê sangue para ela. Salve-a.

Ao mesmo tempo, Helen urgentemente explica a Jared algo que ele já sabe.

— Se lhe dermos sangue, ela se tornará uma vampira. Você entende isso? Terá fortes sentimentos em relação à pessoa de quem usarmos o sangue para convertê-la.

Os olhos de Eve continuam em Rowan. Ela entende suficientemente o que está acontecendo. Entende que ele, mais do que qualquer coisa no mundo, quer salvá-la. Entende o que ele entende; que, se ao menos conseguisse salvá-la, ele poderia salvar a si mesmo. Ela entende que o ama e, enquanto permanece em seu olhar desamparado, percebe que o destino é algo que ela deve controlar.

Eve tenta falar. As palavras estão ancoradas em seu interior, pesadas demais, mas ela continua tentando.

— O seu — diz ela, mas ele não consegue ouvi-la.

Um segundo depois, ele está a centímetros de distância, esforçando-se para ouvir. Os olhos dela estão fechados, derrotados. É necessário cada grão de energia que lhe resta para dizer:

— *Seu sangue.*

E ela afunda.

Cada vez mais e mais na escuridão.

Útero

Ela está ciente do sabor.

É um sabor tão completo que não se restringe a um único sentido, mas é algo do qual ela consegue sentir a calidez e consegue ver, como se o oceano negro, no qual ela estava no fundo, subitamente se colorisse de um vermelho luminoso e glorioso.

E ela se ergue, de volta à vida.

Abre os olhos e vê Rowan. Ele está sangrando. Há um corte em sua palma, abaixo do polegar, e o sangue pinga em sua garganta. Ele parece perturbado, mas a preocupação lentamente se transforma em alívio. Há lágrimas nos seus olhos e ela compreende que ele a está salvando.

Enquanto o sangue continua pingando, ela percebe que realmente o conhece. Não conhece os detalhes triviais da sua vida e todas as estatísticas sem sentido que outras pessoas podem saber, mas conhece algo mais profundo. É o conhecimento que um bebê tem de sua mãe na vermelhidão morna do útero.

Um conhecimento total, latejante, vivificador.

E, porque o conhece tão bem, Eve o ama. E sabe que é o amor que ele sente por ela, o amor contido em seu sangue, refletido como uma prece recíproca que volta para ele.

Eu te amo.

Você sou eu e eu sou você.

Protegerei você e você me protegerá.

Para sempre.

Eternamente.

Ela sorri e ele sorri de volta.

Ela renasce.

Está apaixonada.

E, após dois anos na escuridão, ela está pronta para abraçar a verdadeira glória do mundo.

— Você está bem — diz-lhe Rowan. — Você está aqui. Acabou. Ele se foi.

— Sim.

— Obrigado.

— Por quê?

— Por ainda estar viva.

Lentamente Eve percebe que há outras pessoas na sala. Clara. Sr. e Sra. Radley. Seu pai.

Rowan a observa num conflito entre alívio e medo.

— Sinto muito — sussurra ela.

Ele balança a cabeça e sorri, mas, na intensidade do momento, não consegue dizer nada.

ALGUMAS NOITES DEPOIS

Uma questão para os tentados

É possível que, em momentos de tentação, você decida que irá se abster de matar e consumirá o sangue de outros vampiros.

Ao beber sangue de vampiro os efeitos em sua personalidade jamais poderão ser previstos e seu futuro será desconhecido. E, como abstêmio, você quer conhecer o seu futuro. Quer saber que cada dia será tão previsível e certo como o anterior, porque só então saberá que pode controlar seus instintos e ser livre de desejos egoístas.

Se fraquejar, se escolher o prazer ao invés do princípio e abrir-se a milhares de possibilidades perigosas, nunca será capaz de conhecer o amanhã.

A qualquer momento poderá ser dominado por um desejo súbito e incontrolável que terá consequências devastadoras. Sim, é verdade que talvez isso não aconteça. Você pode viver com um suprimento regular de sangue de vampiro e ter uma vida plena, cheia de prazer e livre de sofrimentos sem causar qualquer dano a si mesmo ou a outros.

Mas, pergunte-se, vale a pena arriscar?

Vale?

Somente você pode responder a essa pergunta.

Manual do abstêmio (segunda edição), p. 207-8

Raphael

O AMOR ENJOA, Clara não consegue deixar de pensar, *principalmente se ele estiver ao seu lado no banco traseiro de um carro, de mãos dadas e lendo poesia.* Claro que ela está *feliz* por seu irmão e por Eve, agora que estão tão apaixonados, mas depois de uma viagem inteira ao lado deles uma folga seria bem-vinda. Ela olha desgostosa Eve deitar a cabeça no ombro de Rowan.

— Nunca imaginei que vampiros fossem tão *melosos* — murmura ela e olha pela janela.

— Diz a garota que chorava por causa de ursos polares — comenta Rowan.

— Ainda *choro* por causa dos ursos polares.

— Então vai voltar a ser vegana? — pergunta Eve.

— Estou pensando nisso. Agora que tomaremos sangue de vampiro, isso não causará problemas de saúde. Mas dessa vez tentarei me manter fiel aos meus princípios.

Eve dá um tapinha no joelho de Clara.

— O que precisamos fazer é encontrar um garoto legal para você converter.

Clara suspira.

— *Double date* vampiro — diz ela com um certo desdém. — *Por favor, né?*

Cinco minutos após a meia-noite, eles estão estacionados numa rua pequena e escura perto do centro de Manchester. Clara consegue ver seus pais negociando com o porteiro enquanto vampiros e humanos esperam na fila atrás deles.

Por falar em amor, ela notou o quanto seus pais parecem ter melhorado desde a morte de Will. Claro que o pai ficou chateado com a morte do irmão, porém pareceu muito mais agradecido por Helen estar viva. Foi sua mãe, contudo, quem mais mudou. Ela está mais descontraída, como se tivessem tirado um peso de cima dela, e não encolhe os ombros para se livrar dos braços de Peter quando ele tenta envolvê-la.

— E seu pai ficou bem? — Clara pergunta a Eve assim que seus pais somem no interior do Black Narcisus.

— Eu não diria que ficou bem — responde Eve. — Foi bom ele estar presente quando aquela policial falou com você. Mas acho que ainda é difícil para ele, mesmo sabendo que vocês são diferentes do seu tio.

Clara vê um grupo de rapazes passar por eles. O mais novo é bonito, deve ter a sua idade. Tem um rosto pálido e divertido, e, quando olha para ela, Clara o reconhece de algum lugar. Então se lembra, é o garoto de cuja foto gostou no Neckbook. Vendo-a sorrir, ele dá um tapinha na janela e Eve cutuca Clara quando ela abaixa o vidro.

— E aí, vocês vão ao Black Narcisus?

— Não — diz Clara. — Meus pa... Meus *amigos* foram pegar umas garrafas para nós.

O garoto assente e sorri; então ergue uma garrafa com um rótulo escrito a mão.

— Se estiver a fim, pode tomar um pouco dessa aqui.

— Estou bem por enquanto — diz Clara. — Mas obrigada.

— Bem, se entrar no Neckbook, me mande uma mensagem. Meu nome é Raphael. Raphael Child.

Clara balança a cabeça.

— Pode deixar, eu mandarei.

O garoto se afasta.

Double date vampiro, pensa Clara.

Talvez não seja uma má ideia.

Ao seu lado, Rowan observa a entrada da boate, esperando que seus pais reapareçam. Sente a cabeça de Eve em seu ombro e sabe que estão fazendo a coisa certa. Afinal, ele não consegue mais se ver como um monstro. Eve só vive por causa de quem ele é e, o que quer que aconteça no futuro, será impossível lastimar ter o poder que a trouxe de volta à vida.

Ele sabe que, no futuro, será difícil manter em segredo a verdadeira natureza deles, mas entende que certas coisas devem ficar escondidas. É por isso que a polícia não encontrou as fotos dele quando criança nem as cartas que Helen enviou para Will na década de 1990. Enquanto Alison Glenny e os outros membros da Unidade de Predadores Anônimos examinavam e retiravam a cabeça e o corpo de Will do lago dos Radley, Rowan desapareceu da casa e entrou na kombi pela segunda vez naquele dia.

Ele não mais está zangado por causa dos segredos que aquelas fotos e cartas continham. Desde que provou o sangue da sua mãe, tornou-se impossível se zangar com ela. Criou-se uma completa empatia entre os dois. Ele entendeu que ela escondera essas coisas para protegê-lo, e agora é sua vez de retribuir o favor.

Por isso, junto com a caixa de fósforos que usara pela última vez para acender a lareira na sexta-feira à noite, ele pegou as cartas e as fotos, passou pela abertura entre os arbustos até o campo que havia nos fundos da Orchard Lane e queimou-as. Foi bom. Como se, ao fazê-lo, conseguisse tornar Peter novamente seu pai. Também se sentiu estranhamente maduro, como se aquilo fosse adulto: a habilidade de saber quais segredos precisam ser guardados.

E quais mentiras salvarão aqueles que você ama.

Uma música que ele conhece

A MÚSICA É TÃO ALTA que Helen e Peter não conseguem ouvir um ao outro enquanto atravessam a multidão de corpos suados. Sabem que estão sendo observados: são um respeitável casal classe média, de meia-idade, em roupas seguras e convencionais dos catálogos da Boden e da Marks & Spencer.

Mas não importa. De certa forma, é até engraçado. Peter sorri para Helen e ela retribui o sorriso, compartilhando a piada.

Eles se separam, mas Helen não percebe e continua avançando, seguindo as placas em direção à recepção.

Uma garota bate no ombro de Peter.

Ela é deslumbrante. Cabelos negros em tranças finas e olhos verdes convidativos. Sorri para revelar suas presas, passando a língua por elas. Então se inclina e diz algo que ele não consegue ouvir, por causa da música alta.

— O quê? — pergunta.

Ela sorri. Joga a cabeça para trás. Há uma tatuagem em seu pescoço. Duas palavras: MORDA AQUI.

— Quero você — diz ela. — Vamos lá para cima escorregar para trás de uma cortina.

Peter percebe que é exatamente isso o que tem sonhado há quase duas décadas. Mas, agora que sabe que Helen o ama novamente, a garota nem mesmo é uma tentação.

— Estou com a minha mulher — diz-lhe e se afasta depressa para o caso da vampira resolver avançar o sinal.

Alcança Helen quando ela chega à escada e, nesse momento, o DJ toca uma música que ele conhece há décadas. A multidão enlouquece, exatamente como acontecia nos anos 1980.

— Tem certeza de que quer fazer isso? — pergunta Peter a Helen alto o bastante para ela ouvir.

Ela faz que sim.

— Tenho.

Então, finalmente, é a vez deles diante do esquelético atendente, cujos olhos esbugalhados analisam Peter e Helen com desconfiança.

— É aqui que se conseguem as garrafas com sangue de vampiro? — pergunta Helen. — O SV?

Ela tem de repetir a pergunta para ser ouvida. Enfim o homem confirma com a cabeça.

— Nós queremos cinco! — Levanta os cinco dedos da mão e sorri. — *Cinco!*

Autoajuda

A MEIO CAMINHO DE CASA, Rowan vê algo debaixo do assento de sua mãe. Um livro de bolso gasto que ele reconhece imediatamente como o *Manual do abstêmio*.

— O que está fazendo? — pergunta sua irmã.

Eve olha o livro na mão do seu namorado.

— O que é isso?

— Abra a janela.

— Rowan, o que está fazendo? — pergunta Helen do banco da frente.

Eve abre a janela e Rowan joga o livro para fora do carro.

— Autoajuda — diz rindo antes de beber outro gole de sua garrafa e desfrutar o sabor maravilhoso.

A mais minúscula gota

NUNCA É PARTICULARMENTE FÁCIL aceitar o fato de que a filha de quem você cuidou e com quem se preocupou por toda a vida se tornou uma criatura da noite sedenta por sangue. Mas, para Jared Copeland, mais ciente dos horrores do vampirismo do que a maioria, a ideia da conversão de sua filha fora especialmente difícil de absorver.

O fato de Eve ter sido convertida por um *Radley*, um parente consanguíneo do homem — se é possível chamá-lo "homem" — que não conseguiu se conter de tomar, para seu prazer depravado, a mulher que Jared amava, era um acréscimo às verdades terríveis que Jared tivera de enfrentar.

Ver o modo como Eve mudou incomoda profundamente Jared. Observar sua pele subitamente pálida, notar seu sono radicalmente alterado e sua dieta sem vegetais, e ter aquele rapaz, Rowan Radley, por perto na maioria das noites eram coisas que ele preferia evitar.

Porém — e esse é um considerável, enorme porém — houve mudanças que até mesmo Jared deve admitir que aprovou. Por exemplo, eles agora conversam. Não discutem nem se envolvem em disputas de forças, mas *conversam* realmente. Sobre a escola, sobre o emprego ao qual Jared se candidatou ("Não quero passar os dias recolhendo lixo"), sobre o clima ("Pai, o sol é sempre tão *brilhante*?") e sobre recordações afetuosas da mãe de Eve.

Ele está feliz por Eve estar viva e até mesmo reconheceu que é melhor para todos que ela tome uma garrafa de sangue uma vez por semana.

Afinal, ele ainda estava na casa dos Radley quando Alison Glenny dissera a Clara que ela deveria consumir um pouco de sangue ocasionalmente para evitar outro ataque de Sede Avassaladora de Sangue.

— Porque, se você matar novamente, não haverá uma segunda chance — dissera a ela.

Portanto, para evitar que sua filha se tornasse uma assassina, Jared aceitara o acordo, proposto por Helen Radley, de que todas as sextas-feiras à noite Eve tivesse permissão de ir com eles até Manchester e obtivessem seu sangue semanal, desde que nunca o levasse para casa ou o bebesse no apartamento.

(E, sobre o apartamento, parece que ficarão lá por algum tempo. Essa manhã, enquanto esvaziava latas de lixo na rua central, Jared viu Mark Felt sair da delicatéssen com uma gigantesca salsicha parcialmente para fora de sua sacola de compras. Jared desculpou-se por ter atrasado o pagamento do aluguel e explicou que, agora que tinha um emprego, isso não voltaria a acontecer. Para sua surpresa, Mark sorriu e deu de ombros, embora o dinheiro que Rowan endereçara a ele não houvesse passado além de Toby. "Não esquenta", disse-lhe com um tapinha no ombro. "Coisas piores acontecem.")

Contudo, ainda era difícil para Jared dormir com o ciclone de preocupações que rodopiava em sua cabeça. Aliás, são as preocupações que tem agora, enquanto está deitado na cama ouvindo Eve chegar em casa muito depois das 2 horas.

Ele se levanta para vê-la, para saber se está bem. Ela está na sala, bebendo o sangue direto da garrafa.

Ele está decepcionado.

— Pai, sinto muito — diz ela com uma inegável felicidade brilhando em seus olhos. — Não quis beber tudo de uma vez. Queria ir devagar, sabe?

Jared deveria irritar-se, ele sabe disso, mas está farto de irritar-se. Para sua surpresa, descobre-se sentado no sofá ao lado dela. Eve assiste a videoclipes, em volume baixo. Bandas das quais Jared nunca ouviu falar. The Pains of Being Pure at Heart. The Unloved. Yeah Yeah Yeahs. Liechtenstein. Eve para de beber da garrafa e coloca-a sobre a mesa. Ele percebe que ela não quer mais beber sangue em sua presença.

Ficam sentados por algum tempo, conversando e, então, Eve se levanta.

— Vou guardar para amanhã — diz ela, gesticulando para a garrafa, e Jared fica contente por seu autocontrole embora sinta que isso é por sua causa. Eve vai dormir mas ele continua ali, vendo TV, quando entra um antigo videoclipe. "Ashes to Ashes", de David Bowie. Ele era um grande fã de David Bowie em sua época, quando sabia como realmente sentir a música. Sentado ali, vendo a procissão de arlequins atravessar a tela, ele vivencia uma sensação obscura de satisfação, que parece relacionada ao forte cheiro no ar. É um cheiro complexo, profundamente intrigante, que parece mais forte quanto mais se pensa nele, embora em pouco tempo Jared se descubra desejando que fosse ainda mais intenso. Inclina-se na direção dele, do cheiro, e percebe que está baixando a cabeça na direção da garrafa aberta da qual emanam os aromas deliciosos, como esporos de um pólen celestial.

Ele pega a garrafa e coloca-a abaixo do nariz, somente por curiosidade. Naquele dia, durante cinco horas, seu nariz teve de sofrer com os odores do lixo doméstico. Montes e montes de frutas mofadas, leite azedo e fraldas sujas misturando-se para criar um fedor tão forte que permanece preso em sua garganta. Ele poderia se esquecer que esses cheiros existem. Os cheiros de podridão e putrefação que são os subprodutos da existência humana. Ele poderia apagá-los e provar o seu oposto. Poderia se perder, ou se *encontrar*, naquele embriagante e vivo cheiro de esperança.

Debate-se consigo mesmo.

Isso é sangue de vampiro. É tudo que disse a mim mesmo para odiar. Não posso fazer isso. Claro que não posso.

Mas apenas um golinho. Apenas a mais minúscula gota. Isso não faria nenhum mal, faria? Apenas para *provar*. Antes da música terminar, a garrafa pressiona seus lábios; ele fecha os olhos e lentamente — muito, *muito* lentamente — inclina a garrafa.

Mitos

De volta em casa, Peter e Helen bebem seu sangue na cama. Decidiram ser civilizados e o tomam em taças de vinho compradas na Heal's pouco antes do Natal do ano anterior.

Após alguns goles pequenos, Helen se sente completamente desperta e mais cheia de vida do que sentia há anos. Nota que Peter olha desejoso para seu pescoço e sabe o que ele está pensando, embora não o diga. *Não seria melhor se estivéssemos agora provando o sangue um do outro?*

Ele pousa sua taça e se aproxima dela, depositando um beijo delicado em seu ombro. Helen percebe que adoraria mais do que tudo que, naquele momento, suas presas aparecessem e os dois se perdessem no sabor um do outro. Mas não seria correto. Seria como construir sobre falsos alicerces.

— Olhe — diz Peter baixinho —, sinto muito pela outra noite.

Helen nada diz e imagina, por um momento, do que ele está se desculpando.

Peter ergue a cabeça do ombro dela e volta se recostar em seu travesseiro.

— Você sabe, *ter continuado* — diz-lhe como se lesse sua mente. — Beber sangue e tudo o mais. E eu não deveria ter dito aquilo sobre o nosso casamento. Foi irresponsável e não era verdade.

Era uma sensação estranha, como se ela o visse e o ouvisse pela primeira vez. Ele ainda é bonito, ela percebe. Não da forma perigosa como era seu irmão, mas há certamente algo encantador e bom em olhar para ele.

Isso, porém, a deixa triste. Triste por todos os dias, semanas, meses e anos perdidos, nos quais sentiu sua falta embora compartilhasse sua vida. Helen também está triste pelo que deve fazer para que haja alguma esperança de um recomeço verdadeiro, livre de mentiras e segredos.

— Não — diz-lhe ela —, na verdade você tinha razão em muitas coisas. O modo como eu, você sabe... às vezes, era como uma encenação.

Ela se lembra do livro na cabeceira. O tal que lê para o seu clube do livro. Ainda não terminou, mas planeja fazer isso; no mínimo para descobrir o que acontece com o homem e a mulher no fim. O protagonista lhe dirá que é o responsável pela matança dos pardais que ela amava tanto em sua fazenda, cujas mortes fizeram com que ela tivesse um colapso? E, se ele contar, a mulher o perdoará pela total ausência do canto de pássaros à sua volta?

Ela imagina o quanto de perdão Peter tem dentro de si. Será possível que eventualmente ele fique bem, sabendo do talento de Will em conseguir exatamente o que queria? Ou houve mentiras demais ao longo dos anos? A notícia sobre a paternidade de Rowan será demais para ele?

— Bem — diz Peter —, suponho que a vida de todo mundo, em alguma proporção, é uma encenação, não é?

Ele sorri e ela quase desaba ao saber que precisa transformar essa ocasião em outra coisa.

— Peter, há segredos que preciso lhe contar — diz, seu corpo tenso com a ansiedade. — Sobre o passado, mas que ainda nos afetam. Sobre Will, sobre mim e sobre *nós dois*. Sobre todos nós.

Ela nota seus olhos piscarem ligeiramente, como se ele se lembrasse de algo ou tivesse uma dúvida confirmada. Peter olha-a com um tipo estranho de intimidade que a leva a pensar no que Will dissera no sábado. *Ele foi sempre esnobe com sangue, o nosso Peter*. Teria ele desconfiado naquela primeira noite da lua de mel?

Helen sente-se enjoada imaginando se Peter está concluindo algo ou se realmente as conclusões sempre estiveram presentes.

— Helen, somente uma coisa me importa. Uma única coisa que eu sempre quis saber.

— O quê?

— Sei que pareço um adolescente, mas quero saber se você me ama. Preciso saber.

— Sim. Eu amo você.

É tão fácil falar aquilo em voz alta que ela nunca foi capaz de dizer adequadamente, com alguma convicção, desde a noite de sua conversão. Mas agora é tão natural quanto vestir uma roupa.

— Eu amo você. Quero envelhecer com você. Desejo isso mais do que qualquer coisa. Mas, Peter, eu realmente acho que devo lhe contar tudo.

Seu marido olha-a com uma terna frustração, como se fosse ela quem não estivesse entendendo.

— Olhe, Helen — diz ele —, a maioria das pessoas não consegue acreditar que existimos. Para eles, somos mitos. A verdade é aquilo no que as pessoas querem acreditar. Acredite em mim, vejo isso todos os dias no trabalho. As pessoas absorvem os fatos que querem e ignoram o resto. Sei que provavelmente é o sangue falando, mas quero acreditar em *nós*. Sabe, você e eu como duas pessoas que se amam, e que, no fundo, sempre se amaram e que nada jamais conseguiu entrar no meio disso. Nesse momento, pode ser que seja um mito, mas acredito que se você está disposto a acreditar intensamente num mito, ele se torna verdade. E eu acredito em nós, Helen. Acredito mesmo. — Peter deixa a seriedade e sorri para ela, aquele seu sorriso de antigamente. O sorriso Radley travesso pelo qual ela outrora se apaixonara. — Você é realmente absurdamente sexy, sabia?

Provavelmente *é* o sangue falando, pensa Helen, mas, naquele momento, ela está mais do que disposta a acreditar que eles podem ser como antigamente. Sem, espera-se, as mortes. E algumas horas depois, após ficarem deitados no escuro, acordados, imaginando se o outro estava dormindo, eles se abraçam e se beijam em um único movimento mútuo e seus dentes se modificam tão natural e inconscientemente como num sonho. E, antes que percebam, estão saboreando um ao outro.

Para Helen, e para Peter, é como se nunca tivessem experimentado um ao outro antes. Não daquela maneira, livres de medos e de dúvidas. A sensação é bela e calorosa, uma espécie de volta ao lar; um lar que eles conheciam mas que nunca realmente vivenciaram. Quando os primeiros vestígios suaves de luz se filtram pelas cortinas, eles mergulham mais fundo na escuridão criada pelo edredom, e Helen não se preocupa um único momento com o sangue que pode estar sujando os lençóis.

Este livro foi composto na tipologia
Minion Pro, em corpo 11,5/15,2, impresso
em papel off white 80/m², no Sistema Cameron
da Divisão Gráfica da Distribuidora Record.